台灣の讀者の皆さんへのコメント

海を越えて旅したことのない私の書いた小説が、
海を越えて多くの讀者の皆様のもとに届いていることを、
心から嬉しく思っています。
この作品も、どうぞお樂しみいただけますように！

致親愛的台灣讀者

從未出國旅行的我，
這次很高興自己寫的小說能跨海與許多讀者見面，
希望這部作品能帶給您無上的閱讀樂趣。

宮部みゆき

怪談

三島屋奇異百物語之始

宮部美幸

高詹燦—譯

おそろし

三島屋変調百物語事始

宮部美幸

作品集 / 34
MIYABE MIYUKI

怪談——
三島屋奇異百物語之始

Contents

總導讀——傅博

宮部美幸的推理文學世界「增補版」

日本當代國民作家宮部美幸

近年來在日本的雜誌上，偶爾會看到尊稱宮部美幸爲國民作家的文章。怎樣才能榮獲這個名譽呢？好像沒有確切的答案，然而綜觀過去被尊稱爲國民作家的作家生涯便不難看出國民作家的共同特徵。

明治維新（一八六八年）一百多年以來，被尊稱爲國民作家的爲數不多，夏目漱石和吉川英治是最早期的國民作家。夏目漱石是純文學大師，其作品具大眾性，一九一六年逝世至今，已歷一百年，其作品在書店仍然可見，代表作有《我是貓》、《少爺》等等。吉川英治是大眾文學大師，其作品有濃厚的思想性，對二次大戰戰敗的日本國民發揮了鼓舞的作用，其著作等身，代表作有《宮本武藏》、《新．平家物語》等等。

屬於戰後世代的國民作家有松本清張和司馬遼太郎。松本清張是社會派推理文學大師，其寫作範圍十分廣泛，除了推理小說之外，對日本古代史研究、挖掘昭和史等，留下不可磨滅的貢獻。司馬遼太郎是歷史文學大師，早期創作時代小說，之後撰寫歷史小說和文化論。這兩位作家的共同特徵是，著作豐富、作品領域廣泛、質與量兼俱。他們的思想對一九六〇年代後的日本文化發揮了影響力。

上述四位之外，日本推理小說之父江戶川亂步、時代小說大師山本周五郎，以及文學史上創作量最多、男女老少人人喜愛的赤川次郎也榮獲國民作家的尊稱。

綜觀以上的國民作家，其必備條件似乎是著作豐富、多傑作；作品具藝術性、思想性、社會性、娛樂性、普遍性；讀者不分男女，長期受到廣泛的老、中、青、少、勞動者以及知識分子的閱讀。

宮部美幸出道至今未滿二十年，共出版了四十三部作品，包括四十萬字以上的巨篇八部、長篇二十四部、中篇集四部、短篇集十三部，非小說類有繪本兩冊、隨筆一冊、對談集一冊。以平均每年出版兩冊的數量來說，在日本並非多產作家，但是令人佩服的是，其寫作題材廣泛、多樣，品質又高，幾乎沒有失敗之作。所獲得的文學獎與同世代作家相較，名列第一，該得的獎都拿光了。質的成功與量成比例，是宮部美幸文學的最大武器，也是獲得國民作家之稱的最大因素。

宮部美幸，本名矢部美幸，一九六〇年十二月二十三日生於東京都江東區深川。東京都立墨田川高中畢業之後，到速記學校學習速記，並在法律事務所上班，負責速記，吸收了很多法律知識。一九八四年四月起在講談社主辦的娛樂小說教室學習創作。

一九八七年，〈吾家鄰人的犯罪〉獲第二十六屆《ＡＬＬ讀物》推理小說新人獎，〈鎌鼬〉獲第十二屆歷史文學獎佳作。一位新人，同年以不同領域的作品獲得兩種徵文比賽獎項實爲罕見。

前者是透過一名少年的觀點，以幽默輕鬆的筆調記述和舅舅、妹妹三人綁架小狗的計畫所引發的意外事件，是一篇以意外收場取勝的青春推理佳作，文風具有赤川次郎的味道。後者是以德川幕府時代的江戶（今東京）爲時空背景的時代推理小說。故事記述一名少女追查試刀殺人的凶手之經過，全篇洋溢懸疑、冒險的氣氛。

要認識一位作家的本質，最好的方法就是閱讀其全部的作品。當其著作豐厚，無暇全部閱讀時，則是先閱讀其處女作，因爲作家的原點就在處女作。以宮部美幸爲例，其作品裡的偵探，不管是系列偵探或個案偵探，很少是職業偵探，大多是基於好奇心，欲知發生在自己周遭的事件眞相，而做起偵探的業餘偵探，這些主角在推理小說是少年，在時代小說則是少女。其文體幽默輕鬆，故事收場不陰冷而十分溫馨，這些特徵在其雙線處女作之中已明顯呈現。

繼處女作之後的作品路線，即須視該作家的思惟了；有的一生堅持一條主線，不改作風，只追求同一主題，日本的推理小說家大多屬於這種單線作家——解謎、冷硬、懸疑、冒險、犯罪等各有專職作家。

另一種作家就不單純了，嘗試各種領域的小說，屬於這種複線型的推理作家不多，宮部美幸即是罕見的複線型全方位推理作家。她發表不同領域的處女作——推理小說和時代小說——同時獲得肯定，登龍推理文壇之後，此雙線成爲宮部美幸的創作主軸。

一九八九年，宮部美幸以《魔術的耳語》獲得第二屆日本推理懸疑小說大獎，拓寬了創作路線，由此確立推理作家的地位，並成爲暢銷作家。

宮部美幸作品的三大系統

這次宮部美幸授權獨步文化出版社，發行台灣版《宮部美幸作品集》二十七部（二十三部中有四部分爲上下兩冊），筆者以這二十三部爲主，按其類型分別簡介如下。

要完整歸類全方位作家宮部美幸的作品實非易事，然其作品主題是推理則毋庸置疑。筆者綜合故事的時空背景以及現實與非現實的題材，將它分爲三大系統。第一類爲推理小說，第二類時代小說，第三類奇幻小說，而每系統可再依其內容細分爲幾種系列。

一、推理小說系統的作品

宮部美幸的出道與新本格派崛起（一九八七年）是同一時期，早期作品除可能受此影響之外，文體、人物設定、作品架構等，可就是受到赤川次郎的影響了。所以她早期的推理小說大多屬於青春解謎的推理小說；許多短篇沒有陰險的殺人事件登場，大多是以日常生活中的家庭糾紛爲主題，屬於日常之謎系列的推理小說不少。屬於本系列的有：

1.《吾家鄰人的犯罪》（短篇集，一九九〇年一月出版）收錄處女作以及之後發表的青春推理短篇四篇。早期推理短篇的代表作。

2.《完美的藍——阿正事件簿之一》（長篇，一九八九年二月出版／獨步文化版．宮部美幸作品集01——以下只記集號）「元警犬系列」第一集。透過一隻退休警犬「阿正」的觀點，描述牠與現在的主人——蓮見偵探事務所調查員加代子——的辦案過程。故事是阿正和加代子找到離家出走的少年，在將少年帶回家的途中，目睹高中棒球明星球員（少年的哥哥）被潑汽油燒死的過程。在搜查過程中浮現的製藥公司的陰謀是什麼？「完美的藍」是藥品名。具社會派氣氛。

3.《阿正當家——阿正事件簿之二》（連作短篇集，一九九七年十一月出版／16）「元警犬系列」第二集。收錄〈動人心弦〉等五個短篇，在第五篇〈阿正的辯白〉裡，宮部美幸以事件委託人登場。

4.《這一夜，誰能安睡？》（長篇，一九九二年二月出版／06）「島崎俊彥系列」第一集。透過中學一年級生緒方雅男的觀點，記述與同學島崎俊彥一同調查一名股市投機商贈與雅男的母親五億圓後，接獲恐嚇電話、父親離家出走等事件的眞相，事件意外展開、溫馨收場。

5.《少年島崎不思議事件簿》（長篇，一九九五年五月出版／13）「島崎俊彥系列」第二集。在秋天的某個晚上，雅男和俊男兩人參加白河公園的蟲鳴會，主要是因爲雅男想看所喜歡的工藤小姐一眼，但是到了公園門口，卻碰到殺人事件，被害人是工藤的表姊，於是兩人開始調查眞相，發現事件背後的賣春組織。具社會派氣氛。

6.《無止境的殺人》（長篇，一九九二年九月出版／08）將錢包擬人化，由十個錢包輪流講自己所見的主人行爲而構成一部解謎的推理小說。人的最大欲望是金錢，作者功力非凡，藉由放錢的錢包揭開十個不同的人格，而構成解謎之作，是一部由連作構成的異色作品。

7.《繼父》（連作短篇集，一九九三年三月出版／09）「繼父系列」第一集。一個行竊失風的小偷，摔落至一對十三歲雙胞胎兄弟家裡，這對兄弟的父母失和，留下孩子各自離家出走，於是兄弟倆要求小偷當他們的爸爸，否則就報警，將他送進監獄，小偷不得已，承諾兄弟倆當繼父。不久，在這奇妙的家庭裡，發生七件奇妙的事件，他們全力以赴解決這七件案件。典型的幽默推理小說集。

8.《寂寞獵人》（連作短篇集，一九九三年十月出版／11）「田邊書店系列」第一集。以第三人稱多觀點記述在田邊舊書店周遭所發生的與書有關的謎團六篇。各篇主題迥異，有命案、有日常之謎、有異常心理、有懸疑。解謎者是田邊舊書店店主岩永幸吉和孫子稔。文體幽默輕鬆，但是收場不一定明朗，有的很嚴肅。

9.《誰？》（長篇，二〇〇三年十一月出版／30）「杉村三郎系列」第一集。今多企業集團會長今多嘉親之司機　田信夫被自行車撞死，信夫有兩個未出嫁的女兒，聰美與梨子。梨子向今多會長提議，要出版父親的傳記，以找出嫌犯。於是，今多要求在集團廣報室上班的女婿杉村三郎協助姊妹倆出書事務。聰美卻反對出書，杉村認爲兩姊妹不睦，藏有玄機，他深入調查，果然……

10.《無名毒》（長篇，二〇〇六年八月出版／31）「杉村三郎系列」第二集。今多企業集團廣報室臨時僱用的女職員原田泉與總編吵架，寄出一封黑函後，即告失蹤。原田的性格原來就稍有異常，今多會長要求杉村三郎調查眞相。杉村到處尋找原田的過程中，認識曾經調查過原田的私家偵探北見一郎，之後杉村在北見家裡遇到「隨機連環毒殺案」第四名犧牲者的孫女古屋美知香，於是捲入毒殺事件的漩渦中。杉村探案的特徵是，在今多會長叫他處理公務上的糾紛過程中，因其正義感使他去解決另外的事件。

以上十部可歸類爲解謎推理小說，而從文體和重要登場人物等來歸類則是屬於幽默推理、青春推理爲多。屬於這個系列的另有以下兩部。

11.《地下街之雨》（短篇集，一九九四年四月出版）。

12.《人質卡濃》（短篇集，一九九六年一月出版）。

以下九部的題材、內容比較嚴肅，犯罪規模大，呈現作者的社會意識。有懸疑推理、有社會派推理、有報導文體的犯罪小說。

13.《魔術的耳語》（長篇，一九八九年十二月出版／02）獲第二屆日本推理懸疑小說大獎的社會派推理傑作。三起看似互不相干的年輕女性的死亡案件，和正在進行的第四起案件如何演變成連續殺人案。十六歲的少年日下守，爲了證實被逮捕的叔叔無罪，挑戰事件背後的魔術師的陰謀。宮部美幸早期代表作。

14.《Level 7》（長篇，一九九〇年九月出版／03）一對年輕男女在醒來之後失去記憶，手臂上被印上「Level 7」；一名高中女生在日記留下「到了 Level 7 會不會回不來」之後離奇失蹤。尋找自我的男女，和尋找失蹤女高中生的眞行寺悅子醫師相遇，一起追查 Level 7 的陰謀。兩個事件錯綜複雜，發展爲殺人事件。宮部後期的奇幻推理小說的先驅之作、早期代表作。

15.《獵捕史奈克》（長篇，一九九二年六月出版／07）持散彈槍闖入大飯店婚宴的年輕女子關沼惠子、欲利用惠子所持的槍犯案的中年男子織口邦雄、欲阻止邦雄陰謀的青年佐倉修治、欲去探望臥病妻子的優柔寡斷的神谷尚之、承辦本案的黑澤洋次刑警，這群各有不同目的的人相互交錯，故事向金澤之地收束。是一部上乘的懸疑推理小說。

16.《火車》（長篇，一九九二年七月出版）榮獲第六屆山本周五郎獎。停職中的刑警本間俊介受親戚栗坂和也之託，尋找失蹤的未婚妻關根彰子，在尋人的過程中，發現信用卡破產猶如地獄般的現實社會，是一部揭發社會黑暗的社會派推理傑作，宮部第二期的代表作。

17.《理由》（長篇，一九九八年六月出版）二〇〇一年榮獲第一百二十屆直木獎和第十七屆日本冒險小說協會大獎。東京荒川區的超高大樓的四十樓發生全家四人被殺害的事件。然而這被殺的四人並非此宅的住戶，而這四人也不是同一家族，沒有任何血緣關係。他們爲何僞裝成家人一起生活？他們到底是什麼人？又想做什麼？重重的謎團讓事件複雜化，事件的眞相是什麼？一部報導文學形式的社會派推理傑作。宮部第二期的代表作。

18.《模仿犯》（百萬字長篇，二〇〇一年四月出版）同時榮獲第五十五屆每日出版文化獎特別獎，二〇〇二年同時榮獲第五屆司馬遼太郎獎和二〇〇一年度藝術選獎文部科學大臣獎文學部門獎。在公園的垃圾堆裡，同時發現女性的右手腕與一名失蹤女性的皮包，不久凶手打電話到電視公司和失主家中，果然在凶手所指示的地點發現已經化爲白骨的女性屍體，是利用電視新聞的劇場型犯罪。不久，表面上連續殺人案一起終結，之後卻意外展開新局面。是一部揭發現代社會問題的犯罪小說，宮部文學截至目前爲止的最高傑作，推理文學史上的不朽名著。

19.《R．P．G》（長篇，二〇〇一年八月出版／22）在食品公司上班的所田良介於杉並區的建築工地被刺死，在他的屍體上找到三天前在澀谷區被絞殺的大學女生今井直子身上所發現的同樣纖維，於是兩個轄區的警察組成共同搜查總部，而曾經在《模仿犯》登場的武上悅郎則與在《十字火焰》登場的石津知佳子連袂登場。是一部現今在網路上流行的虛擬家族遊戲爲主題的社會派推理小說。

宮部美幸的社會派推理作品尚有：

20.《東京下町殺人暮色》（原題《東京殺人暮色》，長篇，一九九〇年四月出版）。

21.《不需要回答》（短篇集，一九九一年十月出版／37）。

二、時代小說系統的作品

時代小說是與現代小說和推理小說鼎足而立的三大大眾文學。凡是以明治維新之前爲時代背景的小說，總稱爲時代小說或歷史．時代小說。

時代小說視其題材、登場人物、主題等再細分爲市井、人情、股旅（以浪子的流浪爲主題）、劍豪、歷史（以歷史上的實際人物爲主題）、忍法（以特殊工夫的武鬥爲主題）、捕物等小說。

捕物小說又稱捕物帳、捕物帖、捕者帳等，近年推理小說的範疇不斷擴大，將捕物小說稱爲時代推理小說，歸爲推理小說的子領域之一。捕物小說的創作形式是日本獨有，其起源比日本推理小說早六年。一九一七年，岡本綺堂（劇作家、劇評家、小說家）發表《半七捕物帳》的首篇作〈阿文的魂魄〉，是公認的捕物小說原點。

據作者回憶，執筆《半七捕物帳》的動機是要塑造日本的福爾摩斯——半七，同時欲將故事背景的江戶的人情和風物以小說形式留給後世。之後，很多作家模仿《半七捕物帳》的形式，創作了很多捕物小說。

由此可知，捕物小說與推理小說的不同之處是以江戶的人情、風物爲經，謎團、推理爲緯而構成的小說。因此，捕物小說分爲以人情、風物爲主，與謎團、推理取勝的兩個系統。前者的代表作是野村胡堂的《錢形平次捕物帳》，後者即以《半七捕物帳》爲代表。

宮部美幸的時代小說有十一部，大多屬於以人情、風物取勝的捕物小說。

22.《本所深川不可思議草紙》（連作短篇集，一九九一年四月出版／05）「茂七系列」第一集。榮獲第十三屆吉川英治文學新人獎。江戶的平民住宅區本所深川，有七件不可思議的事象，作者以此七事象為題材，結合犯罪，構成七篇捕物小說。破案的是回向院捕吏茂七，但是他不是主角，每篇另有主角，大多是未滿二十歲的少女。以人情、風物取勝的時代推理佳作。

23.《幻色江戶曆》（連作短篇集，一九九四年八月出版／12）以江戶十二個月的風物詩為題，結合犯罪、怪異構成十二篇故事。以人情、風物取勝的時代推理小說。

24.《最初物語》（連作短篇集，一九九五年七月出版，二〇〇一年六月出版珍藏版，增補一篇作品／21）「茂七系列」第二集。以茂七為主角，記述七篇茂七與部下系吉和權三辦案的經過，作者在每篇另有記述與故事沒有直接關係的季節食物掌故，介紹江戶風物詩。人情、風物、謎團、推理並重的時代推理小說。

25.《顫動岩——通靈阿初捕物帳1》（長篇，一九九三年九月出版／10）「阿初系列」第一集。破案的主角是一名具有通靈能力的十六歲少女阿初，她看得見普通人看不見的東西，而且一般人聽不到的聲音也聽得到。某日，深川發生死人附身事件，幾乎與此同時，武士住宅裡的岩石開始顫動。這兩件靈異事件是否有關聯？背後有什麼陰謀？一部以怪異取勝的時代推理小說。

26.《天狗風——通靈阿初捕物帳2》（長篇，一九九七年十一月出版／15）「阿初系列」第二集。天亮颳起大風時，少女一個一個地消失，十七歲的阿初在追查少女連續失蹤案的過程中遇到邪惡的天狗。天狗的眞相是什麼？其陰謀是什麼？也是以怪異取勝的時代推理小說。

27.《糊塗蟲》（長篇，二〇〇〇年四月出版／19．20）「糊塗蟲系列」第一集。深川北町的鐵瓶大雜院發生殺人事件後，住民相繼失蹤，是連續殺人案？抑或另有陰謀？負責辦案的是怕麻煩的小官井筒平四郎，協助他破案的是聰明的美少年弓之助。本故事架構很特別，作者先在冒頭分別記述五則故事，然後以一篇長篇與之結合，構成完整的長篇小說。以人情、推理並重的時代推理傑作。

28.《終日》（長篇，二〇〇五年一月出版／26．27）「糊塗蟲系列」第二集。故事架構與第一集一樣，在冒頭先記述四則故事，然後與長篇結合。負責辦案的是糊塗蟲井筒平四郎，協助破案的除了弓之助之外，回向院茂七的部下政五郎也登場，作者企圖把本系列複雜化，或許將來作者會將幾個系列納爲一大系列。也是人情、推理並重的時代推理小說。

以上三系列都是屬於時代推理小說。案發地點都在深川，但是每系列各具特色，有以風情詩取勝，也有以人際關係取勝，也有怪異現象取勝，作者實爲用心良苦。宮部美幸另有四部不同風格的時代小說。

29.《扮鬼臉》（長篇，二〇〇二年三月出版／23）深川的料理店「舟屋」主人的獨生女阿鈴發燒病倒，某日一個小女孩來到其病榻旁，對她扮鬼臉，之後在阿鈴的病榻旁連續發生可怕又可笑的不可思議的事，於是阿鈴與他人看不見的靈異交流。一部令人感動的時代奇幻小說佳作。

30.《怪》（奇幻短篇集，二〇〇〇年七月出版）。

31.《鎌鼬》（人情短篇集，一九九二年一月出版）。

32.《忍耐箱》（人情短篇集，一九九六年十一月出版／41）。

33.《孤宿之人》（長篇，二〇〇五年出版／28．29）。

三、奇幻小說系統的作品

史蒂芬・金的恐怖小說和奇幻小說《哈利波特》成為世界暢銷書後，原處於日本大眾文學邊緣的奇幻小說獲得成長發展的機會，漸漸確立其獨立地位，而宮部美幸的奇幻小說就在這欣欣向榮的機運中誕生。她的奇幻作品特徵是超越領域與推理小說結合。

34.《龍眠》（長篇，一九九一年二月出版／04）榮獲第四十五屆日本推理作家協會獎的長篇獎。週刊記者高坂昭吾在颱風夜駕車回東京的途中遇到十五歲的少年稻村愼司，少年告訴記者：「我具有超能力。」他能夠透視他人心理，愼司為了證明自己的超能力，談起幾個鐘頭前發生的事件眞相，從此兩人被捲入陰謀。是一部以超能力為題材的奇幻推理傑作，宮部早期代表作。

35.《十字火焰》（長篇，一九九八年十一月出版／17・18）青木淳子具有「念力放火」的超能力。有一天她撞見了四名年輕人欲殺害人，淳子手腕交叉從掌中噴出火焰殺害了其中的三個人，另一個逃走了。勘查現場的石津知佳子刑警，發現焚燒屍體的情況與去年的燒殺案十分類似。也是一部以超能力為題材的奇幻推理大作。

36.《蒲生邸事件》（長篇，一九九六年十月出版／14）榮獲第十八屆日本ＳＦ大獎。尾崎高史為了應考升學補習班上京，其投宿的飯店發生火災，因而被一名具有「時間旅行」的超能力者平田次郎搭救到一九三六年二月二十六日的二・二六事件（近衛軍叛亂事件）現場，兩名來自未來的訪客能否阻止起義而改變歷史？也是一部以超能力為題材的奇幻推理大作。

37.《勇者物語—Brave Story》（八十萬字長篇，二〇〇三年三月出版／24・25）念小學五年級的三谷亘的父母不和，正在鬧離婚，有一天他幻聽到少女的聲音，決心改變不幸的雙親命運，打開幽靈大廈的門，進入「幻界」到「命運之塔」。全書是記述三谷鉀的冒險歷程。一部異界冒險小說大作。

除了以上四部大作之外，屬於奇幻小說的作品尚有以下四部：

38.《鴿笛草》（中篇集，一九九五年九月出版）。
39.《僞夢1》（中篇集，二〇〇一年十一月出版）。
40.《僞夢2》（中篇集，二〇〇三年三月出版）。
41.《ＩＣＯ——霧之城》（長篇，二〇〇四年六月出版）。

以上三十九部是小說。另有四部非小說類從略。

如此將宮部美幸自一九八六年出道以來，一直到二〇〇五年底所出版的作品，歸類爲三系統後，再按時序排列，便很容易看出作者二十年來的創作軌跡，也可預見今後的創作方向。請讀者欣賞現代，期待未來。

二〇〇七・十二・十二

本文作者簡介

傅博

文藝評論家。另有筆名島崎博、黃淮。一九三三年出生，台南市人。於早稻田大學研究所專攻金融經濟。在日二十五年以島崎博之名撰寫作家書誌、文化時評等。曾任推理雜誌《幻影城》總編輯。一九七九年底回台定居。主編「日本十大推理名著全集」、「日本推理名著大展」、「日本名探推理系列」以及「日本文學選集」（合計四十冊，希代出版）。二〇〇九年出版《謎詭．偵探．推理——日本推理作家與作品》（獨步文化），是台灣最具權威的日本推理小說評論文集。

人就是生活在怪談裡

推薦序——瀟湘神

自古以來，怪談就有種難言的魅力。

本書原名《おそろし——三島屋変調百物語事始》，雖然「おそろし」並不同於怪談，但既然中文版如此翻譯，就讓我借「怪談」二字發揮之吧。說到以「怪談」爲名的作品，最有名的或許是小泉八雲的《怪談》。小泉八雲本姓赫恩，出生於希臘，他在日本時，一邊蒐集傳統民間故事，一邊以西方人的視角加以翻譯、評論。這本《怪談》不只是民間傳說，還紀錄著日本的民俗文化；譬如〈鐘與鏡〉這一篇裡，提到「なぞらえる」這個動詞有著魔法般的力量，雖然字面意義是模仿，其實是透過模仿引發超自然的效果（小泉八雲認爲西方沒有貼切的字眼，但筆者認爲近似人類學家弗雷澤說的「交感巫術」）；爲了向西方人合理說明這個怪談故事背後的原理，小泉八雲不得不說明日本人的生活方式、思想、以及世界觀。

《怪談》裡的故事，多半取材自日本古籍，動不動便以數百年前起頭。這些故事淵遠流長，多少佐證了筆者開宗明義的宣稱——怪談的魅力古來即有。但這難道只限於日本嗎？當然不。中國歷代就有《夷堅志》、《昔柳摭談》、《搜神記》、《稽神錄》、《聊齋誌異》等志怪筆記，在臺灣，怪異故事也不罕見。清代文獻記載了蛇首人身的怪物、一年一晝夜的島嶼、夜出紅光的劍潭幻影等異事，到了日治時期，不少人將民間傳說與當代奇聞投稿到報章雜誌。在科學開明的時代，人們對恐怖故事的興趣絲毫不減，反而隨著資訊普及而興盛了。

但「怪談」的意義，發展至今已有了轉變。尤其是成為大眾小說的題材後，本來被視為「眞實」、甚至有著道德教誨的民間傳說，逐漸被意識為「虛構」，甚至帶著娛樂成分，不得不討好大眾。其中最有趣的，莫過於跟推理故事的結合。推理文類背負著「解開眞相」的義務，因此怪談在多數推理故事裡，不僅不被視為眞實，還是被挑戰的對象——世上沒有不可思議之事。

就像明治時代的妖怪學博士井上圓了所主張，妖怪不過是心理學上的幻象，在這種框架下，不管所謂「怪談」被描述得多不可思議、過程如何離奇，到最後，一定都有科學、理性的解釋。就算想諧擬尼采的口吻說「怪談已死」，也太輕描淡寫了，事實上豈止已死，死後還要被推理作家給解剖分屍，供偵探夸夸然論其死因，推理作家根本就是怪談界的連續殺人狂！

其實這不是怪談在推理故事中唯一的命運。像三津田信三，就試圖結合恐怖小說與推理小說，尋找兩者間的平衡。而小野不由美的《東京異聞》，更是妖魔鬼怪對於推理小說的反擊；向來被視為文明開化的明治時代，在《東京異聞》中被逆轉，科學風潮被貶低，推理要靠妖怪才能成立，要是意識到怪談在推理故事中如何虛弱，恐怕都要為此次反擊拍掌稱快吧！

怪談在當代的處境，或許值得我們問一個問題：怪談在現代還有意義嗎？受過科學教育的我們，多少將鬼怪之說視為迷信，過去曾被嚴肅對待的民間傳說，如今看來僅具娛樂功效；通過小說、漫畫、電影，怪談迎合大眾口味，要不是更加獵奇，就是被馴化。以前令人畏懼的鬼怪，在當代竟能有療癒的功效，這不能不讓我們承認時代變了。

但意外的是，怪談在當代，或許還是有其意義。

雖然人們可能直覺地認為這是個科學時代，實則不然。擁有科學這種技術，不見得就眞的有了科學精神。事實上，僞科學大行其道，磁場、能量體等用語看似科學，卻被用來描述鬼魂與靈界，具體細節如何運作，使用這套系統的人也不在乎；其實，筆者並不打算批評這些，這種奇特的矛盾，正突顯出科學不足以彌補心靈的空隙，只是迷信時代的消逝，使過去促成迷信的心理需要一種新的語言：看似科學的語言。就像鬼神被視爲迷信，對超自然的心理需求卻未消失，只好以科學語言翻轉重現，若解釋有所窒礙，就宣稱說「科學不足以全知」，於是氣功、脈輪、古老東方的神秘傳統被賦予高深莫測的睿智形象，在電影《奇異博士》中，「古一」就將篤信科學斥責爲傲慢，展示科學無法理解的力量，嘲笑其狹隘。在當代，心靈詭秘難解的一面仍不打算向科學屈服。

怪談也是如此。

讓我們先談談「百物語」吧。在宮部美幸的這本《怪談：三島屋奇異百物語之始》裡，女主角「阿近」因故投奔叔叔伊兵衛，並受其囑咐，在「黑白之間」聆聽客人帶來的怪談。對此，伊兵衛宣稱是要蒐集現代的百物語——

何謂百物語？那是眾人集結起來說怪談故事的日本傳統活動，始於夜晚，得在黎明前結束。進行時，先點亮一百支蠟燭，每說完怪談便吹熄一支，怪談越多，房間就越暗，等第一百個怪談結束時，「呼」的一聲，最後的光源熄滅，黑暗降臨，妖怪隨之出現。乍聽來，這彷彿是召喚妖怪的儀式，但實際進行時，人們講到第九十九則怪談時便會停下，保留最後的燭火，等待天明。這就奇怪了。明知妖怪會出現，卻持續進行；可進行到了最後，卻在妖怪出現前停下。參加百物語的人究竟在追求什麼？

發生在「黑白之間」裡的事，嚴格說來與傳統的百物語不同，但也能用同樣詢問阿近與客人：

他們到底在追求什麼？傳統百物語，還有著妖怪現身的恐怖感，但來到「黑白之間」的客人是安全的。既然不是追求恐懼，那是爲了什麼？如果只是尋求聽者的理解，那爲何是怪談、百物語？怪談有什麼特殊之處？

恐怕是有的。

就像小泉八雲翻譯怪談，不得不提到「日本人心理」，怪談與時代脈動本就密不可分。有段時間，臺灣曾流傳著「有人在公共場所拿愛滋病針頭刺人」的都市傳說，發生的地點五花八門，或在電影院，或在知名夜市，這種流言的傳播效率，已經不是單純「愉快犯」能解釋，它必然反映了某種心理。以愛滋針頭爲例，筆者認爲，這或許是反映了人們對公共空間裡高速流動的隨機群眾的不信任，傳統社會是穩定、彼此熟識的，因爲移動緩慢，社群成員的變化不大，但當代社會高速流動，過去對「外來者」的不安，一下轉爲對「公共空間的隨機群眾」的不安，愛滋針頭的都市傳說因而攀附著此種恐懼傳播。怪談也是如此。人們無法抗拒訴說怪談的魅力，就是因爲那是潛伏在理性下的古老本能，是人與其社會間被異化的禁忌；怪談不只是故事，還是社會的呼吸、時代的縮影。

回到宮部美幸的怪談故事吧。其實不只《怪談：三島屋奇異百物語之始》，宮部美幸帶著怪談要素的作品，幾乎都是時代小說，這或許不是偶然。畢竟，作爲呼應本能的隱性秩序，恐怕沒有什麼比怪談更能顯現時代的邏輯了。光臨「黑白之間」的客人，他們帶來的不僅是私事，也是時代的推波助瀾，江戶時代的人情風物，就在這樣的怪談故事中展開。同時，就像怪談在社會與個人間流轉，他們所求之物也昭然若揭；當客人訴說怪談，他們也在面對自身的禁忌，軟弱、貪婪、罪愆，正是通過怪談與恐懼密不可分，推動了訴說的力道。

有意思的是，一開始只是聆聽怪談的阿近，也在不知不覺間成了怪談的主角。就像吹熄最後一支蠟燭，妖怪現身，將看似無關的命運交織起來。凝視深淵的，人同時被深淵凝視，聆聽怪談的人，也成爲怪談的一分子。從這個角度看，即使我們沒察覺到，或許我們都生活在怪談中——這結論聽來有些做作，但一定是這樣，不是嗎？因爲，這就是三島屋的百物語得以一直進行下去的原因：怪談反映著人生百態，沒有人能置身事外。

本文作者簡介

瀟湘神

本名羅傳樵，一九八二年生，臺北地方異聞工作室成員，主食爲推理與奇幻。著有《臺北城裡妖魔跋扈》、《帝國大學赤雨騷亂》，二〇一七年的臺北文學季「青少年奇幻小說與遊戲創作工作坊」召集人。目前熱衷於尋找在地創地的各種跨領域可能。

chapter

1

曼珠沙華

一

提袋店三島屋，位於筋違橋前方的神田三島町一隅。店主伊兵衛最初是將提袋吊在細竹上四處叫賣，後來才自力開店營業，所以取町名爲屋號再合適不過。

更何況三島町一帶原本便是伊兵衛經商的地盤。

在江戶說到提袋，就屬兩家店名氣最響，分別是池之端仲町的「越川」，及本町二丁目的「丸角」。兩者都不是沿街叫賣的小販可輕易取得進貨門路的店家，因而與伊兵衛無緣。不過對於兩店所賣的小配件和提袋的設計差異，伊兵衛總是觀察入微。

越川與丸角兩店中間是條南北狹長的道路，伊兵衛常在此沿途叫賣。挑選那種名氣響亮、價格昂貴的店家購買提袋和小配件（如錢包、羽織繩帶、小布包、胴亂（註）的客人，大多穿著講究，正因有錢有閒，才會上名店購物。他們在店裡大肆揮霍，採買精緻的商品，就像公子哥兒整裝準備

註：皮製或布製的方形袋子，掛在腰間，用來裝印章或藥物。

上戰場一樣。既然如此，要是在越川沒有看得上眼的商品，就會想順道去丸角瞧瞧，倘使丸角沒有，就會想到越川逛逛。若非特別執著於某一店家，想必有不少客人是同時光顧兩店。

換言之，不只兩家店頭有客人上門，連接兩地的路上也會有客人。這些風雅之士瞥見擦身而過的小販掛在細竹上的商品，覺得「咦，這好像不錯」時會怎麼做？也許會停下來說「等等，讓我看看那件商品」。

此外，喜歡附庸風雅或愛好此道者習慣隨季節變換身邊的配件。因此當春夏秋冬有新品上市，伊兵衛便精心挑選商品掛在細竹上，沿此路叫賣。儘管他也在別的市街兜售，做生意的範圍並不局限此地，但唯獨走在這條路上時，絕不擺出便宜貨，與在其他地方販賣的品項等級有段落差。

伊兵衛對商品質量頗爲用心。越川以設計嶄新聞名，相對的，丸角則專走內斂高雅的風格。伊兵衛凡事都搶先他們一步。越川好像有這樣的貨，其實沒有；感覺在丸角看過，其實沒有。他與妻子阿民總是不眠不休地構思設計樣式。

他這項計畫相當成功。有段時期，伊兵衛（當時叫伊助）沿街叫賣提袋的模樣，成爲當地名勝之一。「細竹滿是金銀粉，筋違橋上沿街賣」，如同路上孩童吟唱的打油詩，伊兵衛扛在肩上的細竹呈現出奢華景象。這首打油詩揶揄伊兵衛在筋違橋上叫賣，所販之物卻價格昂貴，很不相稱，不過伊兵衛毫不在意。

沿街兜售提袋的方式有兩種，一是以扁擔架起兩個貨箱，二是將商品吊在細竹上。伊兵衛採後者的方式，但他總多背一只貨箱。路過的客人受細竹上的樣品吸引，想購買時，他便從箱裡取出同款商品，堅持不將經風吹日曬的貨物交給顧客。他心知收取這樣的價格，自然該這麼做。儘管不少人替他擔心，認爲這是浪費，一樣商品得花兩倍本錢，不過伊兵衛可不會白忙。只要將那些樣本略微加工，改作其他商品即可，伊兵衛夫婦就是有這等針線巧手。所幸他們有充足的精神和體力，得以不辭辛勞地四處奔波，走遍全江戶的舊衣店和布莊，廉價收購裁剩的碎布。

這般孜孜矻矻，終於有了成果。好不容易能擁有一家小店面時，伊兵衛和阿民對地點的挑選毫無遲疑。叫賣多年，承蒙不少好客戶的愛顧，店面當然得開在這條路上。必須早點讓老主顧發現，細竹上滿是金銀粉的伊兵衛，如今仍在這條路上做買賣。

其實兩人原屬意越川與丸角的中間地，卻始終尋不著合適的店面。歷經千挑百選，終於看上三島町一幢略靠丸角的雙層建築。以新穎前衛設計爲賣點的越川，有一批非越川不買的死忠顧客，倘若要藉對方的人氣開店，靠近丸角是個不錯的選擇，於是他們也就此安定下來。

這座雙層建築相當寬敞，只做提袋和配件生意的話感覺大了點。然而儘管擁有自己的店面，夫婦倆仍手持針線，打算親自教導僱用的夥計技藝，所以多出來的空間正好充當工房。

轉眼間，三島屋一開就是十一年。

店內的擺設如昔，名聲卻已非往日可比。人們甚至有言，說到提袋便認定越川、丸角是業界龍頭的江戶人，要是不曉得排行第三的是三島屋，也稱不上風雅，足見三島屋名氣不小。

由於住店及通勤的夥計日漸增多，三島屋改在小巷弄裡租屋權充工房。舊工房面向狹小後院的外廊，好一陣子淪爲貓兒休息的場所，但近年來店主伊兵衛總與棋友在此對奕。三島屋的經營平順，有一名可靠的掌櫃，兩個兒子也都長大成人，不必擔心家業繼承的問題，伊兵衛於是玩起圍棋。愈晚養成的嗜好，總是愈爲沉迷，過去唯一嗜好就是做生意的伊兵衛，如今人生最大的樂趣便是下圍棋。

儘管對商品的設計匠心獨具，伊兵衛總自稱大老粗，這樣的他，難得也附庸風雅地替這房間取名「黑白之間」。雖然大家笑伊兵衛的命名粗俗，但已貴爲老闆娘的阿民及店內夥計，不知不覺中也習慣這稱呼，每逢老闆與棋友對奕，眾人便開心地談論今天黑白之間裡的戰況。

韶光荏苒，春去秋來。

伊兵衛認爲花開花謝，虛幻無常，因而不喜種植花木，但不知爲何，突然有叢曼珠沙華（註）在後院裡生根開花。

曼珠沙華，據說是綻放於彼岸的花朵，俗稱彼岸花，也有人說其花色殷紅如血，常見於墓地，乃吸死人之血而生，所以又稱死人花。花謝後會冒出細長的葉子，在沒有葉子的狀態下綻放出妖豔的花朵，奇特的模樣爲其博得幽靈花的稱號，令人忌諱。況且此花有毒。

曼珠沙華本是生長於路旁或田埂的植物，生命力強韌。不知是有人播種，還是隨風飄來種子，發現時後院已綻放一朵又一朵獨特紅花，三島屋眾人大爲驚訝，皆蹙眉認爲此物不祥。阿民的得力助手，也是家中資深女侍的阿島一見此花，登時臉色大變地四處找尋鐮刀。

然而伊兵衛卻一笑置之。他說，這房間是我和棋友廝殺的戰場，彼岸花倒是生得其所。

「不論什麼來歷的花，都是有緣才會在我家庭院落地生根，冷淡鏟除未免太過無情。這花就是在其他地方受人嫌棄，才顯得如此卑屈，你們看那難爲情似的僵硬模樣眞是可憐，由它去吧。」

所以這叢曼珠沙華便順理成章地留下。

且說，正巧曼珠沙華開花前，有位姑娘來到三島屋幫傭。

眼下是初秋時節，所以並非要更替女侍，也不是要遞補人手。這名叫阿近的姑娘，芳齡十七，是店主伊兵衛大哥的女兒，亦即他的姪女。

伊兵衛出身自川崎驛站，老家在當地是赫赫有名的大旅館。不過伊兵衛是家中的三男，而繼承家業的是長男，他很早便前往江戶工作。老待在家裡的話，最後只會跟旅館裡的夥計一樣供人使喚，沒什麼出息。

伊兵衛的大哥對這個靠自己才幹開店謀生的弟弟青眼有加，不過這也是後來才有的事。當初伊兵衛沿街叫賣時，他幾乎是不聞不問。直到伊兵衛擁有三島屋後，兄弟間才熟絡起來。

伊兵衛生性和善，對大哥態度的轉變絲毫不以為意。三島屋剛開張那段時間，長期協助大哥經營旅館的二哥因病過世，伊兵衛心痛如絞，想到大哥一定很不安，便主動與他親近，雙方於是開始往來。

他大哥將女兒阿近送來三島屋，請他們幫忙照料。與其說是來幫傭，不如說是來學習禮貌規矩。不過這可不單純是愛女心切，想讓女兒在出嫁前到江戶歷練一番，當中其實另有隱情。

一早，阿近得知黑白之間有客人，便著手仔細打掃。家裡開旅館，從小接受訓練的阿近做來是駕輕就熟。

「原本我還擔心會來個柔弱千金，沒想到阿近小姐這麼能幹。」

連生性嘮叨的阿島也無從挑剔，很快便與阿近打成一片，甚至還如此有感而發，足見阿近是個

註：中文正式名稱為紅花石蒜。

勤奮認眞的女孩。

即使是知名旅館，只要不是官家的驛站，旅館老闆的女兒絕對當不成千金大小姐，家中的大大小小都得和夥計一起賣力工作才行——阿近如此說明後，阿島對她似乎更加佩服。

「像阿近小姐這樣，根本不必到別人家學禮儀。這次到店裡幫傭，應該是您家鄉的父母和我家老爺夫人談好的，想替您在江戶找個好人家，肯定沒錯。」

阿島壓根不清楚阿近寄住三島屋的原因，只有伊兵衛夫婦知情。投入工作多年，阿島錯失好些姻緣，才會語帶羨慕地說出這番話。望著她那深信不疑的豐潤臉龐，阿近落寞地回以一笑。

「我誰也不嫁，只想好好待在夫人身邊學針線，日後成爲獨當一面的提袋師傅。」

拜託，誰要您這麼做啊，阿島完全沒當眞。不過阿近確實已抱定主意不回川崎老家，不論再好的姻緣上門也絕對不嫁。

阿近擰乾抹布，用力擦拭榻榻米的接縫處，不久，她突然停下手中工作，庭院裡搖曳的曼珠沙華映入眼中。花朵盛開至今不知過了多少時日，但那紅豔色澤毫無褪色的跡象。好強韌的花。那堅強的姿態與背後流露出的孤寂，觸動阿近的心。

——好在叔叔沒砍除這些花。

這種花和我一樣，卑屈地活在世上。阿近向紅花投以微笑，接著又擦拭起榻榻米。

阿島的推測沒錯，當初伊兵衛夫婦並非是要阿近到店裡學習規矩，而是打算收她爲養女。雖然不知道阿近心裡的想法，但他們很清楚她已無法重回老家。既然如此，就讓她在江戶悠哉地體驗千金小姐的生活，一起遊山玩水，學習嫁人該有的禮儀後，再替她找個好對象。特別是兒子都已長大，始終沒女兒承歡膝下的阿民，非常期待與阿近能像母女一樣相處。即將成人的兩個兒子聽從伊兵衛的吩咐到其他店家幫傭，學習如何從商，所以阿民備感寂寞。

然而，阿近拒絕了他們的好意。她十分排斥外出，說得更坦白一點，她視此爲畏途。她害怕人群，要她到外頭上課或遊山玩水，簡直是痴人說夢。

話雖如此，打扮成千金小姐的模樣、比筷子重的東西一概不拿，成天窩在三島屋內像洋娃娃般過日子，當然更不行。阿近想工作，想活動筋骨全心投入工作。唯有這樣，她才能忘卻盤桓於心中的悲傷、後悔，及責備自己、埋怨別人的那段痛苦回憶。

她無人可依靠，不得已，只好投靠小時候見過一面，早遺忘長相的叔叔。起初對阿近來說，這也是種難忍的煎熬。置身在陌生人群中異常艱辛，不，無論認識與否，只要是「人」，阿近一概畏懼不已。

所以在老家遇上那事，家人聚在一起商量阿近今後的生活時，阿近一度想遁入空門。她對人又怕又厭惡，無法敞開心胸，堅信只有神明能救她脫離苦海。

阿近的父母嚇得面如白蠟，執起阿近的手勸道，「妳年紀輕輕，說什麼傻話，千萬不能有出家的念頭。」阿近抽回手，終日與父母淚眼相對，就在這時候，三島屋主動提議要代爲照料阿近。

阿近悲切地向叔叔嬸嬸告知事情的原委，甚至堅持——你們若不肯答應我的要求，我會主動離開，找尋能不斷分派工作給我的雇主。伊兵衛與阿民頗感爲難，但兩人並未糊塗到忽略她眼中的意志，於是決定達成她的心願。

從那之後，阿近便不曾踏出三島屋一步，每天都在忙碌的工作中度過。

阿近來沒多久，三島屋便辭去先前在阿島手下的兩名年輕女侍。儘管不清楚箇中原由，阿島卻很欣賞阿近，她明白主人的心思，對待阿近相當細心，且辦事機伶，只留她和阿近共事，阿近也較自在，這算是伊兵衛夫婦貼心的安排。此外，那兩名女侍似乎對年紀相仿的阿近十分感興趣，雖然沒什麼大不了的，但她們一再探問、說長道短，帶給阿近不少困擾，套句阿島的話，「這樣正好把麻煩趕走」。

「她們原就多嘴，三島屋不需要動口不動手的女侍。」

即使三島屋目前只是家小店，遠不如越川和丸角，光靠兩名女侍打理家中一切，仍略嫌人手不足。然而，阿近反倒非常感激這種繁忙的生活。

只是阿島不時對這樣的情況感到不安，即使店主夫婦一再告訴她：

「阿近的事交由妳全權處理，她想全力投入工作，妳就好好找事讓她做，好好磨練她。」

可是阿近畢竟是老闆的姪女，到店內見習總有個限度吧。把她當女婢般使喚真的沒問題嗎？她曾向阿近提起心中的疑惑。阿近小姐，您不必這麼賣力吧，一些粗活交給我，您可以去幫忙店裡生意，這樣老爺也會比較高興。您還能充當店裡的活招牌，幫忙招攬顧客呢。

阿近聞言應道，「我不懂得招呼客人，且在三島屋裡，工作最賣力的非夫人莫屬。她不但親自下廚、指揮我們做家事，說到她在針線上的本事，更是又快又好，教人好生敬佩。」

就是啊，阿島不再多問。接著，兩人又開始忙碌。阿近忙得渾然忘我——不，應該說是為了忘我，而持續投入工作。

午後時分。

黑白之間的客人將於未時（下午兩點）前來，是石和屋介紹的，棋藝精湛……伊兵衛開心地說著便打算從店頭退進屋內，掌櫃連忙追上他。

阿近當時正好要端茶給伊兵衛，不小心偷聽到兩人的交談，似乎是某位身分不凡的顧客突然有急事請託，已派人備妥轎子。

伊兵衛聽完原委，旋即命人將阿民喚來。阿民從工房快步趕到，伊兵衛向她說：

「堀越大人趕著要某樣商品，是一項重要的裝飾作業，妳也一塊兒去。」

阿民立即起身入內更衣。儘管阿近對生意的事一無所悉，但看他們的行動毫不遲疑，也明白茲事體大。叔叔口中的大客戶堀越大人想必是名武士，對方要求立刻進行裝飾工作，與富商在三島屋訂製特別的商品不同，這是緊急的臨時下訂。

阿近起身想幫忙準備，伊兵衛卻喚住她：

「準備的事就交給阿島。阿近，事出無奈，我無法依約和客人下棋。等對方到達後，妳能否詳細告訴對方原因，並代我向他道歉？」

伊兵衛不容分說地丟下一聲「拜託了」，便與阿民飛也似地離去。

阿近獨留在原地。叔叔真壞心，他明知我沒辦法接待客人啊。

為何叔叔要這麼做？阿近心裡嘀咕著時，那名客人已然抵達。

來到江戶後，阿近第二次聽見火災的警報鐘聲——火災果然是江戶的特色——心頭被鐘聲撩撥得凌亂無比。

二

將客人迎往黑白之間的是掌櫃八十助。

八十助的年紀與店主伊兵衛相仿，體格也相近，但不知爲何，看上去比店主蒼老許多，總是低頭彎腰，步伐急促。今天他一樣踩著匆忙的步履走來，像只以套著白布襪的腳尖踩在地板上。

「來，請往這兒走。」

帶路時的語氣也同樣倉卒。

聽見客人抵達的動靜，前往相迎前，八十助曾仔細交代阿近：

「雖說事出無奈，但我們主動邀請，卻讓客人白跑一趟，實在非常失禮。若由身爲夥計的我向客人道歉、上茶點招待對方，又更加失敬。因爲阿近小姐算是老爺的親屬，所以老爺才吩咐您出面。」

原來是這麼回事，阿近急忙到別處更衣，盤整髮髻、更換髮簪後，沒人會認爲她是女侍。

「老爺和夫人很倚賴小姐，才會放心出門，您萬萬不能流露絲毫不耐。」

阿近是店主的姪女，但同時也是店內的女侍，掌櫃口吻客氣，言辭卻極爲嚴厲，擺出雙重姿態。阿近一面被稱作小姐一面挨訓，感覺像面對謙恭有禮，又嘮叨不停的私塾老師。

「可是掌櫃先生，我沒辦法獨自接待客人啊。」

「和客人寒暄總辦得到吧？」

「寒暄完要講些什麼？」

「客人說什麼，就回答什麼，沒人要您閒話家常。我也會陪在一旁，請放心。」

八十助伸手示意，請客人上座。那名客人突然停步，回頭望向掌櫃。他足足比八十助高出一個頭。

他一臉有話想問，不過八十助一再請他就座，他只好屈膝坐下。此人的短外罩和衣服皆是銀灰色，微微外露的下襬內裡則是藍綠色。對了，叔叔也有一件這種色調的衣服，看起來頗有格調。房內並未擺出棋盤，下座也未擺設坐墊。阿近明白當中的含意。

「難道三島屋老闆臨時有急事？」

這名客人觀察敏銳，出聲問道。嗓音低沉，略帶沙啞。

八十助伏地拜倒，阿近也跟著照做。她等候八十助抬頭，才做同樣的動作。

這名客人比伊兵衛年輕五、六歲，不僅身材高大，還有對骨瘦嶙峋的挺拔雙肩，模樣相當顯眼。阿近心想，此人小時候一定曾被取過「衣架子」的綽號。這時，阿近察覺八十助正朝她擠眉弄眼，催促她向對方問候。

阿近慢吞吞道出事先備好的台詞。她並非刻意如此，而是許久未曾像這樣裝模作樣地與人見面，舌頭一時不太靈光。

阿近心思不在眼前的客人身上，全放在匆忙間默背的詞句，目光自然微微上揚。

就在這時候——

八十助突然大喊一聲，「這位大爺！」

阿近嚇得幾乎彈起，差點咬到舌頭。

定睛一看，八十助抱著那名客人。客人面無血色，雙目緊閉，眼皮不住跳動，瘦削的身軀歪斜得厲害，彷彿就要倒地。

「您是不是身體不舒服？」

阿近迅速移膝向前，仔細端詳客人的情況。不只額頭和鼻子，連理著月代（註）的頭頂也冷汗直冒。他單手抵著榻榻米，勉強撐住即將癱軟的上半身。

「眞的……很抱歉。」

他雙目緊閉，使盡全力呼氣道：

「可否關上……那邊的拉門？」

他空出的另一手像在空中畫圖般不住顫抖，指著面向庭院的拉門。

阿近迅速站起身，一把將門關上。

「關上了。這樣可以嗎？」

「確實已關緊？」

這名客人深深皺眉，痛苦地低著頭問道，口氣嚴厲強硬，彷彿是性命攸關的要事。

「是的。」

「不會再看見庭院？」

「對的。」

客人聞言顫巍巍吁口氣，原本支撐身體的手移向胸前，不斷深呼吸，彷彿好不容易被拉出水面的溺水者。
阿近和八十助面面相覷。
掌櫃確認客人的狀況，緩緩鬆開他撐地的手臂。看來，他已能安穩地坐定。
「眞是抱歉。」客人睜眼說道，「能否給我杯水？」
我馬上去倒，八十助迅速起身。客人取出懷紙擦拭額前的冷汗，望向阿近柔聲道歉：
「在下一時失態，讓小姐受驚，非常過意不去。」
阿近確實嚇傻了，「庭院裡有會讓您感到不舒服的東西嗎？」
客人緩緩搖頭，收好懷紙，輕輕乾咳幾聲。
「不，沒什麼。」
「可是我隱約有此感覺，請不必顧忌，儘管告訴我。店主伊兵衛不巧外出，家中事務由我暫代。既然是我的疏失，理應向店主伊兵衛報告，並加以改善才行。」
阿近煞有其事地說著，往昔在旅館幫忙時，不時得如此措詞，自然而然便學上口。
客人溫柔地看著阿近，「您剛才說是三島屋店主的姪女吧？」
「是的，小女子名叫阿近，伊兵衛是我叔父。」
「他有個好姪女，眞教人羨慕。」
阿近雖對客人的誇獎感到難爲情，心中卻莫名不安起來，低頭行禮已是竭盡全力。庭院裡究竟

註：將前額至頭頂部的頭髮全部剃光，使頭皮呈半月形，爲傳統日本成年男性的髮型。

哪裡不對勁？

「沒什麼事。」

客人似乎仍驚魂未定，瞥了緊閉的拉門一眼。

「假如是一般人，不會覺得有何可怕。不過，換個人也許就會覺得稀奇或訝異。」

庭院裡的景色令人訝異？

客人嘆口氣，露出苦笑。

「我平時鮮少如此，因爲那東西只出現在特定的地方，只要避開就行。若非靠近不可，我也會做好心裡準備，但這次眞的太突然。」

他說的那東西，指的是……？

「三島屋老闆是基於什麼樣的興趣，在庭院裡種植那東西呢？」

對方這麼一問，阿近才恍然大悟。「莫非您問的是曼珠沙華？」

客人緩緩點頭，「我很怕那種花，怕得不得了。」

那是道出心底祕密的口吻，不過他的語氣認眞，沒半點開玩笑的意思。

阿近向他提起今年秋天時，女侍想剪除在庭院裡綻放的這種花，卻遭伊兵衛攔阻的事。她在說明時，八十助正好端水過來。客人接過裝水的茶碗，感激地高高捧起喝了幾口。

他的雙手不再發抖，臉色也漸漸恢復紅潤。

「掌櫃，這位大爺不喜歡曼珠沙華。」

擔心地望著客人的八十助，聽見這話，臉登時皺成一團。

「實在冒犯了。」

那是不祥之花，難怪您會覺得不舒服，當初我家主人一時興起留下墓地之花時，我們應該極力勸諫，告訴他此舉不妥才是。八十助連珠砲似地講一大串，頻頻磕頭道歉。

「真是萬分對不起。對了，我現在就將花剪除吧。」

他起身想去取鐮刀，客人莞爾一笑，制止他。

「不，用不著這麼做。關於這件事，各位一點錯也沒有。」

「可是……」

「請別在伊兵衛先生外出時剷除花叢，他對花的憐愛之心令人敬佩。」

阿近鬆口氣，曼珠沙華就像她的同伴，她實在不想目睹它遭處決的悽慘模樣。

「小姐清楚曼珠沙華的由來嗎？」

客人問道，阿近頷首。

「既然清楚，您不覺得這花特別陰森或不吉利嗎？」

客人一再追問，阿近頓時不知如何是好。她心想，這時最好回答「我也覺得庭院裡有那種花很可怕」，才合乎待客之道。

然而，曼珠沙華彷彿一直在等候阿近投靠這戶人家似的，一朵花枯萎，旁邊旋即綻放新的一朵，日夜撫慰著阿近孤寂不安的心靈，她實在不願在曼珠沙華面前吐露冷漠的話語。反正只要放著不管，不出幾天便會全部枯萎凋謝。

「我不害怕，只覺得這花十分落寞可憐。」

阿近坦言心中感受。

「我反倒是很喜歡，甚至和我叔叔一樣對它寄予同情。」

八十助怒目瞪視阿近，眼神明顯帶著責備。這位客人如此厭惡曼珠沙華，僅僅一瞥便幾欲昏厥，妳卻偏說出惹他不高興的話。這名掌櫃的喜怒哀樂全寫在臉上。

「這樣啊。」客人靜靜低語。

他將空碗擱在榻榻米上，微微一笑。

「小姐正値二八年華，容貌可比梅花、桃花、櫻花、牡丹，卻獨鍾曼珠沙華，足見您有顆善良的心。哎呀，多虧伊兵衛先生外出之福，我才得以拜見三島屋家珍藏之寶。」

這下阿近可難爲情了。她無法正視客人，臉上霎時一陣滾燙。

「您、您過獎了。我只是這家的累贅，因無法待在父母身旁，又無處可去，只好寄宿於叔父家中。心想著好歹能從事女侍的工作，但我不懂人情世故，不夠聰慧，連女侍的工作也做得不好。」

阿近僵硬地垂下目光，所以沒看見八十助是何表情。他一定認爲我談太多家裡的事，很不高興。

沒想到那名客人朗聲而笑。

「擁有閉月羞花之貌的年輕姑娘，就算害臊低頭都迷人，不過……」

客人的語調低沉下來。

「打從見到您，我便覺得您的神情隱約帶有一絲寂寥。我沒說錯吧？」

阿近不曉得如何應對，偷偷望向八十助，掌櫃也不知所措地不斷挑動眉毛。

客人似乎也明白剛才那番話教人爲難，於是低頭道歉：

「不，我無意刺探您的私事，剛才冒犯了。不過我應該沒猜錯吧？」

他瞥向緊閉的拉門。

「我想暫時忘卻俗世的煩惱和生意上的精打細算，投入棋盤中的黑白之戰，才來到此地，沒想到卻遇見曼珠沙華及小姐，看來，這絕非純粹的偶然，一定是某種徵兆。」

「您說……徵兆？」

八十助怪聲反問，客人回望他一眼。

「也許是我等眾生身旁的神明下達神諭——藤吉，是時候放下重擔，吐露長年隱藏在心中的祕密了。」

客人詢問阿近，能不能耽誤她一點時間。

「可否請您以憐愛曼珠沙華的心，聽聽人生逐漸走下坡的一名小商人的故事？」

阿近毫不遲疑地點頭答應。這次她並未偷瞄八十助的表情，她很想一聽。

「那我就不客氣了。」

客人落寞地微微一笑。

「接下來的故事，與我爲何如此懼怕曼珠沙華有關。」

那已是四十年前的往事，他娓娓道來。

「忘記先自我介紹，我叫藤吉。儘管遠不及三島屋，我也是手下擁有幾名工匠的建材商。打從擁有自己的一家小店後，便對外改用藤兵衛這個稱號，不過這故事得以藤吉的身分說才行。

家父是名貧窮的建材工匠，雖有一身好手藝，但家中孩子眾多，無論再怎麼賣力工作，仍難以養家餬口。每當想到父母辛勞的短暫人生，我便不禁悲從中來。

這件事發生時，我父母早因火災雙雙亡故。當時我才七歲，正值思慕母親的年紀，終日以淚洗面。如今回想起來，我父母一無所知，算是他們的福氣。

家中共七個兄弟姊妹，我排行老么。上面的四個哥哥、兩個姊姊都很像我父母，個性一板一眼，不曾因貧窮而自暴自棄，總彼此扶攜，在長屋裡相依為命。」

說到這裡，現名藤兵衛的藤吉略顯躊躇。

「地點恕不能明講。目前那地方仍住著不少人，即使沒點明也不影響故事的主軸。以下我提到的人物和店名，也非其本名。」

沒關係，阿近應道。八十助不知是否一時被這樣的發展給愣住，在一旁聽得瞠目結舌。

「長屋裡的居民個個和善，家境貧困仍天天笑聲不斷。長屋管理人性格頑固，一生氣就滿面通紅，孩子都管他叫柿子爺爺。」

藤吉憶起往事，似乎覺得有趣，忍不住噗哧一笑。

「管理人曉得我們先前住的長屋慘遭大火燒光，父母雙亡，所以特別關照我們。總在生活艱困時，偷偷分米給我們。但他明白施捨有利亦有弊，常清楚勸告我們，與其施捨東西，不如給工作，才算眞正對我們好。他甚至會找些跑腿或撿柴的雜事讓年僅八歲的我做，兄姊皆在他的安排下找到工作，不久便紛紛離家外出謀生。

就在這樣的情況下，我這名么子，與長我十三歲的大哥之間，發生了那件事。」
說到這兒，藤吉略喘口氣，凸出的喉結上下滑動，八十助見狀猛然回神。
「我疏忽了，我去幫您端茶來。」
八十助霍然起身，逃也似地走出黑白之間。
「眞是抱歉，打斷您的話。」
阿近從容致歉，藤吉微微搖頭。
「到掌櫃那樣的年紀，往往不願再聽別人提陳年舊事，因爲他們早見識太多世間的無聊事。」
他絲毫沒有怪罪的意思。
果不其然，八十助離開後便沒再回來。阿近認爲這樣反而好，心情平靜不少。
此刻，彷彿連庭院裡的曼珠沙華，也在拉門外豎耳聆聽藤吉的故事。

三

「我大哥名叫……」
藤吉說出「吉藏」這個名字。
這究竟是如同他先前預告臨時取的假名，還是眞名，阿近無從判斷。不過從他那副窺探昏暗井底般的眼神中，看得出藤吉眞的許久不曾提起這大哥。
對他而言，吉藏的事猶如心底深處的一灘死水，只在向人訴說時才會加以汲取。

「大哥和父親一樣是建材工匠。父親亡故時，我大哥就在父親工作多年的店家修習技藝。當時他二十歲，已當學徒八年，雖還不能獨當一面，但店主十分賞識他，認爲日後他的技藝一定會勝過我父親。」

附帶一提，家中五個男孩裡，只有大哥成爲建材工匠，藤吉接著道：

「我二哥和三哥見識到家父的辛苦，打一開始就不想當工匠，各自到不同領域的商家當夥計。火災發生時兩人已不在家中，眼下或許也同樣在店家裡勤奮工作。」

或許——這麼說來，他們應該鮮少往來。

「我原想繼承家父的衣缽，可惜雙手不夠靈巧，所以儘管從事建材業，仍走向經商這條路。我的手指不能組裝拉門的框架，也無法漂亮地糊上紙門，卻打得一手好算盤。」

藤吉瞇起眼睛，靦腆地笑著。

「相對的，我大哥吉藏的手藝高超，是眞的有天分。店家離長屋不遠，我去那裡玩時，常目睹連那些跟隨店主修習的資深工匠也學不好的技藝，我大哥輕鬆便能學會。還是個孩子的我與有榮焉，深感自豪，下定決心長大後一定要像吉藏大哥一樣。」

由於家住得近，加上父母過世不久，大哥得照顧我們這群弟妹，店主同意吉藏可不時回長屋探看弟妹。

而長屋的住戶也都引領期盼吉藏回來。破門不好開關、掛曬衣竿的架子折斷、木板地腐朽得嘎吱作響有碎裂的危險、漏雨，眾人你一言我一語地指出破長屋的各種問題，吉藏總能在短時間內全部修繕完畢，且分文不取。

這當然也是年幼的藤吉引以爲傲之處。

藤吉愉快地向阿近訴說往事，連眼神都是那般開朗。不僅長屋管理人柿子爺爺倚賴吉藏，長屋的人們也說吉藏幫了大忙，因而對藤吉一家頗爲關照。鄰居的年輕女孩還常告訴藤吉「等你大哥回來後，把這個轉交給他」，請他保管情書。大哥吉藏是個年輕帥氣的工匠，長屋人人都仰賴他，自然很受女孩仰慕。

在藤吉溫柔表情的誘使下，阿近輕鬆地提問：

「令兄收下情書後，有什麼行動嗎？」

「他總是難爲情地笑著。」

藤吉帶著微笑應道，稍稍挺身靠向阿近。

「寫情書的女孩中，不乏像您這麼漂亮的小姐。不過我大哥從沒回信，或和任何人幽會。」我要成家還早得很，爲了讓你們過好日子，得先找分好工作，學好手藝。在一切安定下來前，怎能只顧著自己，甚至沉溺在女人的事情上？這些話已成爲吉藏的口頭禪。

「搬到柿子爺爺的長屋後不久，我四哥和大姊便找到工作，所以住在長屋的只有十二歲的姊姊和八歲的我。不過我們的生活無憂無慮，我一面上私塾學讀書寫字，一面幫人帶孩子、跑腿，賺點零花，心中毫無不安，因爲有吉藏大哥這可靠的後盾。」

說到這裡，藤吉突然停下歇口氣，衣架子般的雙肩陡然垂落。光這舉動，阿近便已感覺出氣氛的轉變。

阿近並未看錯，藤吉再度開口時語調明顯不同，凝望遠方的仰慕目光，恢復成窺望井底般的幽暗眼神。

「我大哥吉藏有一身好手藝，個性又和善，什麼都不怕。」

他緊咬嘴唇，像強忍著吐露出這句話所伴隨的痛苦。

「他只有一項弱點。其實每個人都一樣，世上沒有誰是完美無缺的。」

我大哥他個性剛烈，藤吉繼續道，「不過這不代表他生性易怒，或動不動愛和人打架。工匠往往個性急躁，我大哥反倒不時會居中調停勸架。」

所以……藤吉一副不知該從何講起的模樣，頻頻思索。

「或許該說，他的個性是一旦發火便管不住自己。只要超出忍耐極限，任誰也攔不住。在他清醒前，完全不曉得自己做了什麼……」

藤吉緩緩轉頭。

「我從未見過大哥的這一面，一切都是事後聽別人說的。我和吉藏大哥差十三歲，家父去世後都是兄代父職，吉藏大哥可能是對我這個么弟特別關照，刻意不在我眼前顯露這缺點。」

然而，後來發生某件事，吉藏的用心全部白費。

「吉藏大哥在工地打死一名木匠。」

藤吉語帶嘆息道：

「據說起因於一場無謂的口角。工地裡常發生這種事，木匠與建材工匠工作類似，但負責的領域各異。既然角色不同，自然也有地位高低之分。一旦起磨擦，便會惡言相向，引發口角。眞受不了，假如只是這樣，爭吵根本沒意義。」

只能說是運氣不好，再加上對方也不對。

「那年初秋特別多雨，眼看工程已相當緊急，偏偏又延誤，大家非常焦躁。這時，有人抱怨我大哥他們的建材不合用，儘管堅稱是完全照下訂的規格製作，木匠卻是另一套說辭。最後，我大哥他們只好綁著頭巾，日夜趕工重做送去。」

當然，工地同樣瀰漫著濃厚的火藥味。明明不是自己的過失，卻非得讓步不可，木匠趾高氣昂地批評他們的不是，還對他們頤指氣使，令建材工匠忿恨不已，雙方終於爆發激烈衝突。其中一名擔任工頭，年過四旬的木匠，撂下一句難聽至極的話：

「後來依舊不清楚那個人當時講了什麼。聽說店主一再追問，但我大哥始終不願透露，只能肯定那話必是不堪入耳……」

藤吉欲言又止，不斷望著阿近。阿近於是反問：

「怎麼了嗎？」

「不，現在我才想到，這故事不知適不適合說給您聽。」

他縮起雙肩，垂下視線繼續輕聲道：

「吉藏大哥的老闆，有個和他年紀相仿的獨生女阿今，個性開朗、溫柔，也很疼愛我。」

那名工頭罵的難聽話似乎便是針對她。

「不巧當時有人上門向阿今小姐提親，原本快要談成的婚事卻突然取消。據說阿今小姐非常沮喪，我不清楚那婚事為何會破局，也不曉得我大哥是否知情……」

不過這種事往往極易傳開，而流言總是比真相更煞有其事，且充滿黑暗面。

「那名工頭大概是惡意中傷阿今小姐，說她素行不端才會導致婚事破局。」

藤吉低頭望著地面。

「可以確定的是，我大哥吉藏一直單戀阿今小姐。此事我也聽他提過，所以他無法原諒對方。工地的工匠吵架總會以不相干的老闆女兒當作辱罵對象，說起來，都要怪對方這種病態的個性。我大哥聽了大爲激動，憤怒得失去理智，回過神時已將那木匠活活打死。」

「活活打死……」

阿近夢囈般地重複這句話，藤吉向她頷首。

「我大哥剛好拿著一把鐵鍬，體積雖小卻出現得極不湊巧。」

「這麼說，他就是以鐵鍬打人？」

阿近茫然地問，藤吉歉疚地望著阿近。

阿近覺得身子逐漸發冷，血流阻滯，手腳從指尖開始失去感覺，彷彿就要坐著陷入地面。

由於單戀對方，一時無法克制憤怒而失去理智，回過神已傷害一條人命。

原以爲那麼可怕的事絕無僅有，不過她錯了，世上常發生類似的事。

她恍惚地思索著。

「小姐。」

藤吉似乎不斷叫喚著阿近，她眨眨眼，猛然回神。

「啊，糟糕，眞不好意思。」

藤吉臉色微變，惴惴不安地揮著手。

「要繼續嗎？您臉色很蒼白，我果然不該對您說這種事。」

阿近急忙坐起，卻一個重心不穩，身子倒向一邊，急忙單手撐向榻榻米。藤吉見狀更加緊張。

「不妙！小姐，振作點，快來人啊。」

他正想叫人，阿近爬近，鞠躬制止他。

「失禮了。我沒事，眞的，請您也放輕鬆吧。」

「可是……」

藤吉原要扶住阿近，忽然發覺有失禮數，雙手僵硬地停住。

阿近重新坐好。

「對不住。」

阿近一時忘記用敬語，想必藤吉也聽在耳裡。

「我不是因故事太恐怖而嚇得臉色發白，其實我身邊也發生過類似的事。」

爲防止自己怯縮，阿近急著說完，差點喘不過氣。

「所以我才會離家。剛才我提到無法待在父母身邊，便是這個緣故。」

藤吉瞪大雙眼，舉至半途的手臂微微顫抖。

「這樣我實在是……」藤吉沙啞地低語，雙臂落下，頹然垂首，「對您太抱歉。都是我提起過往……害小姐想起可怕的事……」

不，阿近打斷他的話，「我根本不必刻意回想，因爲我始終無法忘懷。」

哎呀，藤吉手貼向額頭，點頭沉吟。

「我剛才並非想起往事而慌亂。我一直以爲自己的遭遇罕見，父母也安慰我，說我是個可憐的女孩，偏偏遇上這般少有的不幸事。但這種想法是錯的，陰錯陽差之下，某人傷害他人的事所在多有。突然明白這點，我一時頭暈目眩。」

事實上，阿近已逐漸恢復平靜，呼吸也不再急促。但藤吉依然難爲情地低著頭，動作顯得僵硬。

「一個我親近的人，殺害另一個與我親近的人。」

沉默教人覺得淒冷，於是阿近道出此事。

「至今我仍悲傷難抑，連暫時將當時的事埋藏內心都辦不到。即使在叔父家過著安穩的生活，心中一樣波濤洶湧，一切都不曾結束。」

人心如此虛幻莫測，我對人感到無比恐懼。說到這裡，阿近靜默下來。

吐露心裡話後，感覺舒暢許多。另一方面，阿近也訝異自己竟能坦然道出此事。

眼前這名客人，一小時前仍是素未謀面的陌生人。仔細回想，除了知道他叫藤兵衛外，其餘根本一無所悉，甚至沒聽他提起經營的建材店寶號。

然而，不知爲何，連對叔叔、嬸嬸也難以坦言的祕密就此脫口而出，一股腦兒全告訴他。

「小姐……」

藤吉緩緩抬起頭，彷彿強光刺眼似地雙眼微閉。

「我先前曾說您神色間帶有一絲寂寥。」

「是的。」

「看來，不是我多想。」
他嘴角泛起一抹淺笑。
「這果然是種緣分。我今天來到這裡，遇見盛開的紅色曼珠沙華，碰巧您也在。」
他像要吹走什麼似的，長長吁口氣，面向阿近。
「能繼續說我大哥的故事嗎？」
「只要您不覺得難受。」
藤吉頷首，「我大哥吉藏被捕，乖乖接受制裁，最後遭流放外島。」
據說是店主及周遭的人極力替他求情，請求減輕罪刑，才免於一死。
「原本就算判處死罪也莫可奈何，因爲他殺人的方式過於殘酷。」
「可是打架時難免情緒激昂，這算是一時衝動吧？您大哥並非刻意要殺害那名木匠。」
藤吉側頭噘起嘴，一副難以啓齒的模樣。
「大哥一生起氣便會失去理智，那正是他可怕的地方。」
那名慘遭殺害的木匠，五官被打得不成人形，幾乎無法辨認。
「大哥揮舞鐵鍬時，一旁的木匠和工匠都合力勸阻，仍無法阻攔。一遭人從後面架住，他便甩開對方，若有人想拿走鐵鍬，他便撞倒對方，有人揍他，他便反揍回去，接著不斷痛毆那名工頭。」
阿近覺得一股寒意竄升，不由得抱住身軀。從藤吉的言語中，她不禁聯想到親身經歷，但她極力不顯露內心感受。她不想打斷藤吉的話。

對阿近來說，聽完這故事是個重要考驗。她也不明白爲什麼，只覺得一定是這樣沒錯。

「我大哥的執拗，及下手的凶殘，令衙門的官員懷疑他從以前便對這名木匠懷恨在心。換言之，他們懷疑吵架只是藉口，我大哥老早便在等機會動手。」

若是這樣，處分一定相當嚴厲。

「絕對沒這回事。我大哥平時爲人和善，生性討厭和人打架或爭吵。儘管這次確實做得太過火，但那是年輕氣盛，一時壓抑不住內心衝動。他不可能圖謀殺人，大家都替我大哥辯護。阿今小姐甚至道出婚事破局的原委，請求官員從輕量刑。她告訴官員，我不怕世人的眼光，也不怕講出來丟臉，吉藏先生是爲我和人打架，解救他的性命比任何事都重要。」

「那吉藏先生有什麼表示嗎？」

面對阿近的詢問，藤吉的表情倏然消失，口吻平板地答道：

「他只說了句對不起。」

四

如今回想起那段過往，心裡仍會隱隱作疼吧。

臉龐蒙上悲戚的暗影，表情因痛苦而緊皺，這會讓人看起來比實際年齡還要蒼老。但不知爲何，阿近眼前的藤吉卻不是這麼回事。他那不安、落寞的表情，竟帶有一種不曉得該說是年輕，還是天眞的神色。

原來如此，阿近猛然察覺。

當藤吉得知溫柔的大哥殺了人，遭判處流放外島時，只是個八歲的孩童。一憶及往事，他內心便回復成當時那名捨不得與大哥分離的小男孩。孩童時的面孔覆蓋了他現在的臉孔。

「外島是什麼樣的地方，小姐想必不清楚吧。」

也許是看出阿近方才慌亂的心緒——如同阿近決定不再打斷藤吉說話一樣，藤吉也小心翼翼不去觸碰阿近心頭的傷痛，才採用這種詢問的口吻。

「是的，好在我不清楚。」

藤吉莞爾一笑，「雖說是流放外島，但地點可不只一處。當時僅有八丈、三宅、新島三座島，據傳以前有七座。」

儘管已判決流放外島，不過開船前，罪犯都得關在牢裡。

「等候的這段時間，親屬可送錢或白米給罪犯。姊姊和我完全幫不上忙，但長屋管理人和店主為了讓哥哥在外島的生活能好過一些，四處奔走，我們才能送東西到牢裡。阿今小姐希望大哥能有溫暖的床可睡，於是提出申請，想送一床新棉被到牢裡，卻未能獲准。流放外島的罪犯，依規定只能帶牢裡的棉被去外島。」

罪犯在出航前夜才曉得會被送往哪座外島，稱之為外島分發，而吉藏被送往八丈島。

「在三座外島中，八丈島是公認最容易謀生的外島。我之所以知道此事，是載送大哥的船停泊在鐵砲洲外海的三天期間，長屋管理人告訴我的。童稚的我很高興，安心不少。」

船隻停泊的三天裡，親屬提出申請便得以和罪犯會面，罪犯甚至能寫信。大哥以拙劣的平假名寫了封信，謝謝我們送去的物品，並交待我們都別去探監，此刻他無顏見人。

「因此我們都沒去。長屋管理人要我趁船還停靠在鐵砲洲時，早晚向船隻膜拜，祈求大哥平安無事，他也陪我一起膜拜。」

每次雙手合十，藤吉都忍不住號啕大哭。不論哭得再久，淚水都不會乾涸。

「大哥搭的是春船。至今我仍記得，那幾天早上總是朝霧瀰漫。長屋管理人訓了我一頓，說都是我哭得太凶才會起霧，雲霧飄動，船內的大哥便知道我在哭，所以我不能掉淚。」

年幼的藤吉問長屋管理人和店主，大哥什麼時候才會回家。但沒人有答案，只能簡短地應句「總有一天會回來的」。

「最後，我大哥吉藏花了十五年的歲月才重返家園。」

「至少他是健健康康地回來吧。」

阿近開朗地詢問，藤吉也放鬆緊繃的雙頰點點頭。

「是啊。」

當時，藤吉已是某建材商的夥計。

「我從十五歲開始當夥計，那時正好被提拔爲二掌櫃。剛才也提過，我原是想成爲建材工匠，終究未能如願，於是我改當商人，想早點出人頭地。說起來似乎有點自賣自誇，不過我非常賣力工作。老闆性格善良，很明白我的上進心。」

藤吉對長屋管理人柿子爺爺許下某個約定。

「長屋管理人安排我當夥計後，不久便中風倒地。接到他病危的消息，我向老闆說有位待我如父的恩人病危要前去探望，告假獲准後，我便趕回長屋，想見管理人最後一面。」

藤吉趕到時，管理人已無法言語。他淚水盈眶，僅能單邊眨眼地躺在病榻上，頻頻想開口，卻無法成言。不過，幾經複述，藤吉終於明白柿子爺爺想傳達的話。

「管理人說了『吉藏』。」

直到臨終前，他仍惦記著吉藏。

藤吉緊握柿子爺爺的手承諾，等大哥回來後，我會好好照顧他，兄弟倆和樂地生活，請放心。吉藏的老闆也潸然落淚，對管理人保證：

「等吉藏從外島回來，我會僱用他的。他有一身好手藝，你不必擔心。我會讓他成家立業，好好照顧他。」

老闆告訴他，不必操心以後的事。柿子爺爺就此安心瞑目。

「老闆重情重義，沒有違背這個承諾。我大哥即將歸來時，他還前往靈岸島的船務機關迎接。」

可是我……藤吉說到這裡，突然像有異物鯁在喉嚨般停下。

可是？照這樣聽來，他沒去接船。

阿近心想，這也難怪。「您是別人家的夥計，不能說去就去，對吧？」

「不，不是的。」

藤吉好似要甩除什麼地使勁搖頭，望著阿近。

「他是我的親人，只要我提出要求應該會獲准。」

我沒向老闆請假，藤吉一口氣說完這句話。

「我一直對店內隱瞞有個遭流放外島的哥哥，所以無法開口。」

阿近雙手放在膝上，凝視藤吉如遭叢雲遮蔽般的陰鬱雙眼。

「老實告訴您吧。我覺得丟臉，不想讓店裡的人知道我有這樣的哥哥。」

阿近一時不曉得如何應對。

由於有慈祥的長屋管理人及可靠的店主支撐著藤吉，他才能長大成人，獨當一面。八歲時哭哭啼啼地與大哥別離的男孩，一面等候他歸來，一面出外工作，從供使喚的下人一路晉身為二掌櫃，此時，引領期盼的大哥終於返鄉。況且，對柿子爺爺的承諾，藤吉應該仍謹記在心，他不是才親口這麼說嗎？

但為何又……

藤吉似乎能明白阿近的困惑。

「很匪夷所思吧？」他有氣無力地笑著別過臉，緊閉的拉門外是曼珠沙華搖曳的紅花。

眞是歲月如梭啊，他自言自語般地低喃。

「昔日目送大哥離去時，我還是個幸福的孩子，不懂世間冷暖。雖知大哥吉藏犯了罪，卻感受不到任何沉重的負荷。因為一切重擔，都由柿子爺爺和店主代為扛下。」

八歲的孩童，過一年滿九歲，過兩年便滿十歲。隨著智慧漸長，藤吉逐漸明白大哥做了多麼可怕的事——不，是明白世人將這件事看得多可怕，多麼避而遠之。

過去別人代藤吉背負的重擔，如今他都得自己一肩扛起。

「世人忘不了我大哥，永遠記得他犯下的過錯。儘管表面上彷彿早已遺忘，但動不動又會翻出這筆舊帳。只要一提到那件往事，我也被迫回想，就算說者無心，但每聽一次，我便得忍受一次。」

那個叫藤吉的小孩，他大哥竟以殘酷至極的手段殺害當木匠的同伴，後來遭判處流放外島呢……

「如同先前所說，替我找到這份工作的，是長屋管理人柿子爺爺。小姐，您若細想，應該會認爲柿子爺爺已將我大哥的事毫不隱瞞地告訴店主吧？」

是的，阿近頷首。

「起初的確如此，柿子爺爺替我找工作時，挑選的是就算坦白道出我的身世，也願意接納我的店家。」

「有這樣的店家吧？」

嗯，藤吉望著拉門點頭應道，「不過一到店裡工作後，怎麼講……情況變得很糟。」

「有人搬出您大哥的事欺負您，或在背後說您壞話，是嗎？」

「沒錯。」

藤吉的目光移向阿近，微微一笑。

「這就是世人的嘴臉。甚至有人刻意向店主或我同事打小報告，細訴藤吉的大哥其實如何如何。當然，他們並無惡意，因爲這也是爲店裡著想。」

結果藤吉因此丟掉三個工作。

藤吉說得有些疲累，停下喘口氣，乾咳幾聲。阿近望著他心想，啊，掌櫃一直沒端茶過來。

確實，世人便是如此。不過以眼前這情況來說，吉藏殺人的手法及事情的發展更是火上澆油。吉藏平日是溫和、認眞的工匠，脾氣一來卻相當衝動，碰也碰不得，攔也攔不住，甚至拿起鐵鍬殺人。若換個看法，比起那些原本就行爲粗暴或素行不良的人，這種人反而更難對付。只因個性使然。

且這種個性的人，其兄弟的脾氣也大多相似。藤吉看來忠厚老實，工作認眞，但仍不能大意。搞不好取下他的假面具後，底下是張和他大哥一模一樣的臉。

僱用藤吉的店主及一起工作的同事，會對他充滿懷疑和不信任也情有可原。當然，偷偷告密、說他壞話的人亦是同樣心思。

搞不好藤吉也一樣，個性和他那殺過人的大哥很像呢。

最糟的是，藤吉無法推翻這些猜疑。他拿不出證據爲自己辯護，只能投入漫長的歲月，藉工作態度和性格博取別人的信任，努力讓大夥明白他不是大哥那種脾氣急躁的人。不過這段期間人們依舊排斥他，對他心懷不安，這也莫可奈何。

阿近猛然望向藤吉，發現他以溫柔的眼神注視著自己。

藤吉接著道，「不管什麼時候，我都絕不動怒。」

啊，阿近雙手摀嘴。

「因爲只要我一生氣，人們便會說，看吧，他就是這種人。」

「您一路走來，肯定很辛苦。」

藤吉莞爾一笑，略帶逗趣地挑眉，微微扯動嘴角，猶如一張丑角面具。

「這已完全成爲我的習性，如今我早忘記該怎麼生氣。看，就像這樣，不管如何變化，都擺不出發怒的表情。」

阿近想安慰藤吉，於是刻意露出笑容，反倒像極哭臉。我一定也和藤吉相同，只是自己沒發現罷了。

「其實我也很怕一件事。」藤吉繼續說，「若超出忍耐極限，不曉得我會不會變得和大哥一樣。想到這裡，我就恐懼不已。」

最不相信藤吉的，其實是他自己。

「因此十五歲到一家建材店工作時，我哭著懇求柿子爺爺這回別多嘴，替我隱瞞吉藏大哥的事。想必柿子爺爺也覺得該這麼做，所以他一直瞞著店家。」

聽到這裡，阿近已能體會藤吉不能前去迎接吉藏的心情。

「我沒忘記對柿子爺爺的承諾。倒不如說，我想忘卻忘不了，就是這樣才討厭。想拋開一切，卻無法捨棄，令人懊惱。」

阿近提出反駁，「可是長屋管理人明知你在店裡吃過那麼多苦頭，卻還要你許下那樣的約定，未免太過嚴苛，太強人所難。」

藤吉微微瞪大眼睛，「小姐果然善良。」

「不，每個人都會這麼想。」

「柿子爺爺深知我眞正的想法，才要我如此承諾。那並非他臨終前的心願，而是最後的叮囑。」

柿子爺爺的意思是，別棄吉藏於不顧。

「你其他的兄姊呢？沒必要全由你獨自承擔吧？」

不知不覺間，阿近對藤吉的稱呼由「您」改成「你」，實在有欠禮數，但當場不可思議地營造出這股親近感，讓阿近很自然地這麼做。

藤吉流露出目前爲止最無力、最困擾的笑臉，開口道，「他們全都不在了，早就逃得遠遠的。這也是世人的另一面，一旦各自有工作、家庭、人生道路，兄弟姊妹便形同陌路。什麼血緣關係，根本一點都不重要。」

連我也想逃，藤吉心有所感地說道。

十五年的歲月，讓之前那因崇拜兄長而哭哭啼啼引來朝霧的弟弟，搖身一變，成爲想棄兄長於不顧的男人。

「小姐，告訴您，我不斷祈求神明。不光內心這麼想，每次到狐仙廟或神社參拜，我便會雙手合十，祈求吉藏大哥別回來，別重返江戶。」

外島的生活十分嚴苛，據說罪犯老化的速度比一般人足足快上一倍。有人因生病或受傷而亡故，也有人得到赦免卻無家可歸，索性待在島上過日子。

「那是不可原諒的祈願，就算遭天譴也不足爲奇。」

隨著一聲嘆息，藤吉道出此語，隨即突然全身顫抖。他皺起眉頭，揚手緊按胸口，彷彿有個看不見的東西緊緊揪住心臟，想讓他就此斷氣。

阿近見狀微坐起身，不知如何是好。不久，短暫的痛苦過去，藤吉微微喘息，又恢復笑臉。

「呼，好像已平靜下來。」

「不要緊吧？」

「不，我沒事。不時會這樣，可能是上了年紀吧。」

阿近輕盈起身，「請休息一會兒，我這就去端茶來。」

藤吉雖說「別麻煩」，面容卻霎時憔悴許多，一手仍緊抵胸前。

阿近趕往廚房，想找尋有無熱茶或甜點。

此時廚房空無一人。她重新煮沸開水，取出盤子。碗櫃裡放有羊羹，她迅速切下一小塊裝上盤子。

阿近忙著四處張羅時，走廊上一陣腳步聲走近，掌櫃八十助探進頭。

「啊，小姐，客人回去了嗎？」

講得眞悠哉，我正要端茶過去呢，阿近故意略微噘嘴道。掌櫃聞言拍下額頭，發出一聲清響。

「糟糕！」

他的臉皺成一團，不斷鞠躬道歉，接著湊向阿近悄聲道：

「照當時的情況來看，對方好像要說些複雜難懂的話，我最怕這種事。此外，那位客人似乎也希望小姐當他的聽眾吶。」

八十助頻頻眨眼，一副覺得不可思議的神情。

「不過話說回來，你們聊得眞久，小姐很善於應對嘛。」

八十助並不清楚阿近的背景，想必認爲阿近只是個沒見過世面、個性內向的小姑娘。事實上，他也一直以這樣的態度對待阿近。

阿近突然感覺心頭被刺了一針，要是掌櫃聽過她的遭遇，不知會作何感想？

當然，起初應該會寄予同情，安慰一聲「眞是可憐」，但他也許會認爲我也該負點責任。

阿近不曉得別人將如何看待自己，在掀蓋示人前，無從得知。一旦掀開蓋子，讓人往內窺探時，看到別人產生的想法，自己內心或許也會隨之產生變化。

藤吉無法繼續懷抱對兄長的孺慕之情，誰有資格苛責他？

阿近隨口應付幾句後，急忙返回黑白之間。她輕喚一聲，打開紙門。

只見藤吉站在面向庭院的拉門旁，單手扶在門框上，正要拉開門。

五

阿近呆立原地，不由得高喊「大爺！」聲音大到差點震壞自己的耳膜。

那聲呼喊不像是傳入藤吉耳朵，反倒像化爲小石子擊中背部，令他一陣踉蹌。他手搭著門框轉過頭。

「哦，是小姐啊。」

阿近將端盤夾在腋下橫越房間，單手牢牢抵住拉門。

「這是在做什麼？」

在阿近的昂聲問話下，藤吉宛若挨罵的孩童，蜷縮著身子瞥開目光，後退數步離開門旁。

「對……對不起。」

見到他那可憐怯縮的模樣，阿近猛然回神，頓覺一陣羞愧。

「不，是我失禮了。」

仔細一看，茶水溢在端盤上，悉心切好的羊羹也已沾溼，阿近不禁脹紅臉。

藤吉也察覺這點，於是靦腆笑道，「我就這樣吃吧。小姐，請坐。」

他說著便先回座，阿近此刻巴不得想挖個地洞往裡鑽。

「我突然想確認一下。」藤吉端正坐好，輕聲道，「看那裡是否仍開著花。」

他指的是曼珠沙華的花吧。這話真古怪，扎根在地的花朵，不可能一會兒沒見便消失，也不會在短短幾個小時內枯萎。

藤吉是否另有掛心的事？他該不會想確認其他事吧？阿近的疑問已到嘴邊，但仍強忍下來。

藤吉以剩餘的半碗茶潤潤喉，繼續道出他的故事。

「我對店裡隱瞞大哥的情況，自然沒和大哥見面。大哥回來後，經過五天、十天、十五天……日子一天天流逝，我仍然盡可能不觸及大哥的事。一切交給大哥的店主處理就好，我不願和他再有牽連，彷彿闔上內心的蓋了。」

照顧吉藏的店主並未捎來任何信息。對方當然清楚，藤吉先前因著大哥的緣故而丟掉飯碗，吃過不少苦，也知道藤吉的兄姊都已逃得不見人影。眼下再刻意對藤吉說些什麼，只是徒增他的痛苦，店主想必也顧慮到這點。

然而吉藏返鄉一個月後，阿今到藤吉工作的店家找他。

「阿今小姐十年前嫁給某木材商，膝下育有三子，身材也豐腴許多，看來過得十分幸福。她的婆婆仍健在，如今她雖只是少奶奶，卻已散發出符合身分的威儀。」

阿今帶著一名女侍，特地以顧客的身分上門。她告訴夥計，今日想商量家裡修繕事宜，這邊的二掌櫃藤吉先生是我的舊識，可否請他來見我？於是藤吉得以從容地與阿今會面。

「我領阿今小姐到一個小包廂，她便遣回隨行的女侍，以無限懷念的神情微笑說，藤吉先生，好久不見。」

只是，她當然不是要談建築修繕的事。

「她問我可否和吉藏見一面。」

吉藏投靠昔日的店主，在他身邊幫忙。

——我們一直很擔心吉藏，但他比想像中有朝氣，也沒忘記以往擔任工匠時的手藝，家父放心不少。

——阿今小姐，您偶爾會回娘家，是嗎？

——雖不能常回去，但我會趁外出辦事時順道回家，我也想見吉藏先生。

她開朗地說，而後注視著藤吉。

——您不想見吉藏先生嗎？

「我一時想不出該怎麼回答，只好沉默不語。阿今小姐嘆口氣，悄聲說著『那也沒辦法了』。」

藤吉雙手扶地，向阿今磕頭道「真的萬分抱歉，我大哥吉藏請您多多關照」。他的口吻極為客氣，近乎懇求。這不是為了吉藏，而是為了自己。藤吉告訴阿今，我不能見他，希望兩人就此斷絕關係。

阿今悲戚地凝視著他。

「阿今小姐說，我很明白您的立場。」

——不過我想當面向您確認這點。吉藏先生從外島返鄉後，一直惦記著你們。他常說，弟妹的事，我未有一日稍忘。都怪我做了傻事，才使得他們如此痛苦、寂寞，不知他們是否一切安好、過著什麼樣的生活，我好想見他們。

起初店主編造許多理由解釋弟妹們為何不來看他，再三支吾其詞，終究不敵他的堅持。

——大約三天前，家父向吉藏先生坦白一切。

除藤吉外，其他弟妹早已音訊全無。藤吉住在附近，但有苦衷，沒辦法見吉藏。藤吉這些年受過不少苦。

——你要體諒藤吉的心情，不能苛責他，也不能恨他。你是曾流放外島的罪人，一輩子都無法抹除手臂上的刺青。

藤吉說到這裡，突然轉動眼珠，望向阿近。

「在江戶，罪犯的左臂會留下雙層刺青。」藤吉指著左肘下方。

「聽說店主提到這件事時，我大哥捲起袖子露出刺青，潸然落淚。」

吉藏曉得成爲罪犯的自己，帶給家人不少麻煩。然而知道和深切感受是兩回事，他或許仍覺得能夠依靠家人，期待弟妹願意原諒、接納他。

但是弟妹都離他而去，殺過人的哥哥讓他們承受太多不必要的苦痛，大哥早就不算親人……言語道出眞相。

「阿今小姐說，我大哥那天一直抱著頭喃喃自語，自責過於一廂情願，把事情看得太天眞，不配爲人兄長。」

即使不是江戶與八丈島這樣的距離，十五年的漫長歲月已足夠讓人心變遷。

藤吉低頭不語，阿今眼中噙著淚水。

——我同樣沒資格責備你，因爲我也沒能等到吉藏先生回來。

「等他？」

阿近不由得反問，藤吉頷首。

「吉藏大哥流放八丈島時，阿今小姐曾告訴店主，會發生這種事，歸咎起來都是我的緣故，所以我要等吉藏回來，和他成婚。」

吉藏一直暗戀著阿今小姐。

「阿今小姐似乎也明白他的心意。不過阿今小姐底下有個要繼承家業的弟弟，店主打算讓阿今小姐嫁人（註）。而阿今小姐在吉藏大哥引發那件事前，並未對他抱持特別的好感，才有那椿告吹的婚事。」

後來，阿今堅持地告訴店主，既然發生這種事，她也改變了決定。

「可是店主狠狠教訓了阿今小姐一頓。他說，妳等吉藏回來，並非因爲愛他，只是覺得欠他一份情，這樣的婚姻不會幸福。出這什麼餿主意，馬上給我嫁人去！」

──妳若以這般心思嫁他，對吉藏反而更爲殘酷。

藤吉應該是在模仿店主當時的語調，語調強勢許多，還帶有捲舌音。

「於是阿今小姐嫁給別人，過著幸福的日子。店主的想法沒錯，阿今小姐也很清楚這點，但仍對吉藏大哥感到歉疚，才會落淚。她那同情吉藏大哥的善良心靈並未乾涸，還專程來告訴我這些事。」

說到這裡，藤吉吞口口水。

「我愈想愈生氣。」

他雙手握拳置於膝上。

「生阿今小姐的氣？」

阿近不懂藤吉的心情，輕聲問道。藤吉抬起臉，瞪大眼睛。

「怎麼可能，我氣的是吉藏大哥。」

他給大夥添了天大的麻煩，讓弟妹吃盡苦頭，至今還要人家替他擔心。阿今小姐爲他哭泣，店主爲他操心，柿子爺爺臨終前一直將吉藏掛在嘴邊。每個人都「吉藏、吉藏」地念個不停。

註：依當時日本的習慣，若家中沒有兒子，便招贅收女婿當養子，反之則不必刻意招贅。

「我大哥是個殺人犯，爲此我嘗盡痛苦和懊惱，偏偏大夥都棄他而去。他這始作俑者嘴上好像很明瞭，誰知道他心裡究竟怎麼想。或許他認爲眞正可憐的是從外島返鄉的自己，他以前百般呵護的弟妹，在他落魄之際竟如此冷漠無情。我不禁這麼想，只覺得怒火中燒。」

藤吉第一次這樣憎恨吉藏。

「先前我討厭大哥，總是抱持逃避的心態，多少帶有一點歉疚。但與阿今小姐見面後，我的想法隨之改變。」

大哥爲什麼厚著臉皮返家？爲何沒死在島上？

「剛才也提過，吉藏大哥流放外島時，我曾祈禱他別回來，不過我眞正的心願不僅於此。大哥回來後，我益發不能原諒他。這次我打從心底怨恨、詛咒他。倘若他就這樣在店主家安穩過活，如店主所願重新成爲厲害的工匠，娶妻生子、幸福度日，也太沒天理了。今後我仍舊得膽戰心驚地提防大哥的事遭人發現，害怕哪個口無遮攔的傢伙透露這個祕密，他卻不必受這些折磨，還能博得溫情關照，世上還有比這更不公平的事嗎？」

藤吉雙眼怒火噴發，瘦削雙頰恢復原本的紅潤。

阿近猶如冷水淋頭般，一陣寒意襲身，不住後退，但藤吉並未察覺。

「吉藏大哥乾脆死掉算了，我眞的這麼想。我企盼殺過人的大哥受到應得的報應。」

吉藏曾殘忍地殺害一名木匠，那人心中該是何等不甘，想必臨死時非常痛苦難過。

「若世上有所謂的亡靈，眞希望能現身報復吉藏大哥。我這個與他流著相同血脈的親弟弟早晚都如此祈禱，連在夢裡也不忘祈求。這般誠心，怎麼可能不傳進亡靈耳中？」

那麼亡靈眞聽見他的請求嘍？難道那慘遭殺害的木匠怨靈眞的出現？

阿近不敢出聲詢問，只是瞪大雙眼。藤吉似乎忘了她也在場，急促喘息，眼尾上揚，殘忍冷笑。

「十天後，我大哥在店主爲他安排的四張半榻榻米大的房裡，朝門框綁上麻繩，上吊自縊。」

阿近不住顫抖，連坐在原地都覺得煎熬。藤吉動也不動地坐著，雙目圓睜地望向空中。

「你大哥……」阿近終於鼓起勇氣開口，「看到亡靈了嗎？」

看到應你召喚，自另一個世界而來的亡靈，那張遭鐵鍬硬生生打爛的臉。

藤吉全身虛脫。他雙肩垂落、鬆開拳頭，緊綳的嘴角也鬆弛下來，接著他眨眼望向阿近。

「大哥的死訊同樣是阿今小姐告訴我的。多虧有她，我才得以隱瞞內情，編造藉口和她一起趕往店主家。沒錯，我是帶著興奮的情緒前往。」

爲了目睹吉藏的死狀，爲了確認他是眞的死去。阿近心裡很清楚，藤吉就像成功戰勝仇敵一樣，得意洋洋地直奔店主家。

店主和阿今讓藤吉看吉藏朝北而臥的遺體。吉藏彷彿死後仍感到歉疚般，雙眉低垂，嘴角歪曲。

「店主哽咽地告訴我，大哥在門框上吊自縊時，還垂落數滴淚水。」

藤吉模仿店主的語氣及阿今哭喪的表情。在店主面前不能表現出高興的樣子，也不能在阿今眼前拍手叫好，歡聲大喊「好高興，太棒了」。

「我欣喜地想著，此後就不必再爲大哥的事煩惱，但同時也對亡靈油然生起敬畏之心。或許該說是對那木匠怨靈的感激之情吧，感謝他聽見我誠摯的祈願。」

眼前的藤吉外表老實善良，在說故事的過程中不時會體察阿近的感受，他果眞如此冷酷？長期壓抑下無處宣洩的憤怒和憎恨，一旦解放眞會令人變得這般醜陋？

醜陋？阿近自問，而後搖搖頭，我也沒資格說人。

「大哥蒼老許多，整個人縮小一號。我淡淡這麼想著，沒什麼特別感想，十分冷靜。」

說到這裡，藤吉才想到要喘息般，發出略帶顫抖的嘆息。

「店主替我大哥安排的房間，面向庭院。」

藤吉突然話鋒一轉，阿近雖感不解，仍點點頭。

「店主對家中布置不太講究，任憑庭院荒草滋長。一些不知名的花草叢生，枯萎後又冒出新芽，猶如山野景致。」

當中有叢盛開的曼珠沙華。

曼珠沙華終於登場，阿近暗暗嚥下口水。

「我大哥是搭秋船返鄉。不過那時深秋已至，花色盡褪。枯萎的曼珠沙華在秋風吹拂下，發出乾燥的沙沙聲。」

猶如竊竊私語般，秋風輕撫乾癟的枯骨，發出迷幻之聲。

「替吉藏大哥的覆上白布後，店主轉頭望著我，伸手指向庭院的曼珠沙華。」

——約莫十天前起，吉藏便深深爲那花著迷。

正是藤吉會見阿今，對大哥燃起恨意的那天。

——只要一有空，他就獨坐在那兒，望著曼珠沙華發呆。

店主也曾問他，幹麻喜歡那種散發陰氣的花。

——因為那又稱作赦免花，我心想，吉藏大概是將自己的境況投射在花上。

這時，吉藏微笑應道。

——花叢間不時會露出人臉。

阿近注視著藤吉。隔了一會兒，藤吉也回望著她，頷首道，「是的，我大哥確實這麼說。」

店主問吉藏，到底出現誰的面孔？花叢裡不可能出現人臉啊。

吉藏掛著淺笑回答，是我熟悉的面容，是那個生我氣的人啊，老闆。

「我當下……」藤吉緩緩蒙住臉，似乎不願讓阿近看見。「真的好高興啊。沒錯，正是那遭殺害的木匠亡靈，他懷著怨恨現身了。我心想，原來願望是以這種形式傳到亡靈耳中。」

曼珠沙華，別名赦免花、死人花。

店主曾想剪除這陰森森的花，但吉藏不同意。他說，請讓它留在這裡吧。

——他來見我了，以這種方式來見我了。

吉藏嘴角掛著微笑，眼中泛著淚光。

——我望向那叢花，發現他躲在後頭凝視著我。我向他道歉，對不起，一切都是大哥不好。大哥。

阿近懷疑自己聽錯，欲加以反問，但藤吉早一步雙手掩面，弓身長嘆一聲。

「吉藏大哥看到的那張臉，就是我，不是什麼亡靈！是我這性格乖僻，請求亡魂懲罰大哥的弟弟生靈出竅，躲在死人花後瞪視大哥。儘管大哥一再向我道歉，我仍不肯原諒他，終於將他逼上絕路。」

六

伊兵衛與阿民返家時，阿近獨自待在黑白之間。她坐在緣廊上，凝睇著曼珠沙華。

從掌櫃八十助那裡聽聞事情的始末，夫婦倆草草換下衣服，一同來到黑白之間。

「聽說妳很用心接待客人，眞是辛苦了。」

「八十助還說，那位客人聊了好久，多虧小姐高明的接待手腕，直誇獎妳呢。」

兩人你一言我一語地慰勞阿近。阿近低頭鞠一躬，想應些合宜的話，諸如「叔叔嬸嬸，事情辦得如何？」或「叔叔嬸嬸辛苦了」之類，卻說不出口。一和叔叔嬸嬸慈祥的眼神交會，她的淚水便撲簌落下。

阿近向吃驚的兩人重述藤吉的故事。這回沒人打岔，全由阿近敘說，但她不時確認似地望向庭院的曼珠沙華。紅花靜靜佇立在西傾的秋日夕陽下。

聽完故事，伊兵衛長嘆一聲。阿民靠向阿近，輕撫她的背。

「這樣妳又接觸一個不可思議的因果故事，眞不容易呢。」

伊兵衛此話一出，阿民賞他一個白眼。

「所以我就說嘛，應該叫新太告訴客人，取消這次的聚會才對。」

新太是三島屋唯一的童工。

「你明知阿近遭受何種苦難才離家，像那些誰死去、誰被殺之類的事，她絕不會想再聽。阿近也太可憐了。」

挨一頓訓後，伊兵衛馬上收斂許多。他連聲抱歉，舉起手制止阿民。

「可是八十助剛才說松田屋老闆和阿近聊得很開心，臨走時還客氣地答謝。」

他若有所思地低語，原本一直低著頭的阿近抬起臉。

「那位客人的店名叫松田屋嗎？」

「哦，客人沒講嗎？」

叔叔告訴阿近，對方確實是建材商，只是名字不叫藤兵衛。

「雖然知道店址，但我不想透露。松田屋老闆應該不會再來這裡，看來緣分僅有這次。」

「那很好啊。」阿民板起臉孔，「把年輕女孩嚇成這樣有啥意思，再壞心也要懂分寸。」

伊兵衛偷瞄發火的老婆，暗自苦笑。這時，他突然想到什麼似地轉身面向阿近。

「阿近，松田屋老闆坦言他生靈出竅逼死大哥吉藏後，神情如何？」

藤吉潰堤般滔滔不絕，宛如被人打倒一樣伏臥在地，但過沒多久便坐起身，恢復沉穩的表情。

他眼角微微泛紅，呼吸卻不再急促，語調也恢復平靜。

「接著他說，謝謝您聽完這故事。」

我從未向別人提起這往事，傾訴後覺得罪業減輕許多……

「後來松田屋老闆準備告辭，我打算送他出門，他卻出聲阻止『小姐，請留步』，於是我請八十助代爲送客。」

所以八十助回報客人離去時相當開心。

「松田屋老闆應該不會撒謊，他當眞很高興吧。道出埋藏多年的心事，想必舒坦不少。」

這都是妳的功勞，伊兵衛溫聲稱讚阿近。

「可是阿近被迫聽這故事，怎麼受得了啊。」

「好啦，別那麼緊張。」伊兵衛頻頻安撫阿民，「妳想想，松田屋老闆重複強調，這兒有盛開的曼珠沙華，還有阿近在，算是冥冥中註定的緣分。他也一眼看出阿近神色帶有一絲落寞，所以阿近雖沒盡吐自己的遭遇，起碼略有傾訴的意願，對吧？」

伊兵衛的意思是兩人潛藏的悲傷相通。

阿近明白叔叔的言外之意。見一旁的阿民爲自己生氣，阿近輕輕執起她的手，緊緊握住。阿民望著阿近，牢牢回握。

「妳們怎麼看？」

伊兵衛凝視著庭院的曼珠沙華，問阿民與阿近：

「松田屋老闆自他大哥死後，便很怕看到曼珠沙華。當然，這是由於他一看到這種花，就想起他大哥，想起自己的所做所爲。然而，當時他在曼珠沙華花叢間瞧見的又是誰呢？」

「你的意思是花叢間還會出現人臉嗎？」

阿民似乎無法接受。她頻頻眨眼，來回望著丈夫與庭院的紅花。

「啊，對了。阿近，松田屋老闆也已坦白這件事吧？」

伊兵衛說的沒錯，阿近重重點頭。

「我明白他畏懼曼珠沙華的原因，但花叢後為什麼會露出人臉呢？」

伊兵衛朝困惑的阿民努努下巴，朗聲而笑。

「阿近，妳嬸嬸就是如此，個性率真，為人處世也一樣直爽，對任何人都胸懷坦蕩。我可真是娶到了不起的老婆啊。這是我當男人的福氣，也是當商人的福氣。」

阿近笑著頷首，以指尖拭去眼角殘淚。

阿民笑道，「你們兩個是怎麼啦？好像我不是一國的。」

「不過我卻多少心中有愧。」伊兵衛接著說，「所以我隱約明白松田屋老闆從花叢間看到人臉的原由。」

「叔叔。」阿近回道，「我認為藤吉……不，松田屋老闆看到的是自己的臉。」

吉藏死後，每當秋風吹起、曼珠沙華盛開，藤吉便會從飄搖的紅花中看見自己的臉。藤吉不願承認，那張瞪著怒眼，怨恨大哥、咒他早死，責備他竟苟活世上的面孔是自己的。

這樣啊，伊兵衛輕聲應道：

「我仍認為松田屋老闆看到的是他大哥。那張泛著淚向他道歉，請求原諒的苦悶面容，從赦免花縫隙間探出……」

真可怕，阿民顫聲說。

「松田屋老闆吐露這祕密後，沒打算現場做個確認嗎？」

阿近搖頭，「其實我曾問他願不願意這麼做，因為我離席期間，他一度想打開拉門……」

原來如此，藤吉忍不住想看三島屋庭院裡的曼珠沙華是否也會出現人臉。

然而，藤吉婉拒了阿近的建議。

「他說，剛才太過魯莽，這絕不能讓小姐看見。」

阿民突然面露慍容，摟住阿近的肩膀，「老爺，他的意思是假如阿近一起打開拉門，也會看到已死的吉藏或松田屋老闆的生靈嗎？」

「嬸嬸，您娛會了。」這次換阿近安撫阿民，「我大概什麼都看不到吧。松田屋老闆是指坦誠這個祕密後，他必須獨自確認那張藏在曼珠沙華後的臉——不，應該說那張臉是什麼表情。他說不能讓我看見，其實是不願暴露他面對那張臉時的情緒。」

「他想必是覺得難爲情。」伊兵衛說，「才急著回去。」

阿民來回望著丈夫與姪女，接著望向曼珠沙華的紅花，像小姑娘似地噘著嘴，嘆口氣。

「我完全搞不懂，這究竟怎麼回事啊。若說是遭吉藏打死的木匠化爲亡靈害死他，我還比較能理解。」

「這倒也是，所以我才說妳是個好女人。」

伊兵衛向陪伴身邊多年的妻子投以眞心疼愛的眼神。

兩天後。

伊兵衛喚來和阿島一起在廚房忙碌的阿近。不過並非要她到伊兵衛的房間，而是黑白之間。

伊兵衛獨自站在緣廊，自藤吉——松田屋老闆回去後，曼珠沙華就像完成任務般，突然枯萎凋謝，一朵不剩。庭院裡的豔紅盡褪，徒增秋日的枯黃。

阿近拆下束衣帶，理好衣領和衣袖，端正坐好。伊兵衛對她說：

「剛才接到消息，松田屋老闆過世了。」

阿近瞠目結舌，一時答不出話，「啊，果然不出所料」的心情混雜著驚詫湧上心頭。而這當中又夾帶著「爲什麼我不覺得意外？」的困惑，思緒層層糾結。

「他原本就有心臟病，之前也曾臥病在床。」

阿近雙手按著胸口，「之前在這兒談話時，他也曾露出呼吸困難、胸口疼痛的表情。」

「這樣啊。他去看病拿藥，醫生還嚴肅地吩咐他要注重健康，好好調養身子。」

今天早上，他比平時晚起，家人進房關切，卻發現他全身冰冷地死在床上。

「據說是在睡夢中過世，一臉安詳。」

這算是壽終正寢吧，伊兵衛又補上這麼一句。接著，兩人沉默地望著枯草和芒穗搖曳的庭院。

不久，伊兵衛開口：

「昨日，松田屋老闆獨自外出大半天。回來時，衣服上散發著焚香的氣味，他兒子……啊，就是他的接班人，瞧著納悶，便問他是否去過寺院。松田屋老闆回說去看一個多年不見的舊識。」

是去看吉藏嗎？

「松田屋老闆感嘆著，好久沒見面，眞是懷念。他還笑說，都已是這個季節，寺院和墓地仍開滿曼珠沙華。」

阿近伸手掩面，想抑止湧出鼻端的涕淚。

「我們到底誰猜得對，看來已無從得知。不過我想無論那是哪張臉，松田屋老闆去看曼珠沙華時，一定帶著微笑。」

因爲藤吉面帶笑容地說，曼珠沙華滿開。

「松田屋老闆獲得諒解了嗎？」

伊兵衛回望阿近，「才不是呢，是他放過自己。」

這話意指，藤吉已原諒藤吉。

「他道出潛藏心中的罪過，與自己達成和解。」

而促成這個契機的就是妳，伊兵衛道：

「所以這算是妳的功勞。」

「我只是聽他講故事而已。」

「可是仔細想想，爲什麼松田屋老闆選中妳？」

前天伊兵衛才說過，他們心中的悲傷相通。

——小姐，您是個善良的人。

藤吉溫柔的話聲在阿近耳畔響起。

——我果然不該對您說這種事。

之前藤吉神情狼狽地替阿近擔心時，瘦削的臉龐更顯蒼白。

「阿近。」

在這聲叫喚下，阿近挺直腰桿。

「要是妳也能像他一樣就好了。」

「叔叔……」

「如果妳願意向人傾吐心事，解放自己，一掃胸口的陰霾，便再好不過。應該會有那麼一天，只是不曉得何時會到來。我和阿民只知道情況，但恐怕無法勝任這項工作。妳將選中某人，而那人會除去妳心中凝結不散的悲傷。」

伊兵衛語調平靜卻充滿自信，阿近差點就此聽從他的話。她雖想順從伊兵衛的建議，又覺得抱持這種自私的想望只會徒增罪過，於是緊閉雙眼。

細數時日，事發至今已有半年。這段期間我到底是怎麼走過來的？阿近為此感到驚訝。相反的，另一個受過往緊緊束縛的自己，卻覺得怎會只過了半年。

半年前，阿近全力投入家中的旅館生意，每天勞碌奔波，某天突然有人上門提親。

有婚事上門，並非什麼意外之事。阿近芳齡十七，家中有兄長喜一，不必擔心家業無人繼承。喜一也曾半認真半開玩笑地嘲諷，要是妳遲遲不嫁，成為難纏的小姑，才真教人頭疼。

阿近也認為自己總有一天要出嫁。不知是幸還是不幸，截至目前為止，她從未有喜歡的人。接受父母認可的對象合情合理，商家的女兒大多是這樣走入婚姻。

前來提親的，是與阿近家同在山崎驛站經營旅館的「波之家」長子。事實上，約莫三年前雙方便曾談過這樁婚事。

當時這名長子——良助，素行不端，因沉迷賭博和風月場所，而將家裡的錢財揮霍殆盡，父母又哭又罵，直嚷著要和他斷絕關係，常把波之家搞得雞犬不寧。這時有人出點子，說只要娶妻成家，浪子便能回頭，於是找上住附近的阿近。

替放蕩不羈的公子哥找個新娘，只爲幫助他洗心革面，這並非什麼奇聞。因此阿近見父母和大哥對波之家的提親大表震怒時，心中頗爲驚訝。其中尤以喜一最爲氣憤，他對擔任媒人的寄合頭（註）滔滔不絕地罵道，我們家阿近可不是救火隊，見兒子耽溺逸樂卻無法管束的糊塗父母，及依賴父母過活、只會終日玩樂的糊塗兒子，要我們家阿近去幫他們擦屁股，想得美！就算菩薩託夢，要我們將阿近嫁給波之家，我也不會答應！阿近不禁看傻眼。

如今回想，阿近那時十四歲，而正值放蕩年紀的良助十九歲。倘若阿近年紀稍微大一點，喜一的想法或許會改變。

氣得滿臉通紅的喜一已二十一歲，十八、九歲時他也曾一度放縱，害父母操心。儘管周遭人不斷苦勸，只要那股玩勁沒退，他便絕不罷手。然而，這股熱潮總會冷卻，真正的男子漢時候一到，便會下定決心戒除。若無法戒除，便一輩子也戒不掉。不等那個時刻來臨，看清楚良助是什麼樣的男人，就要將稚嫩得宛如臉上還留有胎毛的阿近娶進門，讓她改掉男方的壞習慣，喜一無法原諒這種不負責任的想法。此外，他也對毫無男子氣概的良助相當氣憤，一個年方十四的小姑娘，很可能因他墜入不幸深淵，他卻不當回事。
由於這層緣故，三年前有過那麼一場落空的婚事，沒想到對方竟然再度上門提親，仔細詢問後得知，這次是良助個人的意願。
他已完全洗心革面。誠如喜一所言，他的玩心已退。三年前，喜一狠狠痛罵他一頓，他虛心接受，眞心爲之折服。由於家中同在驛站經商，兩人從小便認識，經過這件事，他對喜一大爲改觀，很想娶阿近入門，叫喜一一聲大舅子。
換言之，曾沉溺玩樂的良助，也和喜一一樣脫胎換骨，長大成人。
年滿十七的阿近，看這樣的良助頗爲順眼。這並非一見鍾情，但她覺得良助是個不錯的對象。所以這次婚事進行得相當順利，喜一與良助愈走愈近，還談到彼此的夢想，打算日後將兩家合併，成爲川崎驛站最大的旅館。
然而，正當雙方都爲這樁婚事感到高興，想著「該定下來的時候，一切都會自然定下」之際，唯獨某個人心生危險的念頭，且此人就在阿近身邊。
如今，阿近腦中仍不時浮現那人最後朝她呼喚的臉。
——要是忘了我，絕不饒妳！
怎麼可能忘得了。要眞能忘，不知有多輕鬆。阿近闔上眼，蜷縮著身子，僵硬地屏息等待那張

註：江户時代的官名。

面孔消失。

回過神時，阿近感受到伊兵衛的視線。他瞇著眼，爲幫不上阿近而強忍心中的焦慮。

凶宅

一

松田屋的藤兵衛過世後，阿近留下先前與他交談時的回憶，恢復原本平穩的生活。

不過三島屋的主人伊兵衛身邊，自接獲藤兵衛的死訊後便起了些變化，不久即演變成令家人和夥計面面相覷，深感納悶的情況。

要說究竟有什麼改變，那就是訪客頻頻上門。

由於家中經商，原本便時常有人進出，若只是這樣根本不足爲奇，可是新訪客明顯不同以往。首先，他們大多是人力仲介商，登門時都會自報名號，表明是應三島屋老闆之邀而來，然後畢恭畢敬地隨夥計前往內間。得知這些仲介商都是老爺主動邀約，夥計紛紛感到疑惑，因爲三島屋一向只與熟識的仲介商往來。

不過，幾名客人來訪後，那熟識的人力仲介商終於也上門。他是個在神田神社下開店的光頭老翁，和伊兵衛熱絡地商談約一個時辰（註）後，便準備告辭。三島屋的掌櫃八十助在脫鞋處一把拉

註：一個時辰爲兩小時。

住他的衣袖。

「燈庵老闆。」

八十助以老翁的店名稱呼他。

「都老交情了，我就開門見山地問。你今天到底是來和我們家老爺談些什麼啊？」

講白一點，人力仲介商做的便是活人的買賣。只要從事這行業多年，便會累積一身其他行業所沒有的污垢，甚至是髒油。燈庵老人皺紋密布但仍滿面油光，站姿精悍背卻有點駝，舉止雖謙恭客氣，可看女人和小孩時不像這年紀該有的眼神，看男人的目光則似在打量芋頭的分量，帶有一股冷峻之氣。總而言之，他是個教夥計很不舒服的人物。

燈庵老人此刻猶如潛伏於沼澤的巨鯉，轉動骨碌碌的大眼回句：

「哦，原來你們什麼也沒聽說啊。」

光這話聲就讓人覺得胃裡一陣糾結，資深女侍阿島曾皺著眉，以獨門大嗓這麼說道。

「既然三島屋老闆沒透露，我也不能告訴你們。」

八十助纏住他不放，「不過最近老爺找來許多你的同業呢。老爺在打什麼算盤，難道你不在意？」

「不會啊。」燈庵老人笑道，「因爲就是我安排那些人到這裡來。」

八十助及躲在暗處偷聽兩人對話的阿島、阿近、童工新太，一聽他這麼說，紛紛豎起耳朵。

「什麼？」

「順便給個忠告吧，八十先生。你若是再不鍛鍊辨識客人品格的眼力，日後三島屋愈來愈有規模，你恐怕就當不了這個大掌櫃嘍。」
燈庵老人受伊兵衛之託找來的那些訪客，並非全是人力仲介商。當中有讀賣頭子，也有小廝。讀賣是指印報業者，小廝則是替捕快跑腿的小弟。
八十助聽得目瞪口呆，「老爺到底想透過那些人做什麼啊？」
「我說……」燈庵老人露出貧瘠的牙齦冷笑，「你就好好看著吧。放心，別慌，伊兵衛先生不會虧待自家夥計的。」
「這個……我明白。」
燈庵老人丟下困惑的八十助，套上扁鞋啪噠作響地跨過大門門檻時，隔著八十助落下一句：
「偷聽時得留意影子，藏住身體卻沒藏住影子。」
他朗聲大笑，緩步離去。阿島與阿近互望一眼，同時望向腳下，原來如此。
「啊，被發現了。」新太稚聲驚呼，阿島敲他一記腦袋。
「眞是個不討人喜歡的老頭。」
阿島凌厲地望著燈庵老人消失的方向，噘起嘴。
「不過老爺也眞是的，到底有何陰謀？」
「以陰謀形容太過分啦。」
阿近應完，噗哧一笑。新太很疼似地按著挨揍的地方，表情和動作既可愛又好笑。阿島的手勁十足，就算只是輕敲一下也非常痛，這是經驗老道使然。
「店裡會發生什麼事？老爺會要我們捲鋪蓋走路嗎？」

唯獨八十助打從心裡感到不安。

之後又過了四、五天，來路不明的陌生客人仍不斷上門。接著，這種現象突然中斷。

某日，一整天都沒訪客，阿近再次被喚至「黑白之間」。

「看來，一切已安排妥當。」

伊兵衛開口便這麼說。阿近想到先前八十助的愁容，及剛強的阿島著急的模樣，眼前伊兵衛的泰然自若，實在教人生氣。

「安排什麼？」

阿近不自主地噘起嘴，伊兵衛則氣定神閒地雙手交抱。

「有項工作要交給妳去辦。」

伊兵衛透露他一直在爲這事做準備。

「從今天起，這裡就是屬於妳的『黑白之間』。」

阿近聽得莫名其妙，不禁雙目圓睜。伊兵衛微笑以對。

「我與棋友對奕時，確實是黑白勝負的爭奪，但以妳的情況來說，則意謂著細看世上事物的黑與白。未必白就是白，黑就是黑，只要換個想法，顏色便會改變，也有所謂的中間色……嗯，沒錯。」

他開心地低語，自顧自地點頭。

「叔叔，您在講什麼啊，我怎麼聽得一頭霧水。」

伊兵衛依舊面帶微笑，卻倏地從叔叔對姪女的神情，轉爲主人對夥計的態度。眉間皺紋、兩頰彈性、嘴角線條，明明看似無異，但氣氛不知不覺緊繃起來。

阿近不由得重新坐好，驚詫之餘，她領略一件事。她之所以看得出叔叔的轉變，是因體內有部分已成爲眞正的夥計。身爲夥計，她養成觀察伊兵衛顏色的眼力。

「從今天起，約莫五天就會有一名客人造訪這裡。對方會講故事給妳聽，至於是內容如何，我也不清楚。」

「請、請等一等。」

伊兵衛不予理會，逕自繼續道，「聽眾只有妳一個，由於是在這前提下找來的客人，不能違反約定。聽完後，妳要仔細回味對方的故事，在下一位客人上門前，換妳向我轉述。到時候，也希望妳聊聊感想。妳的聽眾只有我，不過要是妳願意，也可找阿民或其他人一起聆聽。」

伊兵衛滔滔不絕地說個沒完，阿近心中一慌。

「叔叔，這怎麼回事？您一會兒說約定，一會兒說找人來，是什麼意思？」

阿近驚呼一聲，手摀著嘴。

「難不成是最近上門的那些古怪客人？您找來人力仲介商、印報商，及捕快的手下。」

「哦，妳知道啊？」

「從燈庵先生那裡聽來的。」

伊兵衛故意擺出「我正在奸笑」的模樣。

「妳偷聽而且被他發現了，對不對？大家都做同樣的事。」

這下阿島也學到教訓吧，伊兵衛低語：

「我一再警告她，不可能鬥得過燈庵老爺爺，但愈是這樣說，她就益發認眞起來。」

的確，當時阿島輕戳阿近側腹，邀她一起聽兩人對話。可是之前阿島也都這樣偷聽嗎？阿近內心頗爲驚訝，不願正視這個問題。

「她是個可靠的女侍，怎會……」

「每個人都有一、兩樣壞習慣，我並非指責阿島品行不端。」

伊兵衛輕拍手掌說：

「看吧，這也是個例子。什麼是白，什麼是黑，其實模糊難辨。」

眼看再這樣下去，便會被叔叔給蒙混過去。爲挽回劣勢，阿近移膝靠向伊兵衛。

「叔叔，我還有女侍的工作，沒辦法像您說的那樣，每五天一次在這裡悠哉地聽客人講故事啊。」

「所以啊，這也是妳的工作之一。我會交代阿島，她心裡應該很明白，絕不會拒絕。」

從一開始，阿近就沒有退路。

「您究竟打算要我做什麼？」

「只是要妳聽故事而已。全江戶——不，或許也包含附近的居民，人們由四面八方帶來不可思議的軼事。妳就像先前接待松田屋老闆那樣，仔細傾聽便行。」

「爲什麼您找來那麼多人？三島屋可是間提袋店哪。」

伊兵衛得意洋洋地露出微笑，「這就是我的精心安排。我透過眾多人力仲介商、印報業者、捕快手下四處宣傳，筋違橋的三島屋在收集各種奇聞軼事，有此經歷者請前往接洽，將奉上薄禮。」

原來如此，阿近終於弄明白，但仍不能接受。

「叔叔，這是爲什麼？難道是您的新嗜好？」

耗費這麼多金錢和時間，一時好奇也該有個限度。

「沒錯，是我的新嗜好。」

「既然這樣，請您自己來吧。」

「才不要。」伊兵衛頑童般地吐舌扮鬼臉。什麼嘛！連新太也不會這麼做，阿近暗忖。

「我很忙，沒辦法花整天逐一接見訪客，可是又想聽他們的故事，所以妳得代替我。當店裡休息，我也得空時，妳再重新歸納，轉述給我聽。」

再怎麼任性也該適可而止，阿近不禁傻眼，伊兵衛趁勢站起身。

「沒問題吧。第一位客人未時會來，還有半個時辰，妳快去換件衣服。我會命人張羅茶水及甜點，妳就不用操這個心了。」

「叔叔，請等一下！」

由於不便拉著叔叔的袖子挽留，阿近只好朗聲道：

「既然是您的吩咐，阿近明白，會照做的。」

「嗯，有這心思很好。」

伊兵衛裝蒜回應。阿近很想像之前阿島對新太那樣，啪的一聲，用力賞叔叔額頭一掌。

「可是初次見面就要引對方侃侃而談，實在太困難。我既非捕快，也不是房屋管理人，不懂如何套話，才能巧妙讓對方吐露故事。」

「只要像先前妳對松田屋老闆那樣便行。」

「那是順其自然的結果。」

「這次同樣順其自然不就得了。」

伊兵衛輕浮的口吻彷彿在戲弄阿近。

「叔叔，您到處宣傳只要對方帶來奇聞軼事就給賞金，是嗎？」

「沒錯。」

阿近朝榻榻米上一拍，以代替伊兵衛的額頭。

「您未免太過大意，搞不好會有爲獲得賞金而捏造故事的人。」

伊兵衛絲毫不爲所動，「只要不知道是假的，還不都一樣？」

「可是……」

「妳分得出對方故事的眞僞嗎？」

阿近頓時無言以對，伊兵衛又露出奸笑。

「若聽得出，便是妳的功勞。不過阿近，在這種情況下，妳還有其他任務。爲什麼這名客人要編故事？只是想撈賞金嗎？要是妳沒能看穿這點，這項工作就不能結束。」

「這太強人所難了！」

伊兵衛對阿近的抗議置若罔聞。

「此外，故事如果明顯是杜撰的，倒還簡單。有時是故事中的某個部分與實情有出入，或遭省略，甚至是加油添醋。在這種情況下，在看出謊言與眞實後，妳得進一步思考對方這舉動背後的原因，並告訴我妳的想法。」

任務愈來愈難，此事談何容易。伊兵衛留下無言以對的阿近，迅速起身。

「對了，我會派人送來妳喜歡的茶點。」

伊兵衛以逗她開心般的口吻說著，悄聲闔上拉門。阿近望著拉門半晌，使勁吐舌，扮了個鬼臉。

隨著未時的鐘聲響起，一名身材苗條，約莫大阿近十歲的美女，在八十助的引領下來到黑白之間。搭著她那引人注目的雪白粉頸，粗格子圖案的和服與深色襯領顯得分外好看。

果眞如伊兵衛所言，在阿近換裝打扮的這段時間，黑白之間已備妥小火盆、鐵壺、一組茶具及放著兩種茶點的漆器。庭院裡的曼珠沙華凋謝後，秋天突然加快腳步，早晚都覺得腳尖發冷，所以火盆雖小，但對背後吹著晚秋寒風，專程前來三島屋的訪客而言，這溫熱或許算是貼心的款待之一。

帶領客人進屋的八十助，摸不著頭緒的心情全寫在臉上，而跟在他身後的美麗訪客也一副侷促的模樣，惴惴不安地不斷朝屋內打量，一會兒摸摸髮髻，一會兒整理衣襟。

近距離與阿近會面後，她立刻道出來意，「我是人力仲介商燈庵先生介紹的。」

阿近應聲「是」，請她繼續說下去。就近看見對方容貌，細聽其嗓音後，阿近才發現原先推測對方長自己十歲似乎有誤，她和嬸嬸阿民年齡相仿。

阿近想起，母親常說人的話聲會透露年紀。一思及此，頓覺無比懷念。

當然，對方確實是個美女。秀髮濃密、烏黑柔亮，不見一絲白髮；柔美的雙眸、挺直的鼻梁、美麗的唇形，彷彿由人偶師精雕細琢而成。加上一襲格子圖案的漂亮和服、島田崩髮髻及雕工華麗的龜甲髮簪，在在散發著一股嫵媚風情。

「聽聞店主是位風雅之人，要舉辦一種別出心裁的活動，是眞的嗎？」

這種詢問方式，與其說是不安，不如說是在評估衡量些什麼。

阿近連忙思索該如何回覆，伊兵衛並未多交代細節。換言之，與初次見面的客人妥善應答，正是伊兵衛交付阿近的工作。

「燈庵先生可曾告訴您是哪種活動嗎？」

在阿近的客氣反問下，女子柳眉輕挑，露出兩排皓齒，微微一笑。她眉毛未拔除，牙齒也未塗黑，可見她尚未嫁作人婦。

「據說是要收集現代版的百物語。」

提到「百物語」三個字時，對方咬字緩慢而清楚，幾乎從唇形便看得出語意。

「以前很流行這種活動呢。一百個人聚在一起，各說一則異聞。每講完一則，便自一百根蠟燭中熄去一根，待輪過所有人後，妖怪就會現身。小姐應該也知道吧？」

女子趨身向前，像要仔細端詳阿近的表情。

「是的。」

「以前的人可眞有閒情逸致。時至今日，大夥都鮮有這般空暇。富裕的大爺多是商賈，儘管成爲有錢人還是一樣忙碌。看來，世上每個人都得勞碌一生啊。」

那是打一開始便敞懷暢談，爽朗豪邁的口吻。她雙臂交抱，猶如身處酒店或茶店。

「三島屋老闆似乎無法悠哉地一次召集上百人，但認爲一次找一個人來也不錯。他想收集奇聞軼事，而負責聆聽的，則是三島屋的一位大小姐。」

她朝阿近嫣然一笑，阿近微笑頷首。

「若這是出嫁前的學習課程，實在有點古怪，辛苦您了。」

女子低頭行禮，阿近這才眞正展露笑顏。

「謝謝您的關心。因爲我家老爺生性吝嗇，難以忍受一晚便耗用百根蠟燭，讓蠟燭商大賺一筆。」

美女聞言一笑，「哎呀，好個風趣的小姐。」

「那我就不客氣了。」女子以阿近奉上的茶水潤口，眼神突然一陣飄忽，陷入思索，過一會兒才開口。

「我帶來的故事，是這全新百物語的開端吧。雖不曉得適不適合，但這故事不會太突兀，或許挺恰當的。」

因爲這是則關於鬼屋的故事，美女說道。

二

女子名叫阿貴。不過她有話在先「請容我以這名字自稱」，和松田屋的藤兵衛自稱爲藤吉情形相同。

「接下來要說的，是我年輕時發生的事，但一切要從我兒時講起。」

她停頓一陣，似乎思索著如何開頭。阿近端正坐好，注視著她那別具風韻的側臉。

阿貴出生於六人家庭，家中有父母及四個孩子。上面有哥哥蓑吉、姊姊阿密，下有弟弟春吉，阿貴排行老三。

父親辰二郎以修鎖爲業，沒有自己的店面，而是扛著工具箱四處做生意。工作內容主要是門鎖的安裝、拆卸及修理，有時也會幫遺失鑰匙的客人開鎖或重打鑰匙。

這工作不僅需要精細的技藝，在走進別人家中時，還必須觀察客戶的經濟狀況，揣度對方是否有不願曝光的隱私，因此不夠細心的人沒辦法捧這個飯碗，守不住祕密的人也不成。辰二郎個性忠厚，手藝又好，近鄰都說「辰先生連嘴巴都上了鎖」。他就是這般寡言少語，才適合從事這行。

阿貴一家人住在日本橋北邊小舟町的長屋。那裡有不少批發商，所以妻子阿三幫人做傘、包裝線香、縫製白布襪，各種副業都做。幾個孩子也常幫忙，姊姊阿密自懂事起，便到附近店家幫著帶小孩。溫柔的阿密總將嬰兒照顧得無微不至，風評旋即傳遍左鄰右舍。多虧如此，只要哪家店生孩子，一些機伶的熱心鄰居總會叫阿密過去照料。雖只是等同跑腿的一點小錢，也不無小補。

另一方面，哥哥蓑吉未滿十歲便開始學習父親的工作，他也很有天分。儘管生活不豐裕，卻沒餓過肚子或因火災而無家可歸，也沒受過病痛之苦。

度過一段幸福日子後，事情發生在某年的初冬。

辰二郎個性腳踏實地，太陽下山前都會長途跋涉，四處做生意。這晚歸的父親向來總扒著茶泡飯，若無其事地聊起今天走過哪些地方。那全是一時猜不出位在何方的遙遠市街，孩子則聽得嘖嘖稱奇——這在家裡是常見的光景。

不過那天阿三和孩子卻因別件事大爲吃驚。辰二郎一直忙到三更半夜，將要點燈的時刻才回來。一進屋，他便說有話告訴大家，連早入睡的么子春吉都被喚醒。

「到底是什麼事？你這麼晚回來就夠教人擔心了。」

阿三略感不悅。辰二郎叫阿三不必替他準備晚飯，只管在狹長的房裡端正坐好，神情若有所思。

阿三和孩子見狀自然也嚴肅起來。睡眼惺忪的春吉坐在母親膝上，阿密和阿貴則緊偎在母親身側。姊妹倆只差一歲，分別是十三與十二歲。大哥蓑吉今年十五，最近學會不少鎖匠的本事，打算過年後便要跟著辰二郎四處做生意。或許是已有身爲長男的自覺，蓑吉見父親神色不同平時、母親一臉不安，急忙坐在兩人中間加以安撫。

而後，辰二郎道出事情始末。

「你們應該記得吧，之前不是有天萬里無雲，一早便風和日麗，讓人心曠神怡嗎？就是我從

『升屋』糕餅店帶大福回來的那天。」
以長屋的生活而言，香甜的糕餅算是奢侈品。辰二郎這麼一提，馬上喚起大家的記憶。
「哦，那個很好吃呢。」
阿密很感興趣地應著，阿三也頷首道，「原想你怎麼突然慷慨起來，竟然買禮物回家，你說是小賺一筆的緣故。」
「其實並非如此。」辰二郎正襟危坐，『升屋』是大有來頭的御用糕餅店，店頭看板上當然沒寫，但看外觀便知，我這般沿街做買賣的生意人根本逛不起。那大福是別人送的。」
「別人送的？」
「嗯。對方說帶回去給孩子吃吧，我便收下了。」
升屋就位在小石川的安藤坂附近。
「那一帶有不少豪宅，我之前也在那邊兜轉過。只是從來沒人開口叫我，一樁生意都沒做成。我還以為就此無緣……」
那天未時剛過，我信步走在街上，瞥見昌林院前方的樹籬上掛著一件和服。那是件豔紅長袖和服，繡上的銀絲閃閃生輝。
我深受吸引，不自主地走近一看，籬內有座氣派的大宅。由於不見木板圍牆，也沒大門，推測不是武士住所，但宅邸和庭院皆占地遼闊，得轉頭才能環視全景。齊整得彷彿剛換新的屋瓦，半掩於繁茂松枝間，透過樹林縫細隱約可見白牆倉庫。
「對方在庭院裡曬衣服。」

庭院樹木上掛著五顏六色的和服與腰帶。籬笆上那件長袖和服是被風吹跑的。

「一眼便可看出那些都是値錢的上等好貨，我心想，這戶人家也太隨便了吧。」

路旁和庭院裡都不見人影。辰二郎往宅邸朗聲叫喚，「請問有人在嗎？我是一名鎖匠，需不需要替您服務？」

沿街做生意的鎖匠絕不能放過曬衣服的人家，這是做生意的法則。因爲像這種需要曬衣服的有錢人家，不論倉庫或金庫大多需要加鎖。

辰二郎呼喊幾次後，倉庫的白牆邊似乎有人影晃動。不久，一名綁著紅束衣帶的女侍從樹後露臉，朝他走近。

辰二郎向她行一禮，小心翼翼地拿起樹籬上那件長袖和服。

「我告訴女侍，這好像是從樹上掉落的。對方和妳差不多年紀。」辰二郎對妻子道。

「沒想到那女侍說，你若是鎖匠，來得正好。坦白講，我當時喜不自勝。先前在這條路上一直沒做成生意，眼下頭一次有生意上門，還是個大戶。從這女侍舉止看得出這並非武士之家，而是商人之家。一介商人住這種豪宅，屋主肯定家財萬貫。」

辰二郎在女侍的引領下，由宅邸旁走進庭院。倉庫旁有扇木門，似乎是供下人出入用。

倉庫旁站著數名女侍和一個有點年紀的男子。此人負責指揮這群女侍，也許是管家或掌櫃吧。

果然不出所料，綁紅束衣帶的女侍稱呼他爲掌櫃，並指著彎腰問候的辰二郎介紹：

「這位是鎖匠，果眞是受召喚而來。」

倉庫雙門敞開，門扉厚度幾乎與辰二郎的手掌同寬。雪白泥牆直映眼中。

那名掌櫃就站在門邊。在泥牆顏色的映照下，此人顯得臉色蒼白，不帶一絲血色。加上頂著宛如灑上黑芝麻的花白銀髮，這種感覺更為強烈。

掌櫃微微皺臉，感覺在責備女侍剛才的多嘴。

那句話確實古怪。受召喚而來，是誰喚來辰二郎？

不管怎樣，我沒細想，只重新調整肩上的工具箱說「需要服務的話，請儘管吩咐」，客氣地自薦，並順口問「是這座倉庫的鎖嗎？如有其他要修理的也請吩咐」。那掌櫃綁著暗色系的（應該是裁剩的捻線綢製成）束衣帶，露出乾瘦的手臂。他防衛似地交抱雙臂，彷彿在思考些什麼。

而周遭的女侍也神色怪異。剛才那名繫著紅束衣帶的女侍最為年長，其餘皆是年輕姑娘，但都忐忑地面面相覷。辰二郎若無其事地以笑臉相迎，她們卻紛紛別過臉。

既然從事這行，辰二郎也多次處理過令他不安的門鎖。最讓他覺得不自在的，非監牢的鎖莫屬。為什麼需要這種東西？為何非得做得這般牢固不可？當然，辰二郎在這類場所安裝或修理門鎖時，囚犯不是已移往他處，便是等著被關進裡面，總之都不在鎖匠的視線範圍內。

不過辰二郎察覺，決定需要牢房和門鎖的人家，總帶著一股鬱悶和歉疚的情緒。為掩飾這樣的尷尬，有些顧主對鎖匠說話極不客氣，更過分的是提出各種複雜的要求，以致鎖匠得不斷重做，且常囉嗦地反覆確認「這樣絕對無法打開吧？裡頭的人逃不出來吧？」討價還價之餘，還撂下一句「誰要花那麼多錢買這種不吉利的東西」，吐痰似地把錢扔給辰二郎，就連辰二郎也禁不住發火。那是兩年前發生的事，地點在江戶某知名布莊老闆的外宅，辰二郎終究無從得知牢房裡關的是誰。

總之，正因辰二郎見識過各種場面，所以嗅出掌櫃和女侍心神不寧的陰鬱氣氛時，並未大驚小怪。

事有蹊蹺，看來這曬衣服的舉動並不單純，或許是清出倉庫裡堆放的物品，改監禁某人。此外，也有連翻修改建的步驟都省略，直接使用現成倉庫的情況。

果眞如此就太悲慘了，但這是做生意，若老將「無法忍受」、「可憐啊」掛在嘴邊，挑三撿四地肯定無法餬口，因而辰二郎始終掛著笑臉。

掌櫃鬆開雙臂、垂落雙肩，長嘆一聲，望著地面低喃「沒辦法」。辰二郎仍舊一頭霧水。

掌櫃從懷中取出一個紫絹包袱，畢恭畢敬地打開後，出現一個老舊門鎖。那鎖寬八寸、長四寸，是兩邊較寬的長方形，四角設有金屬套環，其餘部分全是木造，通體黝黑。

「這可眞罕見。」

辰二郎不禁驚呼。金屬門鎖俯拾皆是，木製門鎖卻僅止於聽說，辰二郎幾乎未在江戶市親眼目睹過。

「能借我看一下嗎？」

掌櫃將門鎖連同包巾一起遞向辰二郎。辰二郎像捧著貴重物品般，謹愼的模樣不下於拿剛才那件華麗和服。這鎖相當沉重。

此種設計是以上方像把手的部位勾住門，再將其插入母鎖，開鎖時則是在底部鎖孔插進鑰匙，這便是所謂的西洋鎖。

辰二郎在掌櫃與眾女侍的包圍下，仔細端詳門鎖。這把鎖造得十分牢固，且沒半點瑕疵，頗爲美觀。金屬套環由靑銅製成，微微泛著靑綠，更添幾分古味。

「鑰匙也是木製的吧？」

若不一同比對鑰匙，無法了解這把鎖的構造，辰二郎自然如此詢問。

但掌櫃緩緩搖著銀絲白頭，「沒有鑰匙。」

「什麼？」辰二郎發出一聲憨傻的驚呼，「沒有鑰匙？」

女侍們紛紛低頭望著鞋尖，唯獨那名綁著束衣帶的年長女侍注視著敞開的倉庫深處。倉庫裡一片漆黑，從辰二郎所在方位無法一窺究竟。

「那麼，門是怎麼開的？這不是倉庫的鎖嗎？」

「不，確實屬於這倉庫。門一直是鎖著的。」

「這麼說……」

爲取出倉庫內的衣服和衣帶，勢必得打開門鎖。

辰二郎再次檢視那把門鎖，他想到也許有人以破壞鎖的方式開門。然而，鑰匙孔完好無缺，沒有切斷或撬開的痕跡。

「鎖匠先生，想和你商量一下，可否幫忙重打一份鑰匙？」

辰二郎瞪大雙眼，這次他沒再愣住，隨即應聲「是」。假如只是開鎖，就算缺少鑰匙也能另想法子，可是下次上鎖時希望有鑰匙在手，這便是對方的委託。

「謝謝，請務必給小的這個機會。木製鎖是金屬鎖問世前的舊時代產物，時至今日已成爲極爲貴重的物品。」

辰二郎原以爲對方多少會感到訝異或佩服，至少會隨口附和「哦，這樣啊」，但掌櫃和女侍依然面帶歉疚，神情籠罩著黑霧。

「所以……」

以生意人態度應對的辰二郎，弄不清現場的情況，有種遭到孤立的感覺。

「小的也從未處理過這種鎖，有點擔心回覆得太快，反倒顯得過於隨便。」

掌櫃簡短地應聲「嗯」，隨後單手關上倉庫大門，彷彿要阻擋那綁著束衣帶的女侍凝望的視線。

門旁一名年輕女侍連忙往後躍開，掌櫃欲關上另一扇門時，那綁著束衣帶的女侍才急忙走向前幫忙。倉庫的大門緊緊闔上。

「眞對不起。」

女侍細微的道歉聲傳來。

「這麼說，得花些時間吧？」

面對掌櫃的詢問，辰二郎頷首回道：

「小的會代爲保管。不過多方調查後也可能無法處理，到時只好跟您說聲抱歉。」

掌櫃馬上驅走辰二郎的擔憂，隨意揮揮手，有禮地說：

「沒關係，盡力就好，鎖就交由你保管吧。今天你路過此地，也算是種緣分，你可願意接下這工作？」

不論是掌櫃或管家，身爲這座大宅院的管理者，實在沒必要對區區一名生意人如此客氣。

但辰二郎感覺得到，在這般和善的態度背後，隱藏著某個無法明說的幽冷原由。掌櫃只在必要時正視辰二郎，這令辰二郎頗爲在意，且當掌櫃有這樣的舉動，女侍便都面露古怪之色，像在害怕什麼一樣。

最好拒絕這筆生意，辰二郎的直覺甦醒，激起他心中一陣動盪。事實上，「不，小的還是覺得過意不去」的話已來到他嘴邊。

不料，辰二郎的雙手不由自住地以紫包巾重新裹好門鎖。

「這樣啊，那小的就接下這份工作。」

舌頭也不聽使喚地動起來。

「是嗎？謝謝。你幫了個大忙呢。」

掌櫃說著，首次浮現微笑般的放鬆神情。那名繫紅束衣帶的女侍也吁口氣，眾年輕女侍則始終望向別處。

外牆雪白刺目的倉庫宛如俯瞰著辰二郎等人。辰二郎猛然回神，發現一行人全站在倉庫的落地黑影中。

「那小的先開張借據，鎖今天就能帶走嗎？」

「無妨。」

辰二郎放下工具箱，掀開蓋子，掌櫃則命女侍繼續整理衣物。女侍像等候此刻已久般，一哄而散。

唯獨那繫紅束衣帶的女侍在快步返回庭院時，還回望辰二郎。辰二郎沒轉頭，但知道她停下腳步。

「小的保管這把門鎖的期間，需要其他門鎖代替嗎？」

「不，不需要。」掌櫃毫不猶豫地應道，「不必擔心。鎖匠先生，我另有件事要拜託你。」

掌櫃問辰二郎是否有妻兒。辰二郎一答「有」，掌櫃便朝他走近半步。

「那麼千萬別讓老婆和孩子看這把鎖，你一定要遵守約定。」

三

「那不就是指我們嗎？」

阿三瞪著眼反問，坐在她膝上的春吉也是同樣的表情。

「沒錯，不然還有誰。」辰二郎苦笑。

千萬別讓老婆孩子看這把鎖，辰二郎將這請託——毋寧說是命令，解釋為這把鎖很貴重的緣故。由於太過珍視，不許別人隨意把玩。

「所以我回答，身為一名工匠，不會將客人託付的重要物品，交給不清楚情況的老婆或孩子把玩。老實講，當時我有點惱火，偏偏又不能顯露在臉上。」

不過那掌櫃依舊不斷叮囑「絕不能讓他們看」。

「於是那天我收下門鎖，交給對方一張借據便回來了。」

辰二郎正要離開，那繫紅束衣帶的女侍一路追至大門口，說著「這給孩子吃」，遞給他一包大福。辰二郎不好意思收，女侍便將熱烘烘的包袱塞進他懷裡。

「真抱歉，提出那麼多古怪的要求。」

她歉疚地低語，一副有話想說的模樣，頻頻注意背後的情況。庭院裡，那名掌櫃和底下的女侍四處走動，邊檢查曬過的衣服和腰帶邊竊竊私議。

辰二郎見女侍似乎難以啓齒，便向她套話，「這座宅邸平時沒人嗎？」

這種情況在有錢人家並不稀奇，然而女侍卻沉痛地皺起眉頭，冷冷回道，「當然有，勸你別亂打聽。」

辰二郎只好捧著懷中的大福及滿腹的納悶離去。

辰二郎決定步行至堀江町，他師傅鎖匠清六就住在一丁目租屋。清六的獨生女嫁到附近一家大型草鞋店，託男方也很疼愛這媳婦的福，年過花甲的清六如今過著悠然自得的退休生活。清六的老伴幾年前早走一步，上了年紀的他也罹患眼疾，不過孝順的女兒和女婿安排一名機伶的下女從旁照顧，生活上倒沒什麼不便。

每回遇上難題，辰二郎就會來找師傅商量，這習慣直到他獨當一面後都未曾改變。從前嚴厲如惡鬼的清六，退休後脾氣也圓滑許多。辰二郎上門求教時，清六雖會碎碎念著「連這麼點小事都沒辦法自己解決」，臉上卻帶著笑意。

清六視力不佳，每天都像身處昏暗中，但身爲一名鎖匠，他依舊寶刀未老，只要摸過一遍便可明白鎖的構造。若是門鎖故障，他一下就知道是哪裡出問題，還能教人如何修理。辰二郎總覺得師傅手指上長了眼睛。

「師傅一切可好？」阿三突然插嘴，「我們很久沒去問候他老人家。」

嗯，辰二郎頷首，接著應了句奇怪的話：

「他那時還很硬朗。」

多虧清六的女兒和女婿特別訂作一套可觸摸分辨的將棋，清六的日子並不無聊，而可愛的外孫也不時會來找他玩。

「假如以後我嫁給有錢的商人，也要讓爹過這種生活。」

阿密意氣風發地說道。看到她那認真的模樣，辰二郎夫婦忍俊不禁，但一直在一旁靜靜聆聽的蓑吉卻訓斥她，「別隨便打岔。爹，師傅怎麼講？你給他看那鎖了吧？」

辰二郎轉身面向神情嚴肅的長子，點點頭。

「我馬上拿出來請他過目。」

木鎖是吧，我年輕時處理過不少，眞懷念——清六低語著翻轉手中的門鎖，來回撫摸，確認其重量和形狀。辰二郎趁這段時間快速交代事情經過。

清六聽著突然側頭，「喂，辰二郎，這鎖是不是故障了？」

「故障？您是指鎖內的機關嗎？」

辰二郎不明白哪裡有問題，心想或許清六一目了然，才如此反問。

「不……」清六頻頻眨眼，望向辰二郎。大概是眼珠容易乾澀，清六變得比罹患眼疾前更常眨眼。

「摸起來不太對勁。」

難道你沒感覺嗎？清六反問。

「哪裡不對勁？」

「這鎖溼溼滑滑的。」

就像腐朽了一樣。

辰二郎大吃一驚。這把門鎖確實又黑又舊，但外表乾燥，邊角也十分方正，沒有按壓後會凹陷的地方。

「你再摸一遍。」

清六將鎖還給他，辰二郎仔細檢查，完全沒有溼滑的觸感。

「是嗎？這就怪了。把我的工具箱拿來。」

清六說。雖然已退休，但他仍將工具箱留在身邊，且勤於保養。

清六挑選工具、多方嘗試，頻頻更換前端彎曲的細鑿，或前端附有小圓圈的工具，插進鑰匙孔內試探。

「構造相當簡單呢。這眞的是倉庫用的門鎖嗎？」

清六如此詢問，左手拿著門鎖，右手握著工具，瞇起視力模糊的雙眼。

「是的，沒錯。」

「你說那戶人家晾的衣服很奢華？」

「上面都是閃閃發亮的金絲銀線。」

這時，清六「啊」地驚叫一聲，門鎖就此脫手，右手的工具也轉一圈掉在膝上。

他右手食指鮮血直流。

「師傅！」

辰二郎急忙取出手巾想幫清六擦血，老師傅卻一把推開他，將傷處舉至眼前，接著拾起掉落的門鎖，擱在一旁的紫包巾上。

他的動作慎重得像在處理某種有利刃的東西。

「並不是我不小心。」

清六吸吮指上的血，而後伸向辰二郎。

「你看，這傷口不是工具刺傷的。」

辰二郎恭敬地握住師傅的手，湊近細察。只見指上有道小小的鋸齒狀傷口，像是咬傷。

「是這東西咬的。」清六望向包巾上的門鎖，「它不喜歡別人碰。」

辰二郎一時感到寒毛直豎，但仍擠出笑臉，「師傅，這怎麼可能，鎖又不是活的東西。」

「不，它是活的。」

辰二郎並非頭一遭聽清六這麼說。從前清六就常告誡辰二郎——鎖是活的、有生命，蘊含人類思想的物品中棲宿著靈魂。

「可是咬人的手……它又不是狗或貓。」

「偶爾也會有如此凶惡的門鎖，只是你沒遇過罷了。」

你是首度見識，對吧——清六一副幹勁十足的表情。

「這東西在我這裡暫放一晚……不，放兩晚吧。」清六提議。

辰二郎無法拒絕。他原本就是遇上這缺鑰匙的罕見木鎖，不知該如何處理，才來找師傅商量。

「求之不得。可是師傅，您打算怎麼做？」

「也沒什麼，只是要稍微調教一下。」

又是這種當鎖是生物的挑戰口吻。

「還有，這事你別跟任何人提起，也別告訴阿三和孩子。要是害他們瞎操心，就太可憐了。」

由於這層緣故，辰二郎對家人一句話也沒提。唯有那升屋的大福，讓一家人歡天喜地地祭了五臟廟。

「兩天後，我依約前往師傅的住處。」

清六正嚴肅地研究著那門鎖，僅冷冷丟下一句「再給我兩天」。之後，不管辰二郎問什麼，清六都只隨口應付，似乎不想花時間搭理他。

辰二郎自然心知肚明。此時他發現師傅右手食指仍纏著白棉布，且上頭微微滲血。

「師傅，您又被咬傷了嗎？」

他悄聲詢問，但清六連頭也不抬。沒辦法，辰二郎只好向負責打理家務的女婢打聽。

「這兩天，師傅一直在研究那把門鎖嗎？」

平時總是朝氣蓬勃，忙進忙出的女婢，似乎老早就等著辰二郎開口似地點點頭。

「是啊。我照顧他這麼久，還是第一次看他這樣。連飯也不吃，徹夜耗在那門鎖上。」

視力模糊的清六，不眠不休地鑽研鎖中奧祕。儘管沒有燈光，他照樣能工作，不過這情形實在有點誇張。

「昨天有人邀他對局，他卻推拒了。」

清六有幾名棋友，樂於接受他以手摸棋盤和棋子的方式下棋。只要他們來訪，清六總是歡喜不已，從未拒絕過。據說有次他感冒發燒，臥病在床，仍想起身對奕，反倒是來客勸他別逞強。

「他指頭的傷勢如何？還在流血呢。」

「是啊，似乎傷得比表面看來深。」

開鎖的工具前端尖細，即便只輕刺一下也會受創。

「可是師傅就像忘記此事般地全神貫注。」

那女婢彷彿在看小孩耍淘氣，呵呵一笑，不過她隨即補上一句教人有點擔心的話。

「辰二郎先生，你沒聞到嗎？」

辰二郎試著撐大鼻孔嗅聞。

「什麼？」

「這麼說來，是我神經過敏嘍。從前天起，我便不時聞到某個既像鐵銹味，又像魚腥味……反正就是一股難聞的氣味。」

辰二郎再次努力嗅聞，依然什麼也感覺不到。

在三張榻榻米大的小房間裡，清六背對辰二郎，低著頭、弓著背，不斷研究那把門鎖，時而發出微微聲響。

「當家的，別再說啦。」阿三大聲道，「很可怕耶，太陽都下山了，不要講這種故事嚇我們。」

在她的責備下，辰二郎猛然回神，只見孩子個個目瞪口呆地聆聽。坐在阿三膝上的春吉，轉身環抱住她。阿密和阿貴則緊緊相依，握著彼此的手。

唯有蓑吉仍坐得挺直，驚詫地半瞇著眼。

「啊，抱歉。我沒有嚇你們的意思，只是覺得既然要決定今後的路，也讓你們了解其中的來龍去脈比較妥當。」

辰二郎摩挲著後頸。

「看來，這事還是我和妳商量就好，孩子們先去睡吧。」

「我不要。」阿密嘟起小嘴。「我也是、我也是」，阿貴也在一旁附和。

「都聽到這裡，不知道結局反而更恐怖。」

春吉睜大著眼睛，頻頻搖頭。

「可是……」

「爹，好啦，你就繼續講下去吧。」蓑吉央求著，這會兒才移膝靠近父親。

「我很好奇故事的發展。我不怕，你們應該也不怕吧？反正爹娘都在，沒什麼好怕的吧？」

嗯！弟妹異口同聲應道。

「這樣啊。嗯……」辰二郎深吸口氣，「兩天過後，我去找師傅，師傅卻不在家。」

那名女婢急忙走來，說師傅去了越後屋。越後屋是他女婿家。

「上次您到訪的當天傍晚，小姐帶著小少爺過來。」

她說的是師傅的女兒和外孫。

「那天天氣晴朗，小姐帶孩子出外遊玩，買了許多禮物。只是師傅忙著研究那把門鎖，起初小姐叫他，他還不理。」

不過女婢也幫著將清六拉離那鎖，加以可愛外孫「外公、外公」的不斷叫喚，清六終於改變心意，與女兒、外孫共進晚餐。

「小姐想必很擔心，因為師傅這幾天兩頰消瘦不少。」

清六似乎廢寢忘食地探究那把鎖。此外，另有一事頗令人掛懷。

「辰二郎先生，您記得師傅手指的傷吧？」

當然記得，就是遭門鎖反噬，經過兩天仍血流不止的那道傷。

「傷口已腫脹起來……」

清六食指前端腫了將近一倍大。清六的女兒非常擔心，勸父親看大夫，清六卻一笑置之，稱這點小傷用酒清洗一下就沒問題。

「小姐只好就這麼回去，可是……」

隔天一早，越後屋便派人來通報，小少爺發高燒、昏睡不醒。

「聽說小少爺半夜號泣著驚醒，燒得跟暖爐一樣燙，不停大吵大鬧。」越後屋立刻安排大夫來診察他昨晚是否吃下不該吃的食物，同時也通知清六一聲。

「那師傅趕到越後屋去嘍？」

「是的，出門後還沒回來。」

下女雙手搓著身子，滿臉擔憂。辰二郎請她好好看家，旋即直奔越後屋。

抵達後，夥計告訴辰二郎，不巧清六剛走。折返前，辰二郎順口關切小少爺的病況。

「仍舊高燒不退，直說夢話。」

這名身材高大的夥計一副快哭出來的表情。

「少爺嚷著『好可怕、好可怕，別過來』，伸手在空中亂揮，像要驅趕什麼似的，真不曉得是染上何種病。」

辰二郎背後一陣寒意遊走，頓時想起先前宅邸那個不知是管家還是掌櫃的男子，曾嚴正叮囑他——千萬別讓夫人和孩子看這把鎖。

「我不知道越後屋的小少爺是否見過那門鎖。」

辰二郎在妻子和孩子面前說著，額頭冷汗直冒。

「不過小少爺和師傅共進晚餐時，肯定與那門鎖同處一室，也許是那時看到的。」

「不是裹在包巾裡嗎？」

面對蓑吉的發問，阿三答道，「小孩什麼都會想觸摸或把玩，這就不得而知了。」

辰二郎奔回清六家時，女婢正攙扶著清六。他剛上完廁所。

「師傅身子也不舒服嗎？」

辰二郎才問完，便不由得驚呼。

「師傅的右手腫得好大。」

傷口想必接受過治療，手上緊纏著的白棉布下露出油紙。

清六面無血色，雙頰浮腫，臉色泛青。

女婢鋪床時，辰二郎撐著清六，想讓清六躺下，但清六百般不願地推開他。

「去點燃陶爐。動作快，火要燒旺一點。」

辰二郎明白師傅想做什麼，立即依言而行。他順勢欲拿那紫色包袱，清六卻說，「你別碰，由我來。」

辰二郎與女婢合力扶持清六。清六取出那門鎖，放入陶爐。

「門鎖冒出黑煙，就此燒毀。」

辰二郎對聽得全身僵硬的妻兒說道。

「師傅以火筷戳刺焦黑的門鎖，直到搗成碎屑為止，目光始終未曾離開。」

而後清六總算鬆口氣，昏厥過去。

「我守在一旁，半個時辰後，師傅才悠然醒轉，緊抓著我的手說……」

很抱歉，那門鎖沒了。其實我該親自上門謝罪，但如你所見，我行動不便，所以要麻煩你到那家委託的宅邸，好好向對方解釋、磕頭賠不是。

「不用您交代，我也會去的。」

位於安藤坂的那座宅邸，只有之前那名不知是管家還是掌櫃的男子，及繫紅束衣帶的女侍在家。男子帶著一本像是帳冊的東西，女侍則在庭院打掃。

「我剛開口，那男子便打斷我的話。」

他告訴我，已大致猜出是怎麼回事，接著提出一項莫名其妙的請求。

「鎖匠先生，你燒毀客人託管的東西，心裡很過意不去吧，所以能否接受我另一項委託呢？」

他要求我住進宅邸。

辰二郎逐一環視妻子和孩子，所幸春吉早倦極睡著。

「一年就好，待到明年的這時節。對了，就是細雪飄降的時候。」

倘若你答應，我就送你一百兩當謝禮。

四

阿貴宛如細細反芻般地道出「一百兩」後，抬頭望向阿近。

她嫣然一笑。那情景好似美人圖突然動起來，並掛上微笑。

「小姐，想問您一句話，不知會不會太唐突。」

阿近應聲「什麼事？」微微坐正。

「您是三島屋老闆的養女嗎？」

她已看出阿近並非店主親生。

「是的，其實我是當家伊兵衛的姪女。」

由於某個緣故離開老家，目前在此棲身——阿近原想這麼說，但來不及開口，阿貴便打斷她的話。

「果然如此。不，我沒什麼特別的意思，抱歉吶。」

阿貴表明無意深究，不過阿近感到十分不可思議。

「我並不在意。只是您是如何得知的呢？是因我沒喊伊兵衛老闆爲爹嗎？」

阿貴開心得眼角浮現笑紋。

「一般能幹的店家小姐，就算稱呼父母，也大多會對外人說是我家主人、我家夫人。」

既是如此，阿近更希望她能解開這個謎。

「其實是由於我提到『一百兩』時，您的神情相當驚訝。」

阿近「啊」地摀著嘴。阿貴見狀，益發笑逐顏開。

「您這樣的神情眞可愛，就像一尊會動的洋娃娃，著實教人羨慕。」

她似乎不是在捉弄阿近。阿近雖羞紅臉，仍坦率向她道謝。

「從小生長在三島屋這種家境的千金小姐，不會爲區區一百兩大驚小怪，所以我猜您來三島屋不久。」

這就是洞悉世情的眼力嗎？

「不過一百兩對三島屋也不是小數目。我叔叔和嬸嬸要是突然聽人提到一百兩，應該也會和我剛才一樣瞪大眼睛。因爲他們夫婦倆當初是沿街叫賣起家的。」

「哦，那您不妨試試看。」

三島屋老闆絕不會爲此感到詫異——阿貴語調柔和，卻說得十分篤定。

「商人衡量金錢的標準，並非取決於店家的規模，與老店、新店也沒多大關係。」

「那是取決於什麼呢？」

「氣勢。」

三島屋的生意蒸蒸日上，這股氣勢至今未歇，因此——

「以前情況如何我不清楚，但以您叔父目前的態勢來看，他在生意上運作的金額，應該高出您所想像的兩、三倍。」

阿貴說完，補上一句「這算是我多嘴吧」，手便伸向那杯冷茶。阿近連忙取過茶壺，她一時聽得入迷，疏忽了招待。

「聊這麼久，您想必渴了，先歇會兒吧。」

「那就趁這段休息時間，讓小姐服務一下。那座在陰森倉庫外裝上不祥門鎖的宅邸，開出一百兩的條件，要我們一家進住，您認爲我們會去嗎？」

阿近毫不猶豫地點頭，「面對這樣的條件，很難不心動吧？」

「那可是間透著古怪的宅邸，您覺得我父母願意帶著年紀尚幼的孩子搬入嗎？」

「這個嘛……起先或許會有諸多猶豫……」

不過報酬有一百兩，這也是故事中最詭異之處。

阿貴突然低頭望著雙手。

「家父打一開始便有此意。」

那神祕門鎖引發的怪事，只有辰二郎親身經歷過，而他的興致也最高昂。

「那是一百兩的威力。」阿貴接著說，「一年，只要能忍過一年，就有一百兩入袋，大家都能過更好的日子。」

最重要的是，辰二郎夫婦便能擁有夢寐以求的店面。

「家母當場反對。」

阿三勸丈夫，「當家的，關鍵在於那一百兩的分量。那不是我們眼中的一百兩，而是對方眼中的一百兩啊。」

「這話是說，那同時也是對方對我們一家大小的性命所開的價。」

從清六和他孫子的遭遇來看，那宅邸裡一定有什麼會危害居住者的東西。那掌櫃心知肚明，才開出一百兩的價錢。

「一旦住進那裡，肯定會發生恐怖的事。對方想必是看我們可憐，才給出一百兩，反正在他們眼中也不算什麼大錢。或者，一百兩雖貴，但對方寧可花錢找人當替死鬼。不管怎樣，你都得想清楚，家母如此告誡。」

阿近由衷佩服，「令堂眞是位聰明人。」

「謝謝您的誇獎。」

阿貴優雅地低頭行禮。

「不過小姐，女人——特別是妻子的智慧，根本派不上用場。因爲是要加以活用或抹殺，全得看丈夫是否賢明。」

辰二郎不懂阿三的含意。一百兩左瞧右瞧都是一百兩，分量豈會不同？難道阿三不想要這一百兩？

「剛才我冒昧問過小姐，也談到普通人聽見一百兩會不會驚訝的事，原因便在此。」

這對夫婦當中，眞正的商人是阿三，辰二郎從頭到尾都只是名工匠。眞正的商人進行交易時，會先摸清對方的意圖才展開談判。至於自身有何想法、能獲得多少利益，反倒是其次，然而辰二郎不懂這個權衡之理。

「我父母討論再三，始終沒有交集。家母不由得焦急起來，便要家父去探望師傅，順便問他對此事有何看法。」

辰二郎挨了妻子一頓罵，意興闌珊地出門。那是清六燒毀那把門鎖四天後的事。

清六的右手幾乎已完全消腫，他越後屋的外孫也已退燒，奇蹟似地恢復原本的活蹦亂跳。辰二郎放下心中大石，這才敢和師傅談論此事。

清六沒給辰二郎好臉色，直斥他荒唐。

「勸也沒用，我看你早準備好要這麼做。」

清六明白多說無益，嘆口氣道，「不過孩子我替你照料，不能一起搬進那裡。」

「內心深感不安的家父，立刻答應這項提議，而後奔往安藤坂那座宅邸。」

當天只有掌櫃留守，女侍都不見蹤影。掌櫃似乎無事可做，閒得發慌。

宅邸看起來並無任何古怪之處，不過辰二郎那天並未靠近倉庫。這座像空屋般，給人荒涼淒清之感的宅邸和走廊，全擦拭得一塵不染，遮雨門皆大大敞開，四處灑落初冬和煦的陽光。

辰二郎告訴掌櫃，只有我們夫婦進住，掌櫃聞言微蹙眉頭，面帶不悅。

「當初可不是這樣說的。」

辰二郎大感困惑，因這名不知是管家還是掌櫃的男子，不像是個冷酷壞心的人。事實上，他先前將門鎖交給辰二郎時，還忠告他別讓老婆孩子靠近那把鎖。然而如今辰二郎提議要孩子遠離這座內幕重重的宅邸時，他卻一臉怒容，極力反對。

「請帶上孩子，否則無法支付你一百兩。」

此時辰二郎也不禁心生疑竇，於是他一五一十道出清六與其外孫的遭遇，並質問對方——這和之前談的不同，這座宅邸究竟有何隱情？

掌櫃回答，什麼問題也沒有。

「眞正作祟的是那把鎖，宅邸和倉庫都很正常。既然門鎖已燒毀，此處便不存在任何古怪之物。」

那麼，爲何不惜花費百兩，請辰二郎一家進住一年？

「這是要確認是否眞的沒問題，爲謹愼起見，才付你們工錢。一百兩應該不算少。」

無所謂，假如你不能接受，我就另外找人。男子的語氣，彷彿拿著一百兩在辰二郎的鼻尖搖晃。

辰二郎終於上鉤。當人們僅覺得「這提案不錯」時，還有轉圜的可能，一旦心生「再不把握，機會馬上會飛走」的想法，緩衝的空間便隨之消散。

辰二郎意志堅決地返回長屋。

「家母萬分沮喪。只不過家父已爲一百兩蒙蔽雙眼，非要一家大小都搬進安藤坂的宅邸不可，沒有任何商量的餘地。」

最後，辰二郎一家迅速打包行李，前往安藤坂的宅邸。

「全家老小擠在人力車上，路途非常漫長。」

說到此處，阿貴緩緩嘆口氣，輕皺眉頭，但並未浮現令阿近全身緊繃的神色，所以阿近沒有「不知接下來會有什麼可怕的事等著他們」的聯想。

阿近心頭微訝，於是開口詢問。出聲，是爲了幫助思考。

「辰二郎先生起當初造訪安藤坂宅邸時，那女侍不是提到『鎖匠受召喚而來』嗎？」

阿貴頷首，瞇起眼睛。

「那掌櫃還責怪她失言。」

「是不想讓人知道吧。」

正因如此，關鍵顯然可能就在這裡。

「那把古怪的鎖，原本設在倉庫門上。」

倉庫裡存放著華麗衣服。

「話說回來，沒有鑰匙的門鎖，爲什麼是開著的？掌櫃他們究竟如何解鎖？」

那門鎖並未損壞。

「我不知道，家父大概也沒從掌櫃口中得到答案。假如問出個蛛絲螞跡，應該會告訴我們才對。」

阿近點點頭，接著問，「那把門鎖不會是自己打開的吧？」而後喃喃道，「暫且不談背後的隱情，那門鎖該不會是看準時候，或興之所至，就會自行開啓吧？」

阿貴眼睛瞇得更細，很感興趣地半身傾向阿近。

「不過居住在宅邸的人可愉快不起來。他們想盡早恢復原狀，也就是牢牢鎖上門，所以才請辰二郎先生重打鑰匙。」

「眞是如此，『鎖匠受召喚而來』這話不是很怪嗎？要是『叫來鎖匠』倒還能理解。」

比起反駁，阿貴的質疑更像是催促阿近深談下去。在她的鼓勵下，阿近繼續道：

「當然，掌櫃他們應該也很想請鎖匠過來，只是在此之前，辰二郎先生卻主動上門。若稱這是『受召喚而來』，只有一種含意。」

是門鎖喚來鎖匠。

「爲什麼呢？」

猶如鼓舞阿近般，阿貴提出疑問。

「門鎖不是憑自身意願打開的嗎？既然這樣，門鎖應該不希望別人違背它的意志強行上鎖，那又爲何要呼喚鎖匠重打鑰匙？」

「可是終究沒能打出鑰匙。」

清六單是碰觸，手便受傷腫脹。他認爲那把鎖摸著溼溼滑滑，很不舒服。

阿貴說，「打不出鑰匙的話，就算喚來鎖匠也沒用吧？」

「抱歉，我的推論確實不合邏輯。」

阿近轉爲沉默，努力思索，和剛才阿貴一樣微微皺起眉頭。

不久，她猛然抬頭，「清六先生燒毀那把鎖後，倉庫可有受影響？那名不知是管家還是掌櫃的男子，沒請辰二郎先生另外加裝門鎖嗎？」

不知爲何，阿貴露出滿意的笑容，差點沒笑出聲。

「他確實沒這般要求。」

辰二郎全家住在宅邸的那年，倉庫從未上鎖。

「掌櫃告訴我們，不上鎖也沒關係。」

始終掛意那座倉庫的阿三，率先前往一探究竟。她發現倉庫沒上鎖，便對掌櫃說，這樣未免過於大意。因爲裡頭滿是價値不斐的衣物。

「掌櫃卻表示不需要門鎖，放著就行。」

那天是阿三和孩子與掌櫃初次見面。他外表沒特別之處，像隨處可見的店家夥計，也感覺不出絲毫心術不正或是態度冷漠。

「儘管如此，住進宅邸後，我們仍嘗試過許多次。」

辰二郎想替倉庫上鎖。畢竟他從事這行，門鎖要做多少就有多少，且已準備妥當。

阿貴面帶苦笑，搖著頭道：

「但完全行不通，不管用什麼門鎖都鎖不住。」

我就說吧。這時候或許不該有這種態度，阿近仍暗暗心喜，不自覺地提高音調。

「答案這不明擺著！」

阿貴略略側頭問，「這樣便解釋得通嗎？」

「是的。倉庫維持開著的狀態，是因唯一鎖得住它的門鎖已燒毀。」

那把「作祟」的可疑木鎖，就期盼著此種結果。

「而唯有鎖消失才是最好的方法，於是鎖召喚鎖匠，危害碰觸自己的人。」

講得更清楚一點，掌櫃和女侍都深知這事，所以女侍不小心說漏嘴「鎖匠受召喚而來」，掌櫃才會忠告辰二郎「別讓老婆孩子靠近鎖」。要是讓脆弱的女人和幼童受害，掌櫃於心不忍。

「那麼，這幢宅邸從以前就重複發生同樣的事？」

「沒錯。」

在辰二郎之前「受召喚而來」的鎖匠，雖遭遇門鎖帶來的災禍，心知此乃不祥之物，卻沒破壞門鎖。辰二郎的情況也相同，眞正動手銷毀的是他師傅清六。由於清六經驗老道、眼力過人，馬上看出這門鎖不該留在世上，儘管是客人委託保管的東西，他仍能痛下決定，認定其非燒毀不可。

「眞正的魔頭並非那把詭異的門鎖，而是倉庫。門鎖希望遭毀損的想法不夠正確，其實是倉庫欲破壞門鎖。這推論沒錯吧？」

一陣掌聲令專注說明的阿近猛然回神，原來是阿貴在拍手。

「小姐的頭腦眞好。」

阿貴眼中流露讚賞，阿近不禁臉泛紅霞。

「抱歉，一時多說不該說的話。」阿近伏地道歉。

「哪裡。正因爲小姐是這樣的人，三島屋老闆才會請您擔任百物語的聆聽者。」

一切如小姐所料——阿貴應著又嘆口氣，望向遠方。

「搬入那座宅邸後，掌櫃每半個月會來看我們一次。遇上這種時候，由於腦中盡是不明白的事而不滿的我，敵不過好奇心，總會多方向他刺探。他往往只透露些許內情，但有時也會告訴我原因。」

是啊，所以他不算壞人。阿貴懷念地說道。

「將他的話拼湊起來，大致就像小姐剛才推測的那樣。」

掌櫃提過，倉庫的門鎖經常自動脫落，似乎當倉庫的力量勝過關住它的門鎖時，便會發生這種情況。

「至於何時會發生，宅邸裡的人也不清楚，所以他們住得戰戰兢兢。」

不過總在他們惶然不安地觀望時，不知不覺間門鎖又自動鎖上。至少在清六燒毀門鎖前，相同的事不斷上演。

「那你們進住後，宅邸內有什麼異狀嗎？」

不論其眞面目爲何，門鎖封在倉庫內的東西已獲得自由，而辰二郎一家卻被丟進裡頭。

這時，阿貴突然凝視著阿近，阿近也像與心上人對眼般，回望阿貴。

阿貴忍不住如小姑娘似地噗哧一笑。

「到最後……」她單手頻頻揮動說道，「什麼事也沒發生。是啊，什麼事也沒有。」

五

阿貴還記得搬進安藤坂宅邸後，看見初雪的日子。雖然雪下不到半個時辰，且只是摻在雨中落下的白色碎片，但母親一注意到這天氣，隨即在日曆上做記號。

這是阿貴一家與掌櫃的約定——住到明年冬天小雪飄降，也就是明年此刻。換言之，期限是從現在算起的一年。

當時他們已離開小舟町的長屋半個月，早完全習慣宅邸裡的生活。然而什麼事也沒發生，沒有怪聲，也沒有可疑的人影，靜得出奇。

不過遷居後辰二郎整整五天未外出，第六天上工後也早早返回家中，得知老婆孩子都平安無事，第七天起才同先前在長屋般全力投入生意。家中無人責怪他。

寬敞的宅邸裡，房間多得數不清，但連廚房在內，阿貴一家使用的只有三處。半數以上的房間，只有一開始在掌櫃的帶領下逛過一遍，之後便未曾踏入，遮雨窗也始終緊閉。掌櫃對此從不置喙。

「你們僅管使用中意的房間，其餘的擱著就好。」

阿三生性愛乾淨，她擔心這樣對宅邸會有不良的影響。

「最起碼每三天讓房間通通風吧？」

掌櫃聞言笑道，「妳擔心的話就這麼辦。可是接下來的季節若隨意打開遮雨窗和拉門，會冷得教人吃不消，等天氣晴朗時再做吧。」

他的口吻相當親切。

要說神祕，當屬這名掌櫃的態度最為神祕，在宅邸生活了不短的時日，仍無法解開這個謎。他拿著一百兩在阿貴父母面前晃蕩，令兩人不知如何是好，還威脅不帶孩子一起入住，先前的約定便不算數，教人頭疼不已。可是阿貴一家進住後，他卻高興地迎接，周到地帶大夥參觀，告訴他們只管盡情使用。不僅沒顯露半點擔心或害怕，也沒滿意地笑著說「你們來得真是時候」。講得更白些，他絲毫未有將災難推給辰二郎家中老小，就此鬆口氣的感覺。

更重要的是，掌櫃沒禁止阿貴等人接近那間倉庫。

「屋裡每一處都能隨意進出，只是有些地方你們或許會覺得可怕。」

他僅如此吩咐。不論怎麼追問，得到的都是相同回答——你們可以盡情運用這屋子，沒任何限制。

掌櫃每回來探望阿貴一家，一定是過午，且都會帶甜點給孩子當禮物，然後向阿三叨擾一杯茶，聊上一個時辰。他總會詢問，有沒有缺什麼東西？有沒有哪裡不一樣？孩子可好？負責接待的阿三也漸漸與他熟稔起來，甚至會和他閒話家常。正確來說，是只能和他這樣閒聊。

這座安藤坂的宅邸，之後什麼事也沒發生，所以三個月後，除終日待在土間（註）一隅工房裡的蓑吉外，他底下的弟妹，包括阿貴，都毫無忌憚地在屋裡東奔西跑，四處遊玩。儘管起初老是心驚膽顫，但因毫無異狀，於是他們很快便適應了。不，倒不如說，隨著日子一天天過去，三名孩童逐漸覺得，位於安藤坂的這座來歷不清、屋主不明的宅邸十分適合居住。

寬敞、暖和又美觀，這住處簡直無從挑剔，更遠非先前那擠在巷弄中，狹小、鬆垮且老會滲風的四張半榻榻米長屋空間所能相比。

不久，孩子也踏進倉庫，阿密和阿貴姊妹倆偷偷取出華麗衣服披在肩上。當然，阿三發現（大多是春吉告密）後，狠狠訓了她們一頓。

就這樣，寒冬過去、新年到來。入春後，庭院裡梅花飄香，櫻花燦放。緊接著梅雨紛至，偶爾放晴的日子蟬聲震耳，盛夏的豔陽與濃密的暗影，清楚區分出宅邸內外。

夏蟬壽終落地，傳來秋蟲的鳴唱，不久，庭院的樹木開始落葉。每到季節更替的時刻，阿貴便會重新發覺這座宅邸之美，就像更衣般轉換不同的風情，教人百看不厭，如痴如醉。

安藤坂的宅邸，從阿貴一家遷入起便不見荒廢。儘管只住過長屋，不懂如何維護，也不懂得如何使用這樣的豪宅，但自他們進住，就沒半點荒蕪的跡象。

阿貴突然興起一個念頭，這屋子該不會有生命吧？我們雖然什麼也沒做，房屋卻會自行更衣、化妝、綁髮髻，總是打扮得漂漂亮亮……

為何聯想到「化妝」？屋子明明沒有男女之分啊。

不，這屋子是女人。因為倉庫裡收藏那麼多華服，且屋內總瀰漫一股香甜氣味，猶如衣服上的薰香。

沒錯，就像倉庫裡的衣裳。

由在日曆上做記號的那天起，恰好度過三百六十天時，凍結的陰霾天空飄下片片雪花。阿貴在庭院收集燒柴用的枯枝，一見白雪飄降，便自然地湧出淚水。

與這座宅邸道別的日子終於來臨。她捧著枯枝，溫暖的臉頰迎向飄雪，在雪中佇立良久。

隔天傍晚，彷彿是看準辰二郎出外做生意返回的時刻，掌櫃上門通知，約定的一年已過，可以搬出宅邸。

「非常感謝，你們幫了大忙。」

註：日式房子入門處，沒有鋪木板的黃土地，稱之為土間。

掌櫃首次向他們深深鞠躬，那一幕阿貴至今仍歷歷在目。

「就是這麼個故事。」

阿貴在胸前輕輕合掌，嫣然一笑。

阿近望著阿貴的笑臉，茫然地坐在原地。她緊盯著阿貴，幾乎快將阿貴的面孔看出洞。即使重新正視阿貴，對方依舊保持明豔的微笑，微噘緊閉的雙唇，似乎無意多說。

「就這樣？」過了好一會兒，阿近才略帶失望地問，「您的故事到此結束嗎？」

「是的。」阿貴沒半點歉疚之色。

「可是……當初您說這是關於鬼屋的故事。」

「沒錯，我是說過。」

阿貴神色泰然，眼底流露些許興味，難不成在嘲笑阿近？

她確實在嘲笑我。阿近不高興地想著，彷彿聽見自己柳眉直豎的窸窣聲。

「無論如何，您未免太過分了。雖然我只是個小姑娘，既沒做生意的才幹，也沒處世的智慧，但我是代替三島屋主人伊兵衛坐在這裡。要戲弄我是您的自由，然而您若瞧不起三島屋，我絕不會默不作聲。」

她氣勢十足地抬起頭，望著對方的雙眸，毫不客氣地直言道。可是阿貴完全不為所動，反倒笑得更柔和。

「小姐，您眞的很聰明。」阿貴就像配合某段甜美曲調吟唱般低語。

這種客套話聽了便有氣，根本是在挖苦我，阿近一陣惱怒，益發講不出話，心頭怒火不斷悶燒。

「哎，阿近小姐。」

阿貴初次叫喚阿近的名字。

「您在這個家裡，總覺得抬不起頭，對吧？」

她突然轉移話題是何用意？

「不管待您多好，這兒畢竟是叔叔嬸嬸的家。更何況您背負著痛苦的過去，不願憶起，卻始終忘不了。」

這下阿近眞的無言以對。她不敢相信自己的耳朵，剛才她說什麼？

阿貴移膝湊向雙目圓睜的阿近，像輕撫阿近般地上下打量她，並低聲道：

「您年紀輕輕，卻有如此令人同情的遭遇。不過任憑您再後悔，人死終究不能復生。事情一旦發生，便永遠無法消失。因此若您能打消出家爲尼的念頭，是最好不過，否則太糟蹋自己了。」

阿近感到頭暈目眩，胃中一陣翻攪，差點喘不過氣。阿貴在說些什麼？爲何她知道我的過去？

「爲、爲什麼……」

阿近喘息似地問道，阿貴又往她靠近些，單手抬起，姿態優雅地伸指抵向阿近唇間。

「您不必多說，別露出那麼畏懼的表情。」

阿貴維持同樣的姿勢，瞄向兩旁，察看有無其他人在場，然後才接著道，「您的遭遇，我全明白。不是從三島屋老闆那裡聽來的，但我就是知道，因爲我一直在找尋像您這樣的人。」

阿近望著阿貴細長烏黑的眼眸，彷彿被她給迷住似地，無法動彈。兩人無比貼近，甚至感覺得到彼此的氣息。阿貴那魅惑的眼神深入阿近心底，看透她的一切。

連阿近靈魂的模樣、內心傷痕的深淺，都一覽無遺。

「安藤坂的宅邸還在。」阿貴說，「倉庫裡有許多適合您的衣服，而且您和那屋子十分相配，想必那美麗的庭院也會中意您，阿近小姐。」

一起來吧。

阿貴在她耳邊低語，宛如男女情話般輕柔。

「和我一塊兒在那宅邸裡生活，什麼也不用怕。我不是都告訴您了？那確實是幢鬼屋，但沒有什麼恐怖的東西。只是對於遠離俗世者，人們都習慣以鬼怪稱呼罷了……」

阿近啞聲問「爲什麼」，爲什麼我要去……

「哎呀，這還不簡單。」阿貴大笑，「阿近小姐應該不需要一百兩，可是您想獲得心靈的平靜，對吧？」

只要來安藤坂的宅邸，就能得到……阿貴如此低喃時，走廊傳來一陣急促的腳步聲。

「小姐！阿近小姐！」

是八十助的叫聲。紙門霍然開啓，開門的力道之猛，幾欲將紙門彈回。緊接著，兩名男子飛撲似地衝進黑白之間。

其中一人確實是八十助，另一人身穿色調簡樸的衣服，腳踩純白布襪，是名個頭矮小的年輕人，不知是商人還是夥計，阿近從未見過。

那名年輕人張嘴發出無聲的驚呼，一臉錯愕，朝阿近身旁的阿貴喊道：

「阿貴姊！」

阿近像被彈開似地，轉頭望向阿貴。阿貴仍坐在一旁，保持著美豔的笑容，方才抵在阿近唇前的手指依舊豎立不動。

「姊，妳怎麼會在這裡？」

年輕人奔向前環抱住阿貴，阿貴頓時全身癱軟。她雙目緊閉，雙手垂落榻榻米上，似乎已昏厥過去。

八十助快步走向阿近。這生性嚴謹的掌櫃，不敢隨便碰觸阿近，只見他跳舞般地忙亂揮動雙手，講起話來結結巴巴。

「小、小姐，您沒事吧？」

阿近詫異地望著八十助慘白的臉，一時說不出話。直到阿近主動抓住八十助的手臂，他才停止舞動，穩穩撐住阿近，並拖著阿近遠離年輕人和阿貴。

那年輕人抱著阿貴，看向兩人。阿近幾乎沒多想，便整理衣襟，重新端正坐好。

「您是三島屋老闆的千金吧，眞是非常抱歉。」

年輕人乾脆地說道。雖然語調略微激動，眼神卻相當沉穩，口吻也很客氣。他有一對濃眉大眼，五官鮮明。

「她是我的親人，名叫阿貴。其實她是個病人。」

阿近複述著「病人」一詞。八十助從旁焦急地附和，沒錯，是眞的。

「受今日的『奇異百物語』之邀，原本講好是我前來拜訪。但我臨出門時，突然有事耽誤了，沒料到她趁機前往三島屋，眞的很抱歉。」

阿近胸悶的情況逐漸好轉，呼吸順暢許多。之前阿貴說故事時，黑白之間宛如時間暫停般，此時年輕人俐落的話語，爲室內注入一陣清新的涼風。

「請問要叫大夫來嗎？」

昏厥的阿貴面如白紙。阿近擔憂地低頭望著她，年輕人卻搖頭應道：

「謝謝您的關心。不過我店裡的人就等在外頭，我打算馬上帶她回去。」

「可是……」

年輕人霎時露出難爲情的笑容。

「這情形並非頭一次發生，只要讓她好好休息一會兒就能復原，您不必擔心。」

「那麼，我去請您隨行的人進來。」

八十助彈起，或許該說是迅速逃離。此時阿近已差不多恢復鎮定。

她走近觀察阿貴的氣色，阿貴彷彿靈魂出竅，睡得極沉，眼皮不時像抵禦寒氣的小鳥般顫動。她的睡臉一樣迷人，但已不見先前的豔麗，反倒像個小女孩，令人頓覺不可思議。

「您剛提到她有病……」

阿近望著阿貴，悄聲問年輕人。

他沉默片刻。阿近抬眼看向他，他復又凝視著阿貴的睡顏。

「應該算精神方面的疾病吧。」

感覺上，他這樣回答並非難以啓齒，而是苦惱著不知該如何形容。

「方才您喚她『阿貴姊』？」

年輕人再度臉紅。這次他似乎很羞愧，直說「對不起」。

「莫非您就是春吉，她的弟弟？」

年輕人緊繃的表情驀然放鬆。他保持些許距離，面向阿近。

「不，我不是春吉。忘了自我介紹，我是堀江町草鞋店越後屋的清太郎。」

堀江町，草鞋店越後屋。這店名好熟，阿近驚呼一聲。

「阿貴提過，是她父親辰二郎的……」

是他師傅，鎖匠清六的女婿家。

這名自稱清太郎的年輕人展露笑容。

「那麼，關於我外祖父的事，姊姊也都告訴您了？」

「是的，她說安藤坂那座宅邸的門鎖，咬了他的手……」

清太郎第三次露出難爲情的神色，眨眨眼，對阿近說道，「那個遭遇門鎖作祟而發高燒的孩子，就是我。」

這下，阿近連「哎呀」或「哦」的回應都發不出，因爲故事中的人物突然出現在她面前。

「姊姊到底透露多少？不，該問……她可有邀您到安藤坂那座宅邸？」

阿近緩緩點頭。清太郎痛苦地皺起臉，深深吁口氣。

「您一定覺得很可怕吧？不論再怎麼道歉，都無法表達我的歉意。要是我能看緊姊姊就好了。」

越後屋的清太郎與阿貴並無血緣關係，卻稱呼她爲「姊姊」。這叫法充滿親近感，而「要是我能看緊姊姊就好了」，則代表他平時一直陪在阿貴身旁。阿近感覺此事更加迷霧重重，她正想繼續追問時，多人紛沓的腳步聲接近。他們是來搬運阿貴的。

阿近隨即低聲問，「阿貴小姐一家收取一百兩，住進安藤坂的宅邸一年，這是眞的嗎？」

清太郎頷首，直視阿近的雙眸，眼帶怯色。

「姊姊一家六口住進宅邸，一年後，只回來一人。」

就是她——清太郎語畢，輕輕搖晃倒在他臂彎中的阿貴。阿貴眼皮微微顫動。

六

三天後，堀江町草鞋店越後屋的清太郎再度來訪。

這次不是阿近單獨會客，伊兵衛也一同接見。這幾天，阿近大致將故事原委告訴過叔叔。

「安藤坂那座空屋的怪事尚未結束吧。」

伊兵衛說著皺起眉，心繫故事的後續。

「哎呀，叔叔，『奇異百物語』不是我的工作嗎？」阿近語帶嘲弄。

「聽說清太郎是個模樣俊俏的小夥子，不能讓妳這黃花大閨女和他獨處。不過妳若堅持要和他獨處，我可以迴避。」伊兵衛反虧道。

清太郎帶著一名侍童隨行，還拎著許多禮物。他鞠躬道，這是一點小意思，爲這次的事賠罪，請笑納。

「令姊情況如何？」

阿近直接問道，這是她最關心的事。清太郎稱阿貴爲「姊姊」，所以阿近也學他這樣稱呼。

「勞您如此操心，感激不盡。」

清太郎再度深深鞠躬，接著依序看向伊兵衛和阿近，才開口：

「倘若不嫌棄，之前沒說完的故事，我想接著說下去，關於姊姊一家的遭遇……」

「哦，我等的就是這個。」伊兵衛放鬆緊繃的臉頰，移膝向前。

清太郎一臉嚴肅地繼續道，「您能和我到安藤坂一趟嗎？」

阿近驚詫地望著叔叔，似乎連伊兵衛也有些措手不及。

「去那座古怪的無人宅邸嗎？」

「宅邸早不復存在。」清太郎咬牙緩緩說著，「已遭燒毀。」

就算前往，也沒東西好看。

「我只是希望兩位能目睹宅邸確實已消失，比較能理解後續的故事。」

「我明白了，那就去吧。」

伊兵衛擅自答應下來。

清太郎事先周到地僱好三頂轎子等在外頭。侍童跟在轎子旁，坐在轎中的阿近，隨著「嘿咻、嘿咻」的吆喝聲搖晃，心中感到陣陣不安。若光聽故事倒還好，此刻前往那怪事發生的場所，不知道有什麼後果，會不會太過深入呢……

姑且不談叔叔伊兵衛那孩子氣的好奇心，阿近實在猜不透清太郎的用意。他究竟有何打算？

抵達安藤坂後，清太郎命侍童和轎子候在坡道下，三人決定步行而上。時值晴朗秋日，天空宛如水彩染成的無垠蔚藍。由於這裡有不少寺院和武家宅邸，附近悄靜無聲，只聽見環繞四周的樹木發出悅耳的窸窣聲。再過些時日，葉子便會逐漸枯黃凋落，緊接接吹起滲透肌骨的蕭瑟冷風。

「我們已到坡道半途。」

走在前頭的清太郎低著頭。

就算他沒指明是「這裡」，也一目了然，因為坡道左側有塊空地。那是片端整的長方形占地，正面開闊，縱深頗長。

眼前的景象十分怪異，彷彿理應存在的建築遭到連根拔除。地面外露，有道雨水匯流而成的溝渠。

「這裡是空屋的遺跡。」

清太郎朝空地雙手合十。

「姊姊向小姐提到的那件事，發生於十五年前。」

清太郎的外公鎖匠清六，在徒弟辰二郎決定舉家遷往此地時，當然沒什麼好臉色。提議辰二郎留下孩子遭駁回後，他仍極力反對。只是，面對一百兩這一大筆錢的誘惑，辰二郎不肯聽勸。不得已，清六便告訴辰二郎，我會時時到安藤坂探望，要是你或老婆孩子中有誰狀況不佳，不論如何，我都會抓著你們的後頸，將你們拖出屋外。

然而，實際上事情並不順利。每當清六想到安藤坂探望時，之前遭門鎖咬傷，理應痊癒的傷口，便猶如突然想起似地隱隱作疼，令他發燒畏寒，躺在床上無法起身。

清六覺得此事透著詭異，更加擔心辰二郎一家。於是他僱人代跑一趟安藤坂，請辰二郎到他這裡。

辰二郎趕來，只見他外表沒異狀，且臉色紅潤，充滿朝氣，似乎還變胖了些。

他說阿三和孩子過得很幸福。那座宅邸相當適合居住，他們宛如置身天堂，甚至對那一年的期限感到可惜，很想永遠長住——辰二郎滔滔不絕，不需清六開口，他便神情陶醉地直誇安藤坂的宅邸。

今後每半個月，你都要來這裡露個臉。辰二郎爽快地答應清六的要求，每半個月一定會來一趟，每次都笑容滿面地描述在宅邸裡的快樂生活才離去。

就這樣過了十個多月。

「外公告訴我，那天像今天一樣，是晴空萬里的好天氣。」

清太郎仰望藍天，繼續道：

「辰二郎先生第一次沒在約定的日子前來。」

清六等了一整天，隔天也耐心等候，接著又多等一天，便再也按捺不住。

清六想前往安藤坂，偏偏閃了腰，但這回他意志堅決，絕不罷休，於是請工匠朋友及鄰居以門板抬他過去。

他隔著宅邸外的樹籬朗聲叫喚辰二郎，然後呼喚阿三和孩子。

但無人回應。舒爽的秋風吹得點綴庭院的樹木不住搖曳，果真如辰二郎所言，美不勝收。

清六說服抬他前來的男子，進屋找尋辰二郎。屋內打掃得一塵不染，從這房間走到另一房間，打開像剛換新的雪白拉門、拉開繪有華麗圖案的紙門，穿過雕工精細的門楣窗下，眾人四處搜尋。最後發現阿貴獨自坐在鎖著的倉庫前。

大家都怎麼了？妳在這裡做什麼？他們上哪兒去？清六啞聲詢問，阿貴卻不答話。只睜著眼睛，嘴巴微張。其中一名男子抱起阿貴，才驚覺少女的身體鬆軟無力，猶如一尊木偶。

先將她帶離此地吧。清六躺在門板上發號施令，男子儘管不清楚事情的來龍去脈，也從眼前古怪的狀況中感覺到陰森的氣氛，便急著離開。

這時，阿貴突然大哭大鬧起來。

我要待在這裡，哪兒都不去！我要待在這裡、我要待在這裡！

那是她這年紀的少女所發出的叫聲，然而她卻接著以討男人歡心的口吻央求「讓我留在這裡嘛」，嗓音和表情竟帶有一股女人的媚態。

「快輪到這女孩了，請稍等一會兒。」

阿貴以成熟女人的嗓音說道，不久，又恢復成少女的聲音，號啕大哭起來。不行！還沒輪到我！我要待在這裡！

一行人皆震懾於眼前可怕的情景。一人向後退，撒腿便跑，其他人也爭先恐後逃出屋外。清六則在門板上嚇出一身冷汗。

「阿貴姊從此在我外公家生活。」

清太郎繼續說。阿近猛然回神，察覺天氣並不冷，自己卻以衣袖包住全身。

「外公擔心那來路不明的掌櫃會爲阿貴姊闖入家中，還特地請人在屋外把守。」

不僅如此，清六決定委託當地的捕快，調查安藤坂宅邸和屋主的來歷。捕快有感這或許是複雜的綁架案，於是全力展開搜索。

「經過好幾天，阿貴姊還是不肯開口，變得像在倉庫前發現她的時候一樣。」

睜大著眼睛，表情恍惚。

「我只見過當時的阿貴姊一面。」

她彷彿一個長有女孩形體和眼鼻的空袋子。

伊兵衛潤潤乾涸的喉嚨，開口依舊沙啞：

「捕快可有查出什麼線索？」

清太郎頷首。他低下頭，臉龐蒙上一層暗影。

「有，花了一個月的時間……」

——我的話並無惡意，勸你最好別和那座宅邸有任何瓜葛。這是爲你著想。

捕快板著臉對清六說道。

——那原本是座武家宅邸，許多內情不是我們這些町人所能知道的。不過確實發生過一些怪事。

捕快告訴清六，那座宅邸興建至今，已有一百五十年的歷史。

——可是房屋始終完好無缺。雖從未聘用園丁或植樹工人維護庭院，卻依然保有如此美麗的景致。

一百五十年來，不曾有任何變化。

——有件事我也非常好奇，就是那座宅邸的倉庫。

那間倉庫往昔似乎曾當作牢房使用。

「不曉得是誰、爲何被關在裡頭。不過原屋主的武士一家後來斷了香火，宅邸也因此易主。」

儘管換過新主人，仍陸續有人遭到囚禁。同樣的事重覆上演數次後，房屋終於空下。

——然而那裡未曾荒廢，美得一如往昔。

清六心想，那是有那名以一百兩引誘辰二郎的男子守著的緣故。雖不曉得他是管家亦或掌櫃，但他擁有這座宅邸，並打算維護。

只是，捕快在清六面前緩緩搖頭。

沒有你提到的那個人。

——不過聽那一帶的人力仲介商說，大約每五年就會冒出一名來路不明，穿著體面，外表像掌櫃的男子。對方總以想取出倉庫的物品晾曬幾天爲由，請仲介商幫忙準備幾名女侍。

據聞受僱的女侍皆獲得高額賞金。男子不會找同樣的仲介商，也不會僱用同樣的女侍。

——辰二郎一家遇見的大概就是這名掌櫃。

不管他的眞實身分爲何，肯定不是普通人。

他絕非人類，也許他就是宅邸的化身。

別和那裡有所瓜葛，捕快叮囑完便要離開，臨走前還補上一句——我不想再蹚這趟渾水。

清六半信半疑地留在原地，實在不願就此罷手。雖知安藤坂的宅邸過去有段錯綜複雜的因緣，仍不清楚其中的來龍去脈。

說要給一百兩賞金的掌櫃果然不是普通人，莫非眞是宅邸的化身？

究竟用什麼方法，宅邸才會長出手腳、四處遊蕩，才會以大筆錢財操縱別人的行動？

沒錯，清六拍向膝蓋。世上怪事俯拾即是，但牽扯上錢就另當別論。

那掌櫃每五年會透過人力仲介商僱用女侍，並給出高額報酬。既是如此，理應有出資者才對，而那應該就是安藤坂宅邸眞正的主人。

不論是妖怪或怪物，都沒辦法籌出世間通用的金錢。更何況，那也非狸貓用的假金幣，幾天後便還原爲樹葉。因此掌櫃背後一定有個金主，且是活生生的人類。捕快疏忽了這點。

清六漸感怒火中燒。當他暗自生氣時，隔壁房間的阿貴沐浴在風和日麗的陽光下，睜著雙眼，猶如木偶般呆滯茫然。到底是哪個傢伙將這孩子弄成這副模樣？若不逮住那傢伙，狠狠給他一頓苦頭吃，難消我心頭之忿。

清六決定前往安藤坂那座宅邸。他起身準備，一面在腦中設想可能出現的狀況，一面穿上最好的衣服，將短外褂拿在手上，穿了鞋子就往外走。

這次他可沒閃著腰。清六的雙腳穩穩支撐身子，步伐也沉著有力。他心想，這樣就沒問題了，我要進宅邸一探究竟。

說到這裡，清太郎停下喘口氣，此時站在阿近身旁的伊兵衛猛然打個噴嚏。

「這、這地方可眞冷。」

他擤把鼻涕，難爲情地悄聲道。

「抱歉打斷你的話，那麼清六先生是獨自前來？」

清太郎未望向伊兵衛，只是背對阿近，緊盯著紅土外露的寬敞地面，點點頭。

「我最後一次見到外公，是在那天半夜。」

清六前來越後屋。

「他向我父母道出整件事的來龍去脈。」

我去過那座宅邸，日後不管發生什麼事，你們絕不能靠近那裡。千萬去不得，捕快的話一點都沒錯。

清六像發燒胡言亂語般，連珠砲似地說個不停，全身簌簌發抖。

「雙親非常擔心，決定讓外公在越後屋住下。外公當時就是那般慌亂。」

清太郎打心底感到害怕，因爲門鎖曾對他作祟。每當周遭的大人談起安藤坂宅邸，便會喚醒那件往事，令他膽顫心驚。不過也正如此，孩子的內心反而更在意事情的發展。一聽見父母的話聲，他旋即偷偷跟著起床，躲在拉門後偷看。

清六的敘述雜亂無章，加上牙齒直打顫，益發難聽懂。不過他不斷反覆的話語，直傳入年幼的清太郎耳中。

——大家全在那裡。

——那座宅邸確實會吃人。

——辰二郎、阿三、孩子，還有阿貴，全被它給吞了。阿貴那孩子如今只剩空殼。

——大夥全在那座倉庫裡，全部都在，而且從小窗朝我揮手。

過來吧、過來吧。

「外公雙目圓睜，口沫橫飛地說個沒完，我父母極力安撫，讓他在房內躺下休息。」

可是清六卻在黎明前消失無蹤。

直到當天中午，越後屋眾人才得知安藤坂宅邸失火的事。爲什麼消息會傳到越後屋？

「因爲我外公的屍體就躺在火場餘燼中。」

清六朝宅邸放火，自己也一併葬身火窟。連骨頭都燒成黑炭的清六，不知爲何，只有臉部沒燒焦，且睜大著雙眼。

「整理完火災殘骸，這裡就一直是這個樣子。」清太郎邁步向前，朝荒廢的空地攤開雙手，「寸草不生。」

或許是心理作用，阿近感覺吹過空地的風，摻雜著一股焦臭。

「不過如此一來，這魔物應該不會再作祟害人。因爲會生吞活人的鬼屋，已從這世上消失。」

伊兵衛頷首贊同阿近的話，清太郎卻搖搖頭。

「外公死後，阿貴姊便搬入越後屋。家母苦苦央求家父收留她。」

住進越後屋後，阿貴的情況仍不見好轉。她終日像缺少人偶師操縱的人偶般，愣坐原地。

「某天，一名女侍在通往阿貴姊房間的廊上發現一道人影。由於不可能有人會來拜訪阿貴姊，女侍覺得奇怪，趨前察看，結果……」

呆坐在地的阿貴膝上，擱著一個紫色包袱。打開一看，裡頭有四份以紙裹好的銀兩。總共一百兩。

清太郎抬起陰鬱的雙眼，望著阿近，「從那之後，阿貴姊終於能講話，也開始有表情，乍看之下像是痊癒了。」

其實不然。

「邀小姐到安藤坂宅邸的，並非阿貴姊。宅邸燒毀後，住在裡頭的東西勢必得找尋新住處不可。」

靈魂遭呑噬、只剩空殼的阿貴，是再適合不過的居所。

「安藤坂那座宅邸如今就在阿貴姊體內，想必阿貴姊接下了這項工作。」

那一百兩即是報酬。

而來越後屋拜訪阿貴的，便是那名掌櫃。

他守護宅邸，打點一切。爲避免宅邸飢餓，他四處找尋全新的靈魂，引進宅邸。

伊兵衛悄悄走近，摟住阿近的肩膀。阿近也把手覆在叔叔手上。

請到安藤坂的宅邸吧。以那迷人嗓音向阿近提出邀約的，不是眞正的阿貴。那裡有許多適合您的衣服，您和那座宅邸十分相配。

「之前阿貴姊也曾有如此奇怪的舉動，但範圍僅限於越後屋四周，所以沒釀成什麼大事。像這次的情況，可不能坐視不管。」

清太郎昂然而立，闔上雙眼。

「看來，越後屋也該為阿貴姊造一座牢房了。」

一陣幾欲將三人吹倒的強風拂過，旋即呼嘯而去。此刻，阿近彷彿聽見少女阿貴由衷喜愛的那座美麗庭院裡，樹木隨風搖曳的沙沙聲。

3 chapter

邪戀

一

越後屋阿貴那件事超乎阿近的想像，在她心中留下極深的陰影。

阿近常做夢，內容不固定，出現的人影皆很模糊。不論是男是女，都具有人的形體，但五官不清，也聽不見聲音。

只不過，在這些夢境中，阿近往往十分害怕。她滿心愧疚，頻頻道歉。每從夢中醒來，總是淚溼雙頰。

凡事機伶的叔叔伊兵衛察覺阿近的異狀，打那之後便不再邀客人到「黑白之間」。不僅如此，阿近不止一次發現他和嬸嬸為這事爭吵。雖說是爭吵，在夫妻倆間卻非大呼小叫地起衝突，而是叔叔挨嬸嬸臭罵。這次阿民為何訓斥伊兵衛，理由相當明確。

沒事想出「奇異百物語」這種古怪的點子，還把阿近扯進去，肯定是丈夫此等輕率的行徑，惹來阿民的雷霆之怒。

伊兵衛有如調皮過火驚慌失措的小孩，神情既尷尬又擔心，不時偷瞄阿近。阿近想安慰叔叔，打算若無其事地給他一個微笑，卻笑不出來。

連阿近都對自己這般情況感到焦急。入夜後，她又夢見哭著向某人道歉卻猛然驚覺不認識對方的長相，如此令人不安的夢。

在清太郎的帶領下前往安藤坂，已是十天前的事。

結束清早的打掃，阿近不知不覺間發起呆，坐在黑白之間的緣廊，望著曼珠沙華謝盡後的枯萎模樣。此時，紙門對面傳來話聲，女管家阿島探出頭。

「大小姐，原來您在這兒啊。」

阿近大吃一驚，自己雖是店主夫婦的姪女，卻是以學習禮儀的女侍身分住進三島屋。此事伊兵衛和阿民親口向夥計說明過，阿近也曾拜託阿島別把她當客人對待。事實上，阿島從未以「大小姐」稱呼阿近。

看見阿近詫異的神情，阿島咧嘴一笑，輕輕關上紙門，端正坐好。

「老爺吩咐，今天可以稱呼您為大小姐。」

「叔叔的吩咐？」

「是的。女侍阿近小姐休息一天，恢復成阿近大小姐的身分。老爺還交代我陪伴大小姐呢。」

阿島單手拍著胸脯。

「有什麼事，請儘管交代。好在今兒個風和日麗，我們到戶外走走吧。大小姐來江戶後不曾去參拜淺草的觀音大士吧？還是您想到通町做件新衣裳？」

果真如阿島所言，萬里晴空。儘管秋風冷冽，只消來到外頭，溫暖的陽光便會包覆全身。不論是購物、散步或遊山玩水，都是絕佳的好天氣。

「叔叔怎麼又一時興起，想出這種點子？」阿近輕聲發著牢騷，「明明離休假返鄉的時間還早。」

阿島望著阿近，微微側頭。

「大小姐應該也明白，老爺和夫人都很擔心您。」

其實我也……阿島說到一半，神情苦惱地低頭不語。

雖然臉蛋和身材豐腴，但細看後不難發現，以女人來說，阿島的五官過於鮮明，甚至略嫌剛硬。可是阿近知道她有副好心腸。只要一同生活、一同工作，經過一個月，任誰都會了解這點。

「抱歉。」阿近說。她不僅口頭道歉，還端正坐好、雙手擺在膝上，低頭鞠躬。

「這樣我怎麼受得起。」

阿島急忙趨前摟住阿近的肩。這十足是女侍間親近的舉動，阿島察覺後急忙縮手，羞赧一笑。

「真糟糕，說要把您當大小姐，卻只是掛在嘴邊而已。」

其實一點也不糟。阿島粗大手臂傳來的溫熱，暖透阿近的心。這比費盡唇舌告訴她有多「擔心」，都要教阿近感激。

阿近眼眶一紅，蓄積已久的淚水湧出，滑落臉頰。

「大小姐……」

阿島不再顧忌，溫柔地將阿近擁入懷中。

「有人不喜歡一早就哭，認爲是觸楣頭。沒錯，要是換成凡事講求吉利的八十助先生肯定會這麼說，但我一點都不在乎。因爲難過的時候，不管早上或晚上，都一樣會難過。」

由於有如此體貼的阿島在，阿近僅落下一滴淚，就不再哭泣。只一滴淚，她鬱積胸中的情緒便得到宣洩。

「既然難得有這一天假……」

「對啊、對啊。」

「我想整天都待在這裡，行嗎？」

「您不出門走走？」

去曬曬太陽不是很好？阿島深感遺憾地反問。

「我明白，但您哉地待在房裡比外出散心愜意。」

這房間是阿近的安身之所。

「阿島姊，您聽叔叔提過邀請客人來這裡的新點子嗎？」

阿島稍稍與阿近拉開距離端正坐好，搖搖頭，「不，我沒聽說。不過我獲得老爺的同意，要是大小姐願意講，我儘可洗耳恭聽。」

能不能聽，都得經主人同意。這就是主人與夥計間的關係。

「當然，我絕不會洩露此事。就算對八十助先生，我也會守口如瓶。」

阿島神情嚴肅地做出縫起嘴巴的動作，阿近不禁莞爾一笑。阿島馬上舉八十助爲例，足見她雖偶爾會講八十助壞話，仍與他相處和睦，十分信賴這位忠心不二的掌櫃。

「啊，大小姐，您笑啦。」
「咦？我好像想起該怎麼笑了。」
「太好了。既然這樣，請稍等我一下。」
阿島快步走出房外，沒多久便返回。她端來一只裝有茶具的托盤，後頭跟著同樣手捧托盤的阿民。
「啊，嬸嬸。」
阿民制止想站起身的阿近，接著擺上茶點。
「兩個女人要談天，絕不能缺少美食。」
阿民還說，午餐會叫餐館外送。
「嬸嬸，我……」
「沒關係，妳放寬心休息一天吧。」
阿近希望有個像這樣的假日——阿民彷彿早察覺似地俐落安排妥當。不，該說阿民確實看出了她的心思。阿民訓斥伊兵衛的同時，也仔細詢問他的想法，並以她的方式思考怎麼做對阿近比較好。
阿島雙手扶在榻榻米上恭送老闆娘，阿民面帶微笑地離去。
而後，阿近娓娓道出伊兵衛委託的內容，及在此處聽到的兩個故事。
說完「曼珠沙華」的故事後，阿島像在模仿阿近方才的動作，凝望著原先紅花綻放的地方。
「一直開著感覺有點冷，還是關上吧。」

阿島突然回神似地眨眨眼，猛然起身，將敞開足足有一隻手長的雪見障子（註）關上。房內霎時盈滿穿透白紙門的陽光，反而更添明亮。

比起人臉從曼珠沙華中露出的故事，講述安藤坂宅邸的故事更為困難。因為這故事尚未完結，那座「凶宅」如今仍棲宿在越後屋阿貴小姐體內，四處找尋新住戶。

阿島聽完，表情彷彿口中含了硬物，咬不碎又吞不下。

「眞恐怖。」

只見她宛如眞的被縫起嘴巴——且縫得彎曲不平地，歪著口低語：

「聽了兩個這樣的故事，難怪您會心情沉重。加上藤兵衛先生從這裡回去後便驟逝，而越後屋的阿貴小姐也將被關進家牢。」

眞不明白老爺在想什麼，阿島說。

「讓小姐接待這種古怪的客人有何益處？」

「起初我也不明白。」阿近坦率道，「原以為是叔叔看我堅持當女侍，才特地要我見識些希奇古怪的事，開開眼界。」

「倒也不無可能。」阿島眼珠骨碌碌地轉著，「老爺啊，老愛嚇我們，不過都是些無傷大雅的惡作劇。」

沒想到白手起家，全力投入生意闖出三島屋今日名號的伊兵衛，也有這一面。阿近直覺想笑，臉上泛起笑意。

「可是現在，我似乎懂了……」

恐怖的事和難以接受的事，在這世上俯拾皆是。有些找不出答案，有些找不出解決之道。

「叔叔大概想告訴我，阿近，不光妳有這種遭遇。」

阿島以和剛才凝視庭院裡枯萎的曼珠沙華一樣的眼神，望向阿近。

「不光大小姐有這種遭遇？」

阿近頷首，「對了，這麼辦吧。就當我是受邀前來『黑白之間』的客人，阿島姊代替我當聆聽者。」

懼怕曼珠沙華之花的松田屋老闆藤兵衛過世後，伊兵衛曾說：

「假如妳也能敞開心胸向人傾訴，一掃心中陰霾就好了。遲早會有那麼一天，只是不曉得那天何時會到來。」

沒錯，阿近當時也這樣認爲，眞能如此便再好不過。但不知那是幾時，或許是很久以後吧。豈料來得這麼快，眼前不正是時候？阿近很想道出一切，一吐埋藏已久的心事。阿近會有此念頭，全是由於阿島毫無矯飾的擁抱，令她感到既可靠又溫暖。

而且，黑白之間是最適合阿近吐露過往的場所。

日常生活中的祕密談話都在此進行。

「請答應，拜託。」

「這……我能勝任的話……」

註：下半部嵌有透明玻璃，可往上推開欣賞戶外風景的拉門。

阿島略顯怯縮，似乎頗爲意外，阿近見狀搖搖頭。

「不是什麼長篇大論，也沒多複雜，只是個我犯下嚴重錯誤的故事。」

那確實是嚴重的錯誤，儘管阿近沒惡意，卻引發造成兩人喪命的慘劇。

「我家是川崎驛站的一家旅館，您應該也知道。」

「是的，聽說是間大旅館。」

「屋號叫『丸千』。」

阿近心中浮現老家熟悉的景象。許多客人在寬敞的入口土間卸貨，請女侍幫忙洗腳。牆上掛著一排印有「丸千」的燈籠箱，走廊頗長，接待旅客的客廳大得足以玩捉迷藏。

「丸千」不僅提供住宿，還另外供應一湯一菜的簡餐，所以廚房裡擺著整排二斗飯鍋，一到冬天便常準備地瓜湯。這是阿近的祖父向庄內商人所學，大量採用鹹味噌調味爲其賣點。

庭院裡有座圓石圍成的小池塘，裝飾著各式大小不一的青蛙擺飾。青蛙是旅人的守護神，隱含外出平安歸來的寓意。有些是店主買的，有些是住宿的客人贈送。長期下來，收集的數量驚人，歲末大掃除時，單清洗這些青蛙就得花不少工夫。

回想往日情景時，阿近自然地眯起雙眼，心生一股既懷念又遙遠的感覺。這是決定不再重回老家的緣故，還是極力想遠離那件事的阿近，心中對生長之地的記憶也日漸淡薄？

阿近試著想起父母、兄長及眾夥計，卻像霧裡看花般，看不清他們的面貌。

「雖然忙碌，但過得十分快樂。」

她強作開朗，繼續道，「我有個名叫喜一的哥哥，大我七歲。」

「您大哥日後會成爲『丸千』的店主吧。」阿島從旁附和，「大小姐想必和喜一先生感情很好。」

「由於年紀相差許多，他總說我是個愛撒嬌的小鬼。」

「我還眞想見識見識愛撒嬌的阿近小姐。」

阿島特別強調「阿近小姐」四個字，語帶揶揄地笑道。

「他是家中的繼承人，且將滿二十四歲，所以得娶媳婦進門才行。」

阿近歎口氣。

「然而半年前我卻比大哥早一步敲定婚事。」

阿近提到同是驛站旅館的「波之家」之子良助。

阿島「哎呀」地摀著嘴。

「良助先生是怎樣的人？溫不溫柔？看起來感覺如何？」

他多高？生得什麼模樣？阿島趨身向前，舉出阿近和她都認識的男夥計，問良助長得像哪個，相當投入。這不純粹是想讓阿近的故事更容易說下去，而是她確實感興趣。

阿島一直是單身。雖總覺得她與這家店形影不離，但她來這兒前，或許曾嫁作人婦，也可能始終沒機會嫁人。阿近第一次思考此事。

「阿島姊，您有丈夫嗎？」

突然遭到反問，阿島有些驚訝地縮縮下巴，聳肩笑道：

「很久以前，我年輕的時候有過。」

但很快就離異了，阿島輕描淡寫地回答。

「他老愛和人打架，像沒煮熟的毛豆一樣，我拿他一點辦法也沒有。」

她的意思是，這個人不夠成熟，內心卻剛硬如石。

「他既未沉迷玩樂，也不是酒鬼，且工作認真，可惜和我無緣。」

阿島帶著溫柔的眼神說道。

「阿島姊，您很喜歡他吧？」阿近進一步問。阿島小姑娘似地笑得靦腆。

「畢竟曾是夫妻，算喜歡吧。」

「我也是。」阿近輕輕握住她的手，移向胸前，放在自己的心窩上，「我很喜歡良助先生，所以……」

阿島聽得起勁，旋即回神，笑容也倏地消失。

「他過世了嗎？」

阿近握緊她的手，「他遭人殺害，因爲我。」

阿島眼神飄忽，動著嘴角，思索該如何接話，但阿近搶先開口。

「沒關係，您別放在心上。」

「大小姐，我眞是個大笨蛋，還一直問良助先生長什麼樣子。」

「別在意，託您的福，我很久沒試著回想良助先生的長相了。」

雖然他曾是無藥可救的紈褲子弟，惡名遠播，卻不是什麼俊男，也算不上風流倜儻。

「因爲是青梅竹馬，我從小就認識他。他小我哥兩歲，常玩在一起。」

他在驛站外的森林裡，和喜一比賽過誰爬樹爬得高，結果不慎墜落、跌斷鼻梁。那時良助大約十歲，所幸後來鼻梁接上了，只不過有點彎曲。良助常說，這害我減少三分帥氣，但總算能和喜一哥好好較量一番。

當良助到「丸千」向阿近父母磕頭，要求迎娶阿近時，脖子到鼻梁脹得通紅。阿近有生以來，頭一遭見識良助那樣的表情。

理應早看慣的良助，也第一次顯得那般耀眼。

二

這時傳來一陣抽噎聲，阿近眨眨眼，猛然回神。定睛一看，只見阿島紅著眼，手指按住鼻子。

「眞抱歉哪，大小姐。」

心中實在不捨，忍不住就哭了出來，阿島低語。

「您剛才的神情……」阿島拚命揉眼說道，「是那麼美麗，那麼幸福洋溢，我之前從未見過。」

原來是這個意思。阿近憶起無法重拾的過往時，看上去比任何時刻都開心，阿島不禁心生憐惜。

「這才是眞正的阿近大小姐。」

阿島以衣袖使勁地擤著鼻涕。

「大小姐……今後也會……遇到很多好事，屆時再好好把握吧。」

阿近一臉歉疚地低著頭。

明明是自己提議要說給阿島聽的，但隨著良助的模樣從腦中消失，阿近彷彿也失去了什麼。阿島的淚水令她感到心痛。

「姑且不談越後屋的阿貴小姐，告訴我曼珠沙華故事的藤兵衛先生，實在是個堅強的人。」

「因爲他堅持說完痛苦的回憶嗎？」

「是的。他明明能中途停止、隱藏重要的部分，或改變故事內容……」

阿近突然怯懦起來，沮喪地垂下頭，「我恐怕辦不到。」

阿島驀地朝纏在胸部下方的衣帶使勁一拍。「無妨，到時候我會主動提問。」而後好似要著手進行大掃除般，幹勁十足地說，「到底是誰從如此幸福的大小姐身旁奪走良助先生？是誰殺害良助先生？」

「奪走？」

這番話宛如用柴刀劈柴般地直接了當。阿島雖是女流之輩，卻孔武有力，是個劈柴高手。

這詞倒算新鮮，阿近總認爲是失去。

「沒錯，您別再發愣了。」

「但那是我造成的。」

「方才也聽您這樣說過。」阿島拋開身爲夥計的矜持，忍不住焦急起來，「可是大小姐，絕不是您下手殺害良助先生。您得振作一點啊，先告訴我兇手是誰吧。」

凶手，阿島毫不猶豫地斷然道出此語。

這撼動了阿近。某個男人的名字一直是可怕的罪惡名詞，在阿近心中揮之不去。她張口欲言，「他叫松……」

阿島像在鼓勵她似的，頻頻點頭。

「松太郎。」

阿近六歲那年的正月初一，那男孩來到「丸千」。初春只是徒具虛名，那天風強雨急，還夾雜著冰雪，天寒地凍。

出川崎驛站順東海道而下，四公里遠的大路旁有個小孩跌落斜坡，不知是岩石或向外伸出的枯枝勾住他——一名商人冒著風雨到丸千告知此事，這便是那件事的開端。

此人是丸千的熟客，品行可靠，憑著老練地經商手腕走遍大江南北，見多識廣。他連滾帶爬地衝進店內通報這個消息，絕不會是疏忽看錯。丸千立即召集人馬，前往搜尋那名男孩。

這商人早已凍僵。由於發現男孩時，他猶豫著能否獨力救援，白白浪費些許時間。在這樣惡劣的天候下，路上沒別的行人，說來也算運氣不好。

商人連舌頭都不聽使喚，卻堅持要帶路，丸千眾人趕緊阻止他。

「既然如此，好吧。我在男孩掉落處附近的松樹上綁了條手巾，你們可以這爲記號展開搜尋。」

不僅丸千的人，其他旅館的年輕夥計也來幫忙，轉眼便已聚集十人左右，大夥分別拿著繩索和梯子衝進冰凍大雨中。屋簷下，阿近站在母親與大哥喜一之間，目送男人低頭緊依彼此，像蓑衣斗笠塑成的大丸子般前進。

「妳爹力大無窮，而馬車屋的源先生動作輕盈俐落，猴子都自嘆不如，不會有問題的。一定很快就能找出那名男孩，救他脫困。」

母親手搭在阿近頭上安慰道。喜一的力氣不及大人，卻比大人伶牙俐齒。他惱怒地說「就算救上來，也早凍死啦」，惹得母親重重打他一記屁股。

「你身爲丸千的繼承人，不可對有緣路過驛站的旅客講這種冷漠無情的話。一旦有誰遭遇困難，絕不能見死不救。」

正値愛唱反調年紀的喜一，噘嘴應聲「知道啦」。

男人出門後遲遲未歸。由於剛過新年，客人不多。此時住店的都是有急事待辦，不巧遇上壞天氣受困此地，心有不甘的旅人。這些旅客擔憂著男人的安危，邊閒聊打發時間。不少人認爲，要是時間拉長，那男孩肯定沒救。

「希望前往救援的大夥別因此受傷才好。」

阿近聽見他們的談話，非常擔心父親的安危。母親應該也很擔心，只是不形於色，不斷忙進忙出。這時，母親吩咐喜一辦事，喜一忿忿應道：

「我看根本不是什麼男孩墜落，而是狐狸或狸貓的惡作劇吧。」

「驛站附近哪來的狐狸和狸貓啊。」

「那麼或許是雪女。」

「喜一，這話又是哪裡聽來的？首先，外頭正下著雪雨，聽說雪女也不喜歡淋溼衣袖，豈會在這種天氣外出遊蕩？你別淨講這種沒意義的話，快幫客人的火盆添炭。」

阿近貼在二樓走廊窗上，從窗子可望見驛站出入口那扇大木門。由於寒風刺骨，她只將窗戶打開一個手掌寬，伸長脖子遠眺。

前方濃密的雪雨中，透著搖搖欲墜的燈籠火光。一盞、二盞、三盞地，自大路接近大門。

這孩子還活著，他尚有一口氣，快去燒熱水啊。男人的大呼小叫摻雜在風聲中，清楚傳來。

「他們回來啦！」

阿近以響徹整棟旅館的音量大喊，迅速衝下樓梯。

這眞可謂是「撿回一條命」。男孩躺在丸千裡間床上，徘徊鬼門關外三天後，第四天早上終於清醒。

所幸男孩從路面跌落斜坡時沒受重傷，不過或許是寒氣直透筋骨，使得手腳前端血路阻滯，他雙腳的小趾、右手食指和中指、左手小指皆萎縮泛黑，有腐壞之虞。

不論誰和男孩攀談問話，他都不開口。他會點頭、搖頭，所以不算痴呆。喝過米湯後，他的眼中恢復元氣和光芒，也會仔細回望身旁的人，但似乎仍無法言語。

因此他的名字、年齡、出生地，欲前往何處，又爲什麼在那裡遭遇事故，以及當時和誰在一起等，詳情一概不知。他就在重重迷霧中恢復健康，不到半個月已能下床，雖像老頭般踩著蹣跚的步履，至少能扶著牆壁，緩緩在丸千周遭行走。

男孩的手腳終究少了五根指頭。他總不說話，旁人也不清楚他是否覺得悲傷。他不時在陽光下望著雙手，阿近的母親每次發現，總會噙著淚安慰他，只是他都未做回應。

雖不知他的歲數，但看來介於喜一與阿近之間，大概是十歲左右。由於沒有稱呼相當不便，阿近的父親替男孩取名爲「松太郎」。

「多虧有松樹爲標記，他才撿回一命。」

正値愛插嘴年紀的喜一說，「這麼講起來，得感謝那條手巾吧。不過其實要算是那名商人的功勞。」

喜一亂插嘴，討了頓罵。他似乎對這集丸千及四周旅館業者的同情與關心於一身的松太郎，怎麼都看不順眼。

在孩子氣的好奇心驅使下，松太郎還沒能下床，阿近便常去看他。事實上，阿近去了也沒幫上忙，畢竟她只是個天眞無知的小女孩，而松太郎又不開口。可是每回喜一撞見就會臭罵阿近，還曾抓著她後頸，一把拖出房間。

「那傢伙搞不好是妖怪，妳別在他身旁鬼混！」

「妖怪很可怕嗎？」

「沒錯。像妳這樣的小鬼，小心他從腦袋一口吃掉妳。」

松太郎能起身行走後，見面的機會自然也增多。旅館眾人親切地和他打招呼，對他多所關照。阿近見狀，便忘記大哥的訓斥，逐漸和松太親近起來，最後又挨喜一責罵。

這情形反覆上演，儘管小心翼翼不讓大人發現，依舊會穿幫。松太郎來丸千一個月後，喜一在後院砍柴處使勁撞向松太郎，路過的母親恰巧看見。
這回換喜一遭人一把抓住後頸。
喜一被帶進父母房裡訓斥，阿近躲在廊邊偷看。只見喜一大聲頂嘴，父母朝他咆哮，他便哭泣起來。父親的罵聲響若洪鐘，喜一也不遑多讓，母親則語帶哽咽。
「你不覺得松太郎很可憐嗎？難道你沒半點男子氣概？」
「我最討厭那傢伙了！」
「這不是喜歡或討厭的問題吧。你不知道他是個怎樣的孩子嗎？」
「看就知道啦！」
完全不顧臉面的對話一路傳至外頭。丸千的夥計相視苦笑，裝沒聽見。阿近覺得哥哥很可憐，卻有點幸災樂禍，另一方面也想跟著哭、想當場逃離，但沒留在這裡又過意不去，一個六歲小孩的胸中塡滿這些難以負荷的情感，阿近不由得縮起身子。
這時，她察覺背後有人。
抬頭一看，松太郎就站在她身旁，差點害她跌一跤。
或許是缺少幾根腳趾的緣故，松太郎的步伐不太穩，站立時一定要扶著牆壁。但眼前他垂著雙手，無精打采地低頭望著阿近。
阿近睜大眼睛注視著松太郎。此刻，傳來喜一夾雜著哭聲的怒吼。
松太郎面頰上的擦傷微微滲血，想必是剛才喜一造成的吧。那爲他毫無血色的臉龐染上過去未有的生氣。

他原本緊閉的雙唇輕啓。阿近彷彿著了迷，定定望著他。
「……對不起。」
阿近頭一次聽見他的聲音。

阿島輕咳一聲，略顯躊躇地嚥口唾沫後，看著阿近。
「於是那男孩就在丸千住著不走了？」
阿近頷首，莞爾一笑。阿島這句「住著不走」，表示打一開始她便站在喜一這邊。
「阿島姊應該也明白，我大哥是在嫉妒松太郎先生。」
阿島順勢接道，「這也難怪，家裡撿來一個來路不明的孩子，父母又照顧得如此無微不至。令兄當時才十三歲左右吧？還處於無法理性思考的年紀，不嫉妒才有問題。」
「大哥長大後也曾反省是自己不對。」
那是大哥成年沒多久所講的話，也就是松太郎做出那件可怕的事前。
只不過事情發生後，大哥亦改變說法。
——我的直覺沒錯。眞後悔，要是早點將那傢伙趕出丸千就好了。
「提到松太郎先生啊。」
阿近對阿島強顏歡笑。
「他和良助不同，有張俊秀的面孔。」
阿近的父母常說，像他這樣的美男子，眞想讓他去當演員。

「因爲他長得跟人偶一樣。」

剛才聊到良助的長相時，阿島有如小姑娘般興奮，此刻卻頻頻後退，彷彿有人將死蟲推至鼻尖。

「拜託，這樣反而討厭。」她皺眉不屑道。

「抱歉，我沒把故事的順序弄好，否則您也不會有這種感覺。不過，阿島姊，其實我不討厭松太郎先生。」

阿近旋即搖頭。該如何措詞，才能傳達這股心焦？

「大小姐，如今您還講這麼善良的話……」

而後，她體悟到坦然是最好的方法。

「倒不如說，我喜歡他。」

阿島並不驚訝，只是皺眉。但阿近未因此退縮，又重複一次自己喜歡松太郎。

最早聽見他話聲的是阿近。一句「對不起」，在年僅六歲的小女孩心中投下別人未曾給予的影子，不過那絕非可怕的陰影。

說是影子，其實更像樹蔭。自六歲到十七歲間，阿近確實常到這樹蔭下休憩。

如今，她在黑白之間回顧過往，才明瞭她聽到松太郎聲音時流露的眼神，也在松太郎心底投下具有自己形體的樹蔭。

過去阿近未能領悟這個道理。不，就算明白，也不願承認。爲逃避現實，她不斷自責。她始終沒察覺松太郎的心意，還對外宣稱這完全出乎意料。既然決定好要走的道路，她便不會分心注意歧路，儘管那或許才是正道。

「在驛站町裡，一起出外旅行的父母病倒、孩子與父母走失，或被父母拋下的事，一點都不希奇。這時候，通常會先向孩子問出住處，送回雙親身邊。假如住得遠，便請人傳口信，在對方派人來接前，暫且代爲照顧。這種情況下，旅館工會明文規定，得由各家旅館輪流照料。」

孩子要是沒親戚，或像松太郎這樣身世不明，則會幫他尋覓養父母。

「雙親打一開始就打算收留松太郎。家父還故意帶勁地說，這孩子大難不死，運勢過人，日後肯定是個大人物，大哥聽了又妒又氣。」

自從與阿近說話後，松太郎漸漸願意開口，只是除回應和打招呼外，依舊少言寡語。面對喜一父子的爭吵，他既無尷尬的表情，也不會勸阿近的父親別生氣。不論喜一怎麼毆打、衝撞，他都不還嘴也不還手。

「我明白令尊令堂的心意，他們眞的很善良，況且旅館裡多的是工作。」

「是啊，但爹娘並不打算拿他當夥計使喚。事實上，我有個出生不久即夭折的二哥，所以是懷著補償的心情收養他的吧。」

不過另有一人提出領養松太郎的要求。那名商人認爲，既然當初自己未能解救的男孩，幸得驛站眾人出手相救，就該由他照料這孩子的未來。

「自松太郎先生獲救，到得知他保住一命前，商人一直留在丸千，甚至代付醫藥和住宿費，事後也常來看他。」

商人也有個早夭的孩子。據說他和妻子討論過，欲將松太郎當成那孩子養育。

松太郎能下床走路後，商人每兩個月都會到店裡談這件事。雙方互不相讓，不願妥協。阿近的父親相當堅持，他尊敬商人有這份心，但商人常爲生意奔波不在家，松太郎將交給老闆娘撫養，他會備感拘束而過得不快樂。

「那就沒辦法了，只好由松太郎決定。」

松太郎說想留在丸千。

三

「雖只是個孩子，卻是極有影響力的發言。」阿近莞爾一笑，「我父母撫掌大樂。」

他們做夢也沒想到，日後會對這項決定懊悔神傷。

「於是，我們過起三兄妹般的生活。」

喜一和松太郎的關係始終不見好轉，動不動便起無謂的爭執。這不是松太郎的錯，喜一在心中築起堅固石牆和護城河，找著機會就朝松太郎放箭。見到松太郎總是默默承受攻擊的模樣，喜一反倒更生氣。

不過三人仍上驛站的同一間私塾，每天一起吃飯、擠在一塊兒睡覺，依父母的吩咐，幫忙旅館繁瑣的工作或外出跑腿。

松太郎也逐漸習慣如何運用行動不便的手腳，安分地用功念書、認眞工作。他似乎天生是個聰明的孩子，自然博得許多誇讚，說他令人同情、難能可貴。喜一對此大爲不滿，多次要求父母把松太郎當夥計看待，但每次都遭駁回。

這種情形令喜一覺得父母老是偏袒松太郎。

約莫是松太郎到丸千一年後，阿近曾目睹父子倆對坐著，父親語重心長地向大哥諄諄教誨：

「將來你會繼承爹的衣缽，成爲丸千的店主。旅館這生意，不同於一般買賣。若你認爲只是收客人錢、提供食宿這麼簡單，絕對無法經營下去，這行業便是如此。」

不然還需要什麼？不就是做生意嗎？喜一好勝地反駁。父親注視著他說道：

「還需要人情。娘沒告訴過你嗎？不能對有困難的人見死不救，助人之心不可忘，這點非常重要。」

你得成爲一個恢宏大度的男人，否則當不了丸千的主人。在父親的訓斥下，喜一別過臉。

「那好，給松太郎繼承，我離家出走算了。反正我早就不想待在這兒！」

於是引發一場風波。父親抓住喜一後頸往倉庫拖，並從外頭架上門閂。

「沒我的允許，誰也不准開門。」

父親向家人和夥計如此宣布後，隨即回頭工作。

大概是用了離家出走這張王牌，所以喜一不哭不鬧，決心跟父親賭氣。倉庫悄靜無聲，阿近多次靠近，都遭母親和夥計勸阻。

「這是妳爹的吩咐。」

「阿近小姐，您不可違背老爺啊。」

喜一應該也聽見阿近哭著說「可是大哥太可憐了」，卻悶不吭聲。

三天後，他才步出倉庫。

阿近不清楚喜一離開倉庫的原由，不過聽說是松太郎找喜一談話。夥計瞧見松太郎坐在倉庫前、頭抵在門上的情景。

「他似乎是第一次吐露身世。」

松太郎為何遭遇那樣的災難，當時又和誰在一起？從他住進丸千的那天起，一切始終成謎。驛站的大老相當看重此事，曾派捕快調查松太郎出現在川崎驛站期間到過此地的旅客，並叮囑要特別留意那些去時帶著松太郎這般年紀的孩子卻隻身回來，及神色不定、在惡劣天候下趕路而行經驛站不入等舉止可疑的旅客。

但終究查無所獲。川崎與江戶之間的距離，當天便可來回。只要有心，就算不走大路，也不是什麼難事。若是同行的人刻意遺棄松太郎，對方應該會避開驛站，急著離開這裡。因此，松太郎究竟有何遭遇，眞相只有他自己知道。

之後，喜一的態度明顯有了轉變。

「他不再對松太郎先生抱持敵意。」

驛站裡的玩伴中，要是有人嘲笑松太郎的斷指，喜一便會氣得脹紅臉，狠狠責罵他們。此舉發揮了功效，那些淘氣的孩子漸漸地再也不敢對松太郎胡來。

「請問……」阿島戰戰兢兢地插話，「那樣的孩子裡，該不會有良助先生吧？您剛說，他是從小一起長大的朋友。」

阿近頷首，「每個小孩都有殘酷的一面，不過良助先生小時候眞的很不聽話。」

這又是另一個巧合，喜一開始把松太郎當弟弟看待後，換之前與喜一情同兄弟的良助吃起醋。

「此後，大哥與良助先生沒能恢復往日情誼。所以當良助先生成年後沉迷於玩樂、他們家上門提親時，大哥話才講得那麼難聽。」

喜一回道「開什麼玩笑」。

「可是半年前對方再度來談婚事時，良助先生已洗心革面，甚至低頭認錯，妳大哥不是也接納他了嗎？」

「是的，他很高興。」

喜一說，這下終於能成爲眞正的兄弟。

阿島深深嘆口氣，「什麼嘛，一會兒吃醋，一會兒又不吃了。」

「就是啊。」

內心的想法難以阻擋，更無法隱藏。

「連我也猜得出是怎麼回事。」

阿島刻意避開阿近的眼神，低聲道。

「大小姐和良助先生的婚事談定後，換松太郎這個人吃味。他妒火中燒，將良助先生……」

阿島緊握拳頭，彷彿在說「眞沒想到」。

「松太郎這個人……」

阿島雖沒直呼「松太郎」，但一定會在後面加上「這個人」。

「他喜歡大小姐。剛剛您也提過，我才會這麼想，其實您也喜歡他。這種感情是會傳遞的，於是松太郎這個人擅自把大小姐視爲自己的女人，然而……」

良助卻打算橫刀奪愛，搶走阿近。那個從小百般欺凌、嘲諷自己的可恨男人。

「所以他殺害良助先生。啊，眞恐怖。」阿島忿忿低語。

阿近的思緒宛如亂舞的繽紛紙片。有的鮮豔美麗、有的一片漆黑，也有不知如何比喻的顏色。

阿近望著心中那景象，話語很自然地脫口而出。

「……做了很殘酷的事。」

「沒錯，那眞的太過殘忍！」

阿近搖著頭，「不是松太郎先生，是我們對松太郎先生做了殘酷的事。」

阿島錯愕地想開口回應，阿近卻靜靜搖頭。

「我確實喜歡松太郎先生，大哥也與他相處和睦，我爹娘更是疼愛他，就像一家人一樣。」

不過終究只是「像一家人」而已。

「心裡某個地方還是畫出一條界線。」

「那是因爲……」

「然而嘴上仍若無其事地掛著溫柔的話語。」

阿近瞪大雙眼，正面望著阿島，「阿島姊，您應該也知道，驛站町都會有一些賣春的女子。」

即所謂的飯盛女。她們以替客人服務爲名義，應召賣春。

「知、知道……」阿島羞紅臉。

「因爲川崎驛站離日本橋很近。倒不如說，這方面的收入，令驛站受惠不少。」

「大小姐，您連這方面的事都這麼清楚啊。」

「既然在旅館裡長大，就算討厭，也非清楚不可。」

同時也學會明明知道，卻又佯裝不知。

「那些女人都出身貧苦人家，由於三餐不濟才不得不賣身，所以絕不能妨礙那些人做生意。到了有人上門提親的年紀，家母告訴我這個道理。」

裝作沒看見是出於好意，千萬不可寄予同情，要擺出若無其事的神情，開朗地和她們打招呼。還有，別和她們牽扯太多。

「同樣身為女人，我也會想很多，像她們很可憐、很辛苦之類的，相反的，也會覺得那是惹人厭的生意，甚至覺得買春玩樂的男人很不是東西。不過令堂那番話的意思，是希望您能將這些想法全隱藏在心裡。光靠一個人的力量，就算再努力，也幫不了川崎驛站的每一名飯盛女，因為那是她們的謀生之道。」

人世間是這麼回事。

「如今我才明白，我們家人在內心深處，也許就把松太郎當成來丸千討生活的飯盛女一樣。」

親切地對待他、有困難給予幫助、彼此笑臉相迎、有事會替他擔心，這麼做對彼此都有利。然而當中卻存在著一條分界線。

「家父常說，做旅館的生意，人情絕不能少。但他若真那麼重人情，對那些為了父母兄弟而賣身的女人，豈會棄之不顧？」

阿近以銳利的眼神望著阿島。

「大家都說丸千找來的女人水準很高，在當地頗獲好評。因爲家父挑的都是上等貨色。」

那些女人也曉得丸千的老闆不會安排奇怪的客人，也不會另外抽成，可以放心信賴。

這些並非阿近的親身見聞，而是夥計沒注意到阿近在一旁於私下談論的事。只不過現下阿近就像親眼目睹似地，講得特別用力。

阿島臉色發白，也許是不敢相信「上等貨色」這種粗俗的話語會出自阿近口中，她彷彿懷疑是自己聽錯，伸手扯了下耳朵。

「抱歉。」阿近向她道歉，「讓阿島姊難堪了，可是我一時找不到其他的比喻方式。」

非但如此，愈聽她這樣描述，愈覺得用這樣的比喻來形容松太郎與丸千的關係非常貼切。

不過——丸千與飯盛女的往來，和丸千與松太郎之間的關係，有個明顯的差異。

那就是彼此是否明白有這條「線」的存在。

「松太郎先生一直待在家中。阿島姊剛才也提過，旅館有許多瑣碎的工作，能增添一名男丁當幫手，便得謝天謝地。松太郎先生是很重要的人力。」

他跟夥計一樣勤奮做事，大家待他猶如家人。長大後，松太郎也很安於這種不好也不壞的生活。

「松太郎先生來到家裡五、六年後，連需要用到手指的活兒也能靈巧地處理，只要沒人提起，根本不會發現他手指的缺陷。家母替他縫製特別的手套，在斷指的部位塞進棉花，他平時都會戴著。」

旅館的工作一有空閒，松太郎經常動手用木片製作花、鳥之類的小木雕玩具。阿近也收過不少，都裝飾在房內。丸千也常拿來當禮物，送給有小孩的熟客，大夥都很高興。

「驛站許多工匠頗爲賞識松太郎先生的才能，都主動問他要不要到店裡工作。同時也勸他，不想一輩子待在丸千吃閒飯的話，便要擁有足以自立的一技之長。」
但每次丸千都拒絕這樣的邀約，並告訴他們，就算松太郎看起來有意願也不行，他就像喜一的弟弟，我的兒子。
「令尊想必是把他當親人看。」
「嗯。但繼承人是我大哥，說松太郎先生像兒子是很好聽，不過換個看法，那根本是要他老死在這兒。松太郎先生工作賣力，我父母相當倚賴他，捨不得放手。」
一個不必支薪的夥計。松太郎藉著努力工作，來報答他們的救命之恩。
「這是他本人期望的吧？」
「是我們擅自這麼認爲。」
然而如今回頭仔細思考發生過的每件事，便可發現每當那些上門的邀約告吹時，松太郎似乎都顯得有些沮喪。
「那時我什麼也沒察覺，只曉得要是少了松太郎先生，我會感到寂寞與諸多不便。」
這不能算是站在松太郎的立場替他設想未來。
「我們曾有一次重新檢討這般自私行爲的機會。」
那是松太郎在丸千生活第八年發生的事。當初那名發現松太郎而來店裡求救的商人，暌違多年後，再度造訪丸千。
「自從他收養松太郎先生不成後，便沒在丸千露面過，眞的是許久未見了。」

那名商人見到長大成人的松太郎，不禁眼中泛淚，無比欣喜。松太郎認出他，也高興地說，「終於能好好向您道謝。」

「商人住了兩晚，準備離去前，」阿近繼續道，「他表示有件事想跟我父母商量。」

阿近後來才得知詳情。

「對方想帶松太郎先生去江戶。這回不是要收他爲養子，而是要代爲照顧他。不管是培養他成爲獨當一面的商人，或讓他學習一技之長，我都已安排妥當，請讓松太郎到江戶去吧。」

阿近的雙親始終不肯點頭。商人於是步步進逼，展開談判。

——由於丸千不辭辛勞地撫育與溫情關照，才有今日的松太郎，這點我也很清楚。但繼續這樣下去，這孩子太可憐了。往後的人生，他都得背負著無法償還的恩情。

「爹娘聽了勃然大怒。」

我們沒有用恩情束縛松太郎的意思。倘若他想到江戶去，我們隨時都會高高興興地送他出門，但請你不要多管閒事。

——就算松太郎有此意願也說不出口，所以我才來拜託你們。

商人磕頭請求，最後仍遭到驅趕，此後便不曾出現在丸千。

「那個經商的大叔旁觀者清，想必已看出我們的心態才如此央求，我們卻把他趕出門。」

當時喜一「眞是不死心吶」地說那名商人的壞話，連阿近也跟大人一鼻孔出氣，以忿恨不平的口吻附和，「娘，剛才眞該撒鹽去去穢氣。」

丸千和松太郎又回復原本的生活。關於商人的事，松太郎什麼話也沒講。他心裡在想些什麼，有何感受，丸千眾人完全不懂——或許該說，無人有意去體察。

一個猶如兒子般可靠的夥計。

「後來大哥開始放蕩，爹娘爲他忙得團團轉，要不是有松太郎先生在，丸千恐怕無法維持。他幾乎一肩扛下丸千的一切事務。」

「大小姐。」阿島一副疲憊的模樣，頻頻眨眼，向阿近喚道。

「您的話我懂。松太郎這個人感念丸千的恩情，拚命地工作，或許分量愈來愈重要，但殺人凶手就是殺人凶手，沒任何藉口。」

阿近承受著阿島的目光，沉默半晌。最殘酷的那句話她一直留著沒說，告訴阿島前，得更堅定內心才行。

「我十四歲那年，就是第一次與良助先生談及婚事時……」

喜一率先反對這門親事。而在良助的「波之家」方面，由於我們拒絕得合情合理，令對方顏面盡失，他們背地裡也放了不少壞話。

——現在就雞蛋裡挑骨頭地回絕婚事，阿近一定嫁不出去。到時候就算她終日以淚洗面，整個驛站也沒人會理她。

「家裡的人聽到這樣的壞話，都替我講話。爹娘和喜一大哥，不論在夥計面前，還是與街坊鄰居聊天，總是以嘻笑怒罵的口吻宣傳此事。」

哼，誰希罕來著。只要讓阿近和松太郎成婚不就行了。

四

「這當然不是真心話。」

阿近避開阿島的目光繼續道，「就算眞那麼想，也不會說出口。我爹娘、大哥，還有夥計都一樣。」

可是當時卻忍不住脫口而出。因爲亟欲一吐爲快，挫挫「波之家」的銳氣，如此心裡便舒暢許多。

「不過大小姐其實很喜歡松太郎先生吧？」

那不就是淡淡的戀情嗎？大人有何心思另當別論，難道阿近小姐不曾夢想嫁給松太郎？

這雖是對阿近的提問，卻隱含有同情松太郎的意味。阿島其實沒這個意思，聽來反倒格外令人心痛，阿近一時答不出話。

她潤潤嘴唇，以另一種方式回答。

「松太郎先生畢竟是外人。」

儘管生活在同一個屋簷下，感受到如家人般的親近感，他仍舊不算親人。當中有條分界線。

「而且他不是普通的外人。不僅來路不明，還曾有段悲慘的遭遇，是個遭捨棄的孤兒。不知帶著何種孽緣，也不曉得這孽緣何時會出現。」

所以這分界線無法消除。

那是大人的想法，也可說是收養這名來路不明的孩子，所衍生的「恩人」心態。

「爲向波之家還以顏色，丸千利用了松太郎先生。沒錯，就是這麼回事。」

波之家聽聞此事後，難免會想：

——丸千竟然認爲那個遭惡意遺棄的松太郎，比我家的浪蕩子良助好？

於是心裡更不是滋味。而丸千又順勢搬出松太郎，向驛站的街坊鄰居宣稱阿近與松太郎是一對。

「至今我仍記得很清楚，娘曾拉著爹的衣袖低勸『老爺，你也該適可而止』。」

——別四處散布這種違心之言。要給波之家顏色看，這樣已足夠，松太郎太可憐了。

這番話表示她內心相當明白，打一開始丈夫便無意把阿近嫁給松太郎。

「我爹聽完後笑了。」

——什麼嘛，松太郎不會當眞的。他懂得分寸。

——那你更不該這麼做，我心裡可是歉疚得很。

當時母親的神情滿是愧疚與擔憂。

阿島眼神黯淡，傾身向前。

「松太郎這個人怎麼想？與大小姐的婚事，他當眞嗎？」

「因爲他是個懂分寸的人，話還沒聽完便神情慌張地直呼太離譜，此事萬萬不可，在下愧不敢當，嚇得滿頭大汗。」

然而他愈推拒，阿近的父親和哥哥喜一愈堅持。你顧忌什麼，只要和阿近結婚，成爲丸千家眞正的一分子不就得了？

「回想起來，爹和大哥簡直是互相煽風點火。」兩人不是在嘲笑松太郎，話雖說得露骨，其實沒把松太郎放在眼裡。波之家想將自家的放蕩浪子強塞給阿近，丸千只要搬出松太郎，便可給對方難堪。由於此舉既有趣又痛快，兩人一時過於投入。

「大哥最先對這門婚事有意見，點燃導火線的也是他，所以更是熱中，絲毫沒有勸家父收手的意思。」

眞要找個喜一這麼做的原因，應該是小時候良助曾一再欺負松太郎，如今拿兩人相比，讓良助在驛站內顏面盡失很是暢快。松太郎也很高興吧——喜一心想。

他沒惡意，也未將此事當眞。

喜一深信松太郎不會放在心上，因爲他欠丸千一分情。

「而在這樣的局面下，我啊……」阿近勢必得回答阿島剛才的疑問，「一直當個乖孩子。」

起初，聽到父親和大哥那意想不到的提議，阿近頗爲吃驚。她正值對婚事敏感的年紀，只要有人講到這方面的話題，她便羞得轉身跑開，或者別開臉。但初長成的小姑娘，有時難免也會仗著傲氣，順著父親和大哥的話說——就是啊，松太郎先生比良助先生溫柔，我也認爲松太郎先生比較好。

這時候，阿近總像小兔子一樣，全身輕顫，兩頰發燙。

沒錯，我喜歡松太郎，阿近心中確實有著十四歲小姑娘的眞情。

「所以偷聽到爹娘談那件事時，我眞的很詫異，不禁困惑，這是怎麼回事？於是我悄悄地找家母商量。」

母親當然訓了阿近一頓，接著安撫似地告訴她，要擁有一個家，不如妳想的那般簡單。雙方必須門當戶對，也得考量世人的目光。

——松太郎是外人。

原來大人是這麼想的，阿近在驚訝中學得此事。

她並未反抗。很不巧，阿近與父母和大哥之間的內心隔閡，並未遠到足以針鋒相對。

沒錯，她是個乖孩子。

阿近還不是成熟的女人，不至於執著在喜歡松太郎的念頭上。

沒錯，她只是個孩子。

「之後，我極力佯裝不知情。家母和我同是女人，彼此有所默契。」

有些玩笑無傷大雅，有些則萬萬開不得。有的能當眞，有的不可。若無法看穿這點，就算不上是大人。

換言之，我嫁給松太郎的事，只是個玩笑。

「松太郎先生外表看來沒什麼變化，始終都稱呼我爲『大小姐』。」

直到兩人最後一次交談爲止。

「半年前，談定與良助先生的婚事時，我感到非常幸福。」

那天，就在紅輪西墜的時刻，良助突然造訪丸千，說他昨天有事到江戶一趟，買了些禮物要送給阿近。

「這是江戶一家有名的梳妝鋪所賣的腰帶飾品，在年輕女孩間十分流行。」

那飾品極為細緻優美，以淡櫻色的貝殼製成，層層相疊，構成花的圖案。

「傳聞戴在身上便能得到幸福。我甚至覺得，再更幸福的話，反而會不知如何是好。」

兩人站在丸千的後院。雖名為庭院，景色卻毫無情調，只是一處用來砍柴或曬東西的地方。暗紅色的夕陽餘暉射入眼中，阿近微感刺眼。良助先生面帶潮紅，阿近猜那不是害羞，而是夕照的緣故，沒想到他突然冒出一句：

——阿近，妳不要臉紅嘛。

阿近聞言，這會兒真的染上緋紅，嬌羞地低下頭。

那想必是幕讓人不由自主泛起微笑的可愛景象。不過才半年前，而今卻離阿近如此遙遠，感覺就像別人發生的事，所以心中浮現的情景，顯得這般溫柔美好。一對準備成親的年輕男女，彷彿在扮家家酒，連兩人交談的一字一句，都清楚浮現耳畔。良助因害羞而變得沙啞的話聲傳來：

——喜歡嗎？天還沒亮我就到店門前排隊，好不容易才買到的。

阿近悄聲回了句「謝謝」。

此時，松太郎正好出現在旅館通往後院的門。

尚未到點燈的時刻，但照不到夕陽的後門內側相當昏暗。旅館內外的亮度截然不同。松太郎宛如由蔭處滲透而出，緩緩來到幾欲融化的夕陽底下，好似黑暗形成的一道人形。

也許是這個緣故，最先發現的良助大吃一驚。阿近順著他的視線望去，看到松太郎，也嚇得差點跳起來。那一剎那，與未婚夫私會遭人撞見的羞愧，令阿近一顆心噗通直跳。

「看著松太郎先生的表情，一種異樣的感覺令我心頭一震。」

松太郎的神色是從未有過的可怕。

松太郎朝他們深深一鞠躬，客氣地說聲「打擾兩位，眞不好意思」。

——其實我也明白，不該在這種地方和兩位打招呼。但我正巧路過，看見大小姐和良助先生在這裡。

「事後聽說，松太郎先生是來拿木柴。」

接著，他望了彼此依偎的良助與阿近一眼。

良助和松太郎自這次的婚事談定後，一直沒機會互相正式問候。仔細想想，倘若丸千的人眞將松太郎當家人看待，這樣未免太奇怪。身爲阿近的未婚夫，良助於禮該向松太郎問候一聲，而松太郎也理應接受介紹才是。如今回過頭來看，當初此事敷衍帶過，正顯示出松太郎立場的尷尬。

——我這麼說，或許算是越俎代庖，但我一直很想好好向您道謝。恭喜您。

松太郎雙手搭在膝上，再度行禮。

——良助先生，大小姐就請您多多關照了。

站在阿近身旁的良助，一聽到這這句話，便將阿近藏在身後，像要保護她似地向前跨出一步。肌膚傳來良助的怒意。良助生氣的模樣，阿近小時候見過不少次。

——什麼？你有膽再說一遍！

良助扯著嗓子喊道。松太郎抬起臉，陰沉緊繃的臉龐陡然浮現其他神色。一是驚訝，另一種不知怎麼形容才好，雖不是憤怒，但他似乎早等著良助出現這樣的反應。

那是有所覺悟的神情，他已料到結果會是如此。

良助氣得橫眉豎目，往松太郎逼近一步。

你這傢伙有什麼資格叫我好好關照阿近。別說是越俎代庖，這根本就是厚顏無恥。你算阿近的什麼人啊？

別這樣，阿近拉住良助的衣袖。可是良助看也不看阿近一眼，只狠狠瞪著松太郎，彷彿要用雙眼噴出的火焰活活燒死他。

眞的很對不起，松太郎低頭道歉，腰彎到都快站不穩了，仍維持這姿勢道：

——不過我是眞心希望您能讓小姐幸福。丸千眾人的恩惠，我一輩子也報答不了，所以我才想向您祝賀一聲。

這句話深深刺進阿近內心。松太郎選擇這樣的措辭想傳達些什麼，阿近十分清楚。

——松太郎先生，夠了，您不必道歉。良助先生也別生氣。

阿近緊抓良助的手臂，想將他拉開松太郎身邊，不料他竟甩開阿近的手。

——阿近，妳別管，在一旁看著。

簡直跟小時候一個樣。一臉認眞地想爬到樹頂的良助，與人鬥嘴絕不服輸的良助，打架非得打贏才肯罷手的良助。

——就是對他太好，這傢伙才會這麼囂張。丸千的叔叔、嬸嬸和喜一兄也眞奇怪，竟然養這樣一頭野狗和阿近同住一個屋簷下，我可是一直很不安呢。這傢伙的本性如此惡劣，偏偏大家都被他騙得團團轉。

接著，良助像眞的要驅趕野狗般，當著松太郎的面發出「去、去」的噓聲。

——阿近成爲我的妻子後，喜一哥便是我的大舅子，丸千和波之家合而爲一、聯手經營，生意蒸蒸日上，早晚將成爲驛站首屈一指的旅館。到時候可就沒你的容身之地，因爲今後我會好好地監視你。

——你不過是隻碰巧找到人賞飯吃的野狗，竟敢得寸進尺地賴著不走，也不嫌醜。

——你對我和阿近講這種話有何居心？馬上給我滾！快收拾行李滾蛋！

松太郎挺起身，任憑良助出言辱罵，他只是佇立原地，愕然失色。另一方面，良助則乘勢把他罵得狗血淋頭，不但一一細數過往發生的事，還說叔叔、嬸嬸及喜一兄，其實都這樣講你，只有你什麼都不知道、什麼也沒發現，你這種人是大家的累贅。

松太郎半張著嘴注視著良助，接著目光突然移向阿近。兩人眼神交會。

阿近急忙別開臉。

良助見狀更是激動，猛然撲向前，一把揪住松太郎的衣襟。

——混帳，你剛才看了阿近一眼，對吧？竟然用那噁心的眼神看阿近！你心裡在想什麼，我早看透了。敢暗自迷戀阿近，搞清楚自己的身分好不好！

良助大吼一聲「以後不准你再看阿近」，便痛毆起松太郎。松太郎扎實地挨了一拳，跌倒在地，良助伸腳就往他踢去。

——你還一度以爲能娶到阿近，想得眞美。現在知道了吧，活該！

這麼一來，阿近也終於明白。一旦恍然大悟，她心頭瞬間凍結。

良助心中一直有疙瘩，難以釋懷。先前提親時，丸千家的人四處對外放話，使他顏面盡失，他是又恨又氣。不僅如此，小時候他還和喜一爲松太郎爭吵而絕交，最欣賞的大哥喜一也被松太郎搶走。

如今重新奪回這兩人，站在睥睨松太郎的立場，良助打算將多年來鬱積在心中的忿懣一次宣洩個夠。

別這樣！別這樣！阿近使勁吶喊，拉著良助的衣袖，全力阻止他踢向松太郎。松太郎則聽任他踹打辱罵，臉上沾滿塵土，蒼白的面頰流下一道血痕。

但良助仍不願停手，他大吼著，向阿近道歉！請多多關照是什麼意思！齷齪！你當自己是阿近的什麼人啊？

——拜託，別再打了！

由於阿近的悲鳴，良助這才停止動粗。他氣喘吁吁地噘起嘴，往倒在地上、蜷縮著身子的松太郎背後吐口唾沫。

——看在阿近的面子上，這次饒了你。你眞該慶幸。

他撂下這句話後，便摟著阿近的肩繞過後院，轉身走向大門。

就在這時。

——大小姐，您也一樣嗎？

松太郎趴在地上低語，一陣嘶啞從阿近腳底攀爬而來。

——阿近小姐，您也是這樣看我的嗎？

良助和阿近僵立當場。阿近是因爲恐懼，良助則是憤怒的緣故。

松太郎一臉痛楚地抬起頭，凝望著阿近。既像懇求，又像求助，也像在責備。

——眞的嗎？

松太郎那熱切的目光、悲痛的問話，令良助的耐性瞬間土崩瓦解。他火冒三丈地朝松太郎飛撲而去，之前默默承受他拳打腳踢的松太郎也猛然站起身，兩人扭打成一團。阿近不斷尖叫，希望有人來勸架。兩人對等打起架來，即使松太郎先前遭狠狠修理過一頓，實力還是在良助之上，良助根本不是對手。他錯愕不已，更加失去理智，一味揮拳襲向松太郎。

——我要宰了你這隻野狗！我要親手殺了你！

「都怪當時挑錯地方。」

阿島啞然失聲，縮著身子呆坐原地，整個人看起來足足小上一圈。阿近緩緩繼續道：

「一把砍柴用的刀放在旁邊。」

率先抓起柴刀揮砍的是良助。松太郎在千鈞一髮之際躲過，並俐落搶下，推倒良助。

松太郎顫抖著喘息時，阿近將一切全瞧在眼裡。

松太郎盯著手中的柴刀，望向倒臥在他腳下的良助，由良助的表情看出那句「我要殺了你」，並非只是恫嚇。

接著，松太郎目光移向阿近。

阿近腿一軟，坐倒在地，但仍不住後退，想要逃離。

她記得自己還說過「救命」。

松太郎眼中帶淚。

阿近看見他重新緊握刀柄，看見他泛白的指節。

「松太郎先生當著我的面，將良助先生活活砍死。」

他不斷揮舞著刀，砍得血花四濺、渾身是血。就算火速趕來的喜一和夥計從身後架住他並搶下柴刀，他仍不斷蹬地，想衝向前毆打良助。

——良助，振作一點！阿近、阿近，妳沒事吧？

趁喜一愣住的剎那，松太郎推開他，掙扎著從地上站起身，往外衝去。他穿過那些想抓住他的夥計，撥開人牆。

奔過阿近身旁時，他雙眸緊盯阿近。那一刻，他甚至停下腳步。眾人彷彿看傻了眼，跟著無法動彈。就在那一瞬間，他對阿近下了詛咒：

——要是忘了我，我絕不饒妳！

松太郎逃逸無蹤，隔天一早，有人找到他的屍骸。他從當初被驛站眾人救起的那座懸崖跳下，頸骨斷折身亡。

松太郎死後仍雙目圓睜。

4

chapter

魔鏡

一

阿近道出潛藏心中的過往，度過難得的休假，隔天起又恢復爲原本的女侍阿近。

向阿島坦言一切後，阿近並未因此變得輕鬆。假如只是這麼點程度的重擔，應該早就能卸下。不過能讓阿島明白這件事，阿近心裡舒暢不少。

——雖然我們不能打聽，但小姐似乎有段令人同情的過去。

阿島大概不會再如此看待阿近。阿近也有錯，正因她自己清楚這點，才會有眼前的遭遇。阿近不值得同情。

眞正值得體恤、安慰、憐惜、難過的那兩個人，都已躺進墓穴。倖存的阿近便成爲罪人。

當時，松太郎爲何沒拿殺死良助的那把柴刀砍向阿近？他明明該這麼做，爲何留阿近一命，逃離丸千後才自盡？

阿近曾多次自問，如今她終於找到答案。藉由向阿島吐露實情，事發至今一直埋藏心中的凌亂思緒，總算獲得整理。

松太郎認爲，留阿近一命是最適合的懲罰。若要說爲什麼，只因阿近向他求饒。

——救命。

聽著阿近那任性膚淺的懇求，松太郎當下有如大夢初醒。

我竟傾心於這種女人。這種抱著惡作劇和幼稚的心態，爲我喜歡她而感到欣喜的女人。

以我的立場，原本就不可能與阿近結爲夫妻，這點我心知肚明。但我不在乎，我將人生交付給這個女人。爲了讓她幸福，我甘願當她的影子，不求任何回報、吃再多苦也毫無怨尤，全心全意地陪在她身邊。我決定奉獻一生，這是我報答丸千恩情的方式。

所以儘管被當成外人，我仍祝賀阿近，向面目可憎的良助低頭，請求他讓阿近幸福，然而⋯⋯

這算什麼！

良助的粗言穢語我還能了解，也早做好心理準備。可是，阿近呢？

倘若她和良助一起嘲笑辱罵松太郎，好歹算是清楚地做個了斷。要是她踐踏松太郎的心意，棄松太郎如敝屣，倒也稱得上乾脆。即使會演變成松太郎離開丸千，松太郎也沒資格憎恨阿近。那全是他一廂情願。

但是阿近未偏袒良助，也沒規勸良助。良助叫她安靜，她就閉嘴，默默看著良助痛罵松太郎。

最後，良助在她面前遭到殺害，她既不恨我，也沒罵我。非但不逼問我原因，也沒哭著向我道歉，只說了句「救命」。

她僅僅只在乎自己嗎？光想當個乖孩子，甚至不想讓松太郎憎恨她。以爲一句「救命」松太郎就會原諒她，以爲這樣行得通。

松太郎醒悟，阿近根本不值得他動手。爲這種女人嫉妒、瘋狂，甚而氣得失去理智、殺了良助，他替自己感到悲哀。爲這種女人，他在丸千這段漫長的忍辱歲月瞬間化爲泡影，實在情何以堪。

於是，他選擇一死。

所幸阿島的態度便未因阿近的告白有任何改變。她一副什麼事都沒發生過似的，感覺深不可測，教人有點害怕。不過阿島比阿近見過更多世面，深諳人情世故，且身爲一名夥計，她擁有不輸叔叔嬸嬸的本事，這中間的分寸自然拿捏得宜。在阿島「阿近小姐、阿近小姐」的叫喚下，阿近也忙碌地埋首工作。

然而，就在阿近於「黑白之間」吐露祕密的兩天後，發生一起意想不到的事。一名丸千的常客、與阿近有過數面之緣的商人，造訪了三島屋。聽說是丸千委託他回江戶的時候，順道繞往三島屋，告知喜一將來見阿近。

嬸嬸阿民招呼那商人，端出茶點款待，並以禮物相贈，隆重答謝過對方後，才送客人離去。嬸嬸也叫阿近出來露臉，但阿近推三阻四，最後還是沒露面。

商人當然也知道丸千發生的那起慘案。

——只要阿近小姐一切安好，不必勉強她見我這張老臉。請夫人代我向小姐問候一聲。

他也很客氣地避開尷尬場面，並未久待。

阿近十分困惑，甚至有點生氣。如今大哥還來找我，究竟有什麼事？

提到喜一，阿近心中當眞是千頭萬緒、百感交集。阿近深知大哥非常關心自己，也爲讓他如此操心感到過意不去。另一方面，阿近亦覺得大哥的存在無比沉重。

慘劇爆發後，喜一多次向阿近磕頭道歉。妳沒有錯，松太郎會失控，都怪我之前在妳和良助的婚事破局時，率先搬出松太郎，四處宣傳要將妳嫁給松太郎，令松太郎萌生妄念。松太郎什麼也沒說，也沒出面加以否定，就這樣掛記在心。以至於後來情勢大逆轉時，他才會惱羞成怒。

無論對方立場再卑微，拿著根本不打算施捨的寶物在他面前晃蕩，宣稱早晚會給他，因此心生欲望也是理所當然。可惜我不懂這個道理，一直以爲松太郎明白自己的分量，是我太看輕他了。

說起來，妳算是遭受池魚之殃。錯在丸千。而這當中，最爲罪過的人就是我，可是一切懲罰卻由妳一人承擔。大哥對不起妳，我深感羞愧，甚至不敢正眼看妳……

在激動落淚的喜一面前，阿近連張嘴反駁的力氣都沒有，她只是垂首不語。

哥，不是的，你想錯了。我嫁不嫁人與松太郎先生無關，其實他很清楚自身的輕重。他氣得失去理智，並不是我要和良助先生結婚的緣故。事情沒這麼單純。

就算如此反駁，喜一也不會懂吧。即使他當時在場逐一聆聽三人的對話，依舊無法明白松太郎爲何發狂。喜一只能以他的觀點去了解松太郎。

但喜一仍從旁伸出手，想搶下阿近沉重的包袱，由自己背負。假如這樣就能卸下重荷，阿近將更爲愧疚。任誰也無法洗去她的羞愧，喜一完全沒看出這點。

面對哥哥，阿近的心情宛若繫著一條縫製失敗、半長不短的腰帶，綁成大結不夠長，解開打成小結，卻剩一大截。喜一堅稱能綁好這個結，認爲腰帶很適合阿近。不過阿近十分清楚，要是相信喜一的話，這條解開的帶子遲早會絆倒她。她知道腰帶剩餘部分拍打著腿部有多煩躁，總有一天自己會想一把扯下。

阿近的父母不似喜一那般多話，兩人將工作全交給喜一處理，終日爲阿近擔心落淚。即使如此，阿近的思緒仍在同一處打轉，她只能遠離雙親和哥哥。

連這點道理都不懂，還說想見阿近，且一定會來，這就是喜一的體貼。沒辦法，只好逢場作戲，努力裝出充滿朝氣的神情，展現享受江戶生活的模樣，讓喜一安心。在三島屋賣力工作期間，尤其是接待前來黑白之間傾訴奇異故事的客人時，阿近累積許多難得的經驗，有自信能臨機應變。阿近輕嘆一聲，抱定主意。

川崎驛站到江戶的距離，一天即可往返。喜一不知何時會來，是今天，還是明天？阿近一直惦記著，不知不覺間三、四天過去，事情發生在那商人捎來信息的五天後。一早起床，叔叔伊兵衛便將阿近喚去，不爲別的，自然是伊兵衛邀請到黑白之間的第三名客人。

「不，應該算是第四名客人，因爲妳是第三個。」

伊兵衛神情認眞地更正道。

阿近難掩驚訝。她已察覺伊兵衛想出這「奇異百物語」的點子，並指派自己當聆聽者的用意。人世間存在著許多不幸，有形形色色的罪與罰、各式各樣的償還，伊兵衛不以一般的方式說教，打算讓阿近藉著傾聽別人的經驗，了解並非只有她擁有黑暗的過去。

由結果看來，阿近終於能夠向阿島吐露往事。雖未因此獲得解脫，但將負荷的重擔轉化爲言語後，她也看清壓在背後的東西的眞貌。這確實有其意義。

伊兵衛的點子相當成功，可是爲何又找來新客人？

阿近臉上不禁浮現疑問，叔叔莞爾一笑。

「目前妳才見過兩名客人，不是嗎？而當中，越後屋的阿貴小姐至今仍封閉在自身背負的可怕牢籠裡。」

還不夠呢，伊兵衛直言道。接著，表情突然爲之一亮。

「對了，提到越後屋，從那之後，他們的少爺清太郎先生似乎很關心妳，說是擔憂小姐爲此受到驚嚇。」

清太郎曾多次派人轉告伊兵衛，希望有機會請他們品嚐江戶美食，聊表歉意。

「我猜妳暫時沒心情到外頭，所以一直沒回應。不過妳要是顧忌太多的話，對方也會有所顧慮。況且人家有這份心，應該高興才對。我會回覆對方很樂意接受招待，妳也陪我一起去吧。」

伊兵衛開心地補上一句：

「偶爾也到外頭看看嘛。幫妳做件新衣服吧，阿民應該會很起勁。」

「比起請客吃飯，我反倒較擔心阿貴小姐後來的情況。」

越後屋果眞造了間牢房，將阿貴關進裡頭嗎？

「等妳見到清太郎先生，再當面問他不就得了。」

「叔叔，您能幫我問嗎？」

「詳細情形我又不清楚。而且，像這麼露骨的事我說不出口，妳自己問。」

伊兵衛只留下一句「客人未時就會到嘍」，便迅速起身離席。

阿近用完午餐，準備從女侍的身分轉換成黑白之間的聆聽者時，心中一時感到迷惘。當初前來江戶時，嬸嬸本想爲她購置數十件新衣，但阿近百般懇求地擋下此事，所以現下她身邊能見客的體面衣物實在少得可憐。

阿近曾穿著聽曼珠沙華故事時的衣服，前去爲松田屋的藤兵衛弔唁，總覺得不太吉利。至於和越後屋的阿貴見面時穿的衣裝，更登不上檯面。排除這兩件及其搭配的腰帶後，只剩兩套。其中一套是阿民拗著爲她做的新衣，可阿近總覺得過於華麗。

阿近這不行、那不好地猶豫半晌，最後選了件顏色樸實的雁金文和服。雁是秋天特有的景致，看起來沉穩大方。這是母親喜歡的衣服，阿近離家時，母親特地以此相贈。阿近不禁想起，當時喜一還嫌「這太像遺物，實在不吉利，別送衣服」。母親卻說，我不能隨行，希望至少衣服能陪在阿近身邊，仍悄悄讓阿近帶上。

阿近猛然一陣心痛，不曉得爹娘一切安好嗎？將阿近送往江戶後，母親是否一想到她就潸然落淚？父親明顯蒼老許多，不時會乾咳，實在令人擔心。

得知喜一要來，阿近只覺得麻煩，她對自己的冷漠無情感到有些慚愧。等見到大哥後，先問爹娘的近況吧。

她選擇搭配暗藍底加深藍條紋的博多織腰帶。聽說在江戶十分普及的博多織腰帶，內裡織有法器獨鈷（註）與花盆的圖案。在黑白之間聆聽不祥的悲戚故事時，增添一點法器圖樣總是好的。

註：金剛杵的一種。

她攬鏡自照，輕撫髮髻，整理儀容。由於髮圈上亮麗的繡花有些礙眼，她換成一條素面的，而後穿上白布襪，往黑白之間走去。

前頭走廊傳來阿島的話聲，像是正要領客人進門。在這裡碰面不免尷尬，所以阿近刻意慢客人一步，駐足於走廊的轉角處。

阿島語氣和悅地問候，「眞是久違了。」

「幾年沒見啦？十年有吧？」

答話的是名女客，嗓音聽起來比阿島年輕。

「時間沒那麼短，大小姐，都過十五年了。」

阿近並非故意，卻演變成站著偷聽的情況。來客似乎與阿島熟識。既然喚她爲大小姐，可能是昔日阿島幫傭的店家千金。不過感覺兩人沒有尊卑之分，相處得極爲融洽。

「原來經過這麼長的歲月啊，阿島都沒變。」

「大小姐才是漂亮依舊。哎呀，我眞是的，不能叫您大小姐，該改口稱呼夫人。」

「會叫我大小姐的，也只有阿島妳了，妳可以永遠叫我大小姐沒關係。」

兩人爽朗地笑著。「請往這兒走」，交談中伴隨阿島拉開黑白之間紙門的聲響。

「請稍候片刻。」阿島行一禮後退出房外，阿近一直等著這一刻。她猛然探出頭，阿島不禁大吃一驚。

「啊，大小姐。」

阿近豎起手指湊向唇邊，悄聲道，「不對吧，要叫我阿近。」

「是，阿近小姐。」

阿島略顯慌亂。阿近拉著阿島的衣袖，將她帶往走廊轉角。

「今天這位客人是您安排的吧？」

阿島倒是毫無狼狽之色，攤出「這麼快就穿幫啦」的表情，孩子氣地吐舌扮個鬼臉。

「是的，請原諒我多管閒事。」

阿島其實毋須道歉，這樣回答反倒可疑。

「您是不是有話想告訴我？」

「不。」阿島隨即搖搖頭，「我沒什麼要對您說的。只是之前聽過大小姐的故事後，心裡聯想到另一個故事，我便去拜託那故事的主人。」

沒料到對方很爽快地答應前來赴約，阿島微微朝黑白之間行一禮。

「她本人應該也會告訴妳，但我在此先說。十五年前我還年輕時，她是我工作店家的千金。」

那家店曾發生一件離奇的不祥之事，令人傷悲。

「如今一切都已處理妥當，那位大小姐也過著幸福的生活。所以我沒顧慮太多就直接登門拜訪，提出請求。」

「妳們一直有往來嗎？」

阿島莞爾一笑，「純粹是大小姐與女侍的關係，算不上什麼往來。不過我很清楚大小姐的生活情況。」

聽她這麼說，阿近似乎仍有些擔心。

「總之，請和她見個面。」阿島語畢，側頭仔細端詳阿近。

「現下我才發現妳們還有幾分相像。我指的不是容貌，而是氣質。」

她繞到阿近背後，雙手輕輕推著她走。

「快去吧，阿近大小姐。」

與客人會面後，阿近先是恭敬地致歉，「讓您久等了。」

對方身穿鱗紋的華麗和服，髮髻上插著兩支大龜甲髮簪。這種最近風行的髮型，深深吸引阿近的目光。

對方開心地瞇起眼睛。「家人都罵我老跟著流行跑，是個沒規矩的媳婦。」

她笑起來雙眼瞇成細線、眼角下垂，再搭配豐滿的雙頰，猶如畫裡的富態女子。和我一點都不像，阿島姊也眞是的，阿近不禁暗自苦笑。

「謝謝您專程前來。」

阿近手抵地面，低頭行一禮。

「我知道這房間的用途。請叫我阿福。」

即使是假名，也取得很貼切。

「對了，您是阿近小姐吧？」

「是的，我是阿近。」

「您平常會用鏡子嗎？」

剛剛才照過鏡子，阿近點頭回答「會」。

「這倒是理所當然，不過我有點擔心……」

阿福指尖輕抵下顎，一副若有所思的模樣。她年約三十——穿著帶有替女人除災解厄意味的鱗紋，或許正值大厄（註）之年，但她的動作像少女般輕快可愛，穿起來很合適。

「因爲聽過我的故事後，您或許就不愛照鏡子了。」

阿福的故事於焉展開。

二

阿福出生於日本橋小松町，家中經營裁縫店。店名爲「石倉屋」。

「新場橋旁，河對岸有座細川越中守大人的宅邸。多年來，我們一家獲准在細川大人的宅邸進出，所以父母總會提醒，睡覺時不可腳朝宅邸。可腳朝另一邊，又是一間布莊，且外濠對面的武家宅邸更多，當中也有我們的客戶。」

因此以頭朝日本橋、腳朝京橋的方向鋪床，成爲這家人的習慣。

「腳總得伸向某個方位才能睡覺，這也沒辦法。不過明明同樣是江戶的橋，我們卻把日本橋看得比京橋重要，於是在石倉屋形成一種獨特的講法，只要一吃虧便會說『受到京橋般的待遇』。當

註：女人三十三歲。

然，這在別處完全不通，就像我們家特有的暗語一樣。」

話雖如此，懂這暗語的人可不少。儘管裁縫店的規模有大有小，但石倉屋算是個大家庭。

「家父是第三代當家。那是石倉屋的鼎盛期，光旗下裁縫師傅便有十五人之多。」

除了縫衣服、外褂、裙褲等裁縫店常接的生意外，石倉屋也常縫棉被。看在外行人眼裡，不會覺得這需要像縫衣服那樣的複雜技術，其實此工作極為困難，棉被出自不同裁縫師傅之手，睡起來的感覺也大相逕庭。

「尤其家父縫棉被的手藝，在江戶可說是數一數二。正因如此，店裡才會生意興隆。」

父親名叫鐵五郎，石倉屋歷代店主都沿用這個名字。這也是設立商號的第一代店主，即阿福曾祖父的名字。

「縫棉被的裁縫店，屋號為石，店主為鐵。」

阿福伸指抵在唇邊，模樣可愛迷人，發出銀鈴般的笑聲。

「我老覺得匪夷所思，怎麼淨是些硬邦邦的東西。當中並非有什麼特別的典故，僅是因為我曾祖父是上州石倉人。他原本是個一貧如洗的佃農，後來沒辦法餬口，只好到江戶來。據說本名叫鍬五郎。」

對了，附帶一提——阿福眼神淘氣。

「家母名叫阿金，還眞充滿銅臭味。」

阿福的嗓音相當悅耳，阿近頻頻點頭，聽得很入迷，卻也開始有點擔心。「阿福」應是她臨時取的假名，可是「石倉屋」聽來煞有其事。只要憑著這些描述，便能馬上到日本橋通町一帶確認石倉屋的所在地。

阿福似乎看出阿近心中所想，微微一笑。

「石倉屋已不復存在。」她柔聲道，「由於發生某件事從此滅亡。那也正是我接下來要說的事。」

這麼聽來，彷彿失去的不是一家店，而是一整個家族或藩城。那是與阿福的輕鬆口吻極不搭調的剛硬用語。

「沒錯，就這樣滅亡了。」阿福重複一次，「我父母想必也很不甘心，但石倉屋繼續留在世上也絕不會帶來好事，這結果反倒適得其所。」

阿福的語氣悲嘆中帶有看破一切的堅強。她像發現什麼懷念的過往般，視線在榻榻米上游移。

「不愧是氣勢有如旭日東升的三島屋，連榻榻米邊緣也用上好的紡織品。」

深藍色加上金銀雙線交雜的鑲邊，想必因爲這是待客用的房間。在阿福提起前，阿近並未特別留意此事。叔叔嬸嬸應該也一樣，都是交由榻榻米師傅去處理。

「這地方叫『黑白之間』對吧？我是從阿島那兒聽來的。」

阿近頷首，並告訴阿福，店主伊兵衛會邀棋友到此對弈。

「那麼下次換榻榻米時改爲黑底銀邊的款式，不更合適？擺飾和掛軸不妨也採用黑白兩色，或仿照圍棋的造型。」

對了，阿福豐潤的臉上又浮現笑容，「我想起石倉屋也有個孩子和年輕夥計都很害怕的『黑之間』。那房間的榻榻米外緣正好是黑色……」

而在那裡縫製的東西更是糟糕，阿福接著道：

「家父曾以完全沒摻混的黑絹做出純黑的棉被。」

據說是客戶特別訂作。

「我當時年僅五歲，詳情是長大後才得知。此事一直在家中流傳。」

雇主是武士之家，連阿福也不曉得其家名，但似乎身分不凡。當初下訂時，對方家的江戶留守居（註）還專程前來。

「不找裁縫店的人到家裡，而是客戶親自前來，可見這事辦得相當隱密。」

「純黑的棉被有什麼用處？」

阿近不禁感到好奇。

「長期臥病的人，光看到黑被就會渾身不舒服。」

是啊，阿福用力點頭。接著，她像怕遭人聽見似地移膝向前，悄聲低語。阿近在她的誘使下，不由得側耳細聽。

「這麼做另有用途。我也是花了很長的時間，才明白當中的含意。」

小姐仍待字閨中，這事本不該告訴您，阿福更小聲地補上一句：

「不過家母常說，再不好的智慧，也能夠長人見識，所以我還是告訴您吧。皮膚白皙的女人躺在黑色棉被上，會更顯晶瑩剔透。」

阿近先是一愣，意會後頓時一陣狼狽。阿福則惡作劇似地一臉開心。

「一般情況下，想呈現女人最美的膚色，得用朱鷺羽毛的顏彩，或淡淡的暗紅；但膚色若特別白淨，則以黑色襯底效果最佳。」
嗯……阿近有些不知所措。
「對方嚴格定下完工的日期，且特意吩咐要包裹得密不透風，讓人看不出裡頭是什麼東西，再送進外宅。當然，不准外洩此事。」
儘管阿近到江戶的時日尚淺，可她也知道大名家的主宅與外宅作風大不相同，因為三島屋也同武家做生意。主宅重規矩禮儀，行事嚴謹；至於外宅，由於大多建於江戶外郊，所以不拘小節，處事較隨便，有時甚至會有敗壞風紀之舉。
「武士大人是為膚光勝雪的愛妾特別訂製的嗎？」
眼前雖沒難為情的景物，但腦中湧現的想像，令阿近的視線不曉得該往哪兒擺。阿福不理會困窘的阿近，以天真無邪的口吻繼續道：
「或許是利用這樣的女人，從事某項重要的接待工作呢。因為對方下訂時提到，此事關係藩內的興衰。」
倘若是留守居暗中前來，並透露這些話，那麼後者的可能性頗高。
經此一提，阿近才想到，曼珠沙華的藤吉造訪黑白之間當天，三島屋也發生過類似的情形。伊兵衛和阿民出門前曾談及，武家的顧客堀越大人突然有件要緊的裝飾工作，叫兩人去一趟。姑且不管與對方家道盛衰是否有關，至少那次的下訂看起來相當重要。

註：江戶時代，諸大名於江戶藩邸所設立的職位。負責與幕府洽公，或是與他藩之間的事務交流。

阿福並非刻意作弄阿近。察覺阿近的困惑後，她便回歸原本的話題。

「上好的黑絹，染黑可不簡單。您知道這點嗎？」

聽說必須先以紅色爲底再染黑，如此可加深色澤，不過染料分量拿捏不易。假如加上黑色後仍帶紅，會顯得混濁；而紅色掩沒於黑的話，亦算失敗之作。由此便能看出染布師傅手藝的高低。

「況且，布料的價格也不便宜。家父非常用心地製作黑絹被，然而成品折好放在房內時，卻只是件黑漆漆的棉被。那情景怎麼看都不習慣，既詭異又不吉利，不知情的人見著，總覺得陰森可怕。」

老爺做出一件閻羅王的棉被——一度還傳出這樣的流言。「若是閻羅王訂的貨，應該會派帶著狼牙棒的紅鬼青鬼前來才對。」阿福笑道，阿近聞言也跟著笑了。

「不過資深的師傅就算得知詳情，也不會當一回事。裁縫店往往會接到一些希奇古怪的訂單，多年從事這個買賣，早對此司空見慣。像黑絹被之類，他們聽了頂多應句『哦，這樣啊。』」

除了精工的上等貨外，家裡的女人都自行縫補衣物，所以裁縫店總是與女性衣物無緣，偶爾才會受託承接這樣的工作，或修改舊衣。

「即使客戶什麼都沒透露，也猜得出這種衣服背後另有文章，所以每家裁縫店裡都藏著一、兩個不可思議的軼聞。請祈禱師或除靈師到店內亦算不上新鮮事，好比小姐家裡也會進行針供養（註）吧。那是裁縫店特別重視的規矩，背後隱含著恐怖的原由。」

阿福歎口氣，雙肩垂落，視線復又在空中游移。阿近感覺得出，這次她眼神中已無懷念的溫情，而帶著一股冰冷悲戚。

「然而愈駭人聽聞的事，其實愈平凡無奇。石倉屋也是如此，災厄並非來自他處，而是一開始就存在家中。」

這是我姊姊和哥哥的故事。

二十年前的初春時節。

那天清早，剛滿十歲的阿福在石倉屋店門前與住家門口走來走去，引領期盼。姊姊就快到家了。

阿福有個大七歲的姊姊阿彩。只是阿彩從小體弱多病，尤其深受咳嗽所苦，可憐的模樣總令照顧她的人難過落淚。

不過阿彩三歲那年，周遭的人都勸告她父母，說這孩子繼續留在江戶的話，恐怕無法長大成人，最好讓她遷居氣候溫暖的地方。雖捨不得愛女離開身邊，但束手無策地看著阿彩受折磨更是煎熬，兩人於是痛下決定。

要將阿彩送往何處，石倉屋原本心裡也沒譜。幸好有個熟識的布莊老闆，說是有親戚家住大磯，那裡終年溫暖，不僅柔和的海風有益健康，更不乏營養豐富的食物，建議讓阿彩寄住當地。

石倉屋的鐵五郎光聽到大磯這地名，便擔心對方是性格粗魯的船主，也不聽清楚詳情便想拒絕，令布莊老闆夫婦大為緊張。

註：在二月八日或十二月八日，對平時縫衣服斷折的針進行供奉的一種儀式。

「請先冷靜下來。我那親戚是批發商，專做乾貨買賣。」

仔細一想，日本橋布莊的親戚，若是批發商倒還說得通，起碼比專門統管漁夫的船主合理。布莊老闆解釋，這家批發商規模不小，在地方上和船主一樣吃得開，且頗受住民尊敬。

「他們家的的媳婦歷來只生男孩，雖不愁後繼無人，總缺少那麼一點熱鬧。對方很希望有個女孩，所以一定會好好珍惜阿彩。」

寄宿家庭環境寬裕，石倉屋老闆也能減輕花費——這句話略嫌多餘，鐵五郎原就打算獨力負擔阿彩的醫藥費及大小花費，所以聽著有點不是滋味。但他旋即改變想法，對方生活富裕，對阿彩來說應是求之不得的事，若再拘泥爲人父的面子問題，阿彩的小命恐怕不保。鐵五郎儘管是徹頭徹尾的工匠脾氣，仍有份商人的才幹，很清楚金錢的可貴。

眼前最好接受這項提議，然而，這次卻換阿金對他的決定有意見。阿金相當在意「對方想要女孩」這句話，阿彩只是暫住，可依此說法，是不是日後就算病癒也不會放她回來？

「現在擔心這種事也沒用。」

鐵五郎訓了妻子一頓，但並非全然不懂阿金的不安。

阿彩就是這麼漂亮的孩子。打嬰兒時期起，只要抱她出門，人們總會停下腳步，湊過來看她一眼。由於深受病魔所苦，她身子骨瘦弱、臉色蒼白，反倒突顯出秀麗的五官。如今阿彩已三歲，容貌引人注目的程度，可說只要有她在的地方，周遭便散發著光芒。

最後，鐵五郎說服百般不願的阿金，派一名女侍充當奶媽，陪同阿彩前往大磯。帶著身體羸弱的孩子，從江戶走上三、四天的路程，在對方來信告知孩子平安抵達前，鐵五郎始終夜不能眠。每每想起與阿彩離別時的情景，阿金便淚流不止。

阿彩有個只差一歲的弟弟，名叫市太郎。姊姊遠赴大磯的半個月後，市太郎突然罹患痲疹。人們常言幼年時不管生什麼病，男孩子總是比較嚴重，市太郎果眞病得不輕，幾乎丟了小命。他高燒連日不退，阿金都不眠不休地在一旁照顧。

也許是悉心照料起了功效，市太郎好不容易康復，阿金轉憂爲喜。她不時會反省，怕自己過去只關心阿彩，而疏忽了市太郎。

石倉屋店主夫婦全力投入生意。大磯的批發商夫婦，每月至少會捎來一次阿彩的消息。遷居大磯似乎是個好主意，阿彩接觸當地溫暖的空氣後，沒過多少時日，劇烈的咳嗽就像魔咒解除般，不藥而癒。起初阿彩會因思念爹娘而無精打采，逐漸習慣周遭人的細心呵護後，也愈來愈少吵著要回家。

每傳來這樣的消息，鐵五郎和阿金總是歡天喜地。然而，兩人也常暗自流淚。這不同於離別時的淚水，阿彩明明是自己的孩子，可再過不久，恐怕就會忘記親生爹娘。不，這種事不可能發生。等她不再咳嗽後，趕緊接回來不就好了。不，談這還太早……

一年過去，大磯那邊曾試著帶阿彩回江戶，石倉屋自然沒理由反對。他們壓抑雀躍的心情翹首盼望，但即將抵達的當天，有人快馬前來通報，說是阿彩昨晚突然劇咳發作，停留在驛站無法動身。或許是江戶的風喚醒阿彩沉睡的宿疾，很遺憾，這次得就此返回大磯。鐵五郎和阿金聽了，一時也無言以對。

之後數年間，宛如儀式般，阿彩總是反覆上演同樣情況。見阿彩在大磯時活潑健康，想帶她上江戶露個臉，途中必定舊疾復發。猜測或許在品川驛站過夜不吉利，改從鎌倉一帶雇轎，一口氣趕往日本橋，但轎子一來到江戶境內，她便狂咳不止，差點沒咳出血，嚇壞隨行眾人。

那麼，春暖時節如何？秋高氣爽的日子呢？兩家人改變季節、挑選吉日，一試再試，結果仍是一樣。阿彩始終無法踏進江戶半步，不知不覺也年滿八歲。

雖仍是不解世事的孩童，阿彩已能以言語向養父母明確傳達想法和身體狀況。

「我不想回江戶。」某日，她清楚明白地如此說道。

信差多次往返江戶與大磯，阿彩決心長住大磯。阿金忍不住號啕大哭。

阿福是小阿彩七歲的妹妹。換言之，阿福在阿彩確定留在大磯那一年降生人世，所以她自小便沒見過這個姊姊。

鐵五郎和阿金並未放棄阿彩，不過也有所覺悟，爲了她的幸福著想，不能堅持帶她回江戶。儘管分居兩地，她依然是爹娘的孩子。

兩人對阿福投注所有的關愛，藉此擺脫心中的落寞。哥哥市太郎也很疼愛小六歲的阿福，兄妹感情十分融洽。不在家的姊姊，那光輝耀眼的美麗容顏，加上可能命喪受詛咒般的咳嗽病，展現出尊貴又脆弱的形象，時時飄蕩在石倉屋四口之家的生活外圍。

終於，阿彩在十七歲那年，眞正返回石倉屋。

三

「那天的事，至今仍歷歷在目。」

談著過往時，阿福彷彿恢復爲昔日在家門口，衷心盼望素未謀面的美麗姊姊歸來的少女。眨眼、回過神，重返現實身分後，她那微噘的可愛雙唇（想必這也是阿福少女時代便具備的魅力之一），瞬間像含著什麼苦澀之物般，浮現痛苦的線條。

「世人都說，只有男性才會對美女趨之若鶩，其實不然。」

阿福繼續道：

「女性也常傾心於美女，心裡不由得爲之震撼、無限憧憬，希望也能和對方一樣。但她的美，連同自己在內，誰都及不上。這是理所當然，她深受神明眷顧，是上天別出心裁創造出的美人。我當時如此深信不疑。」

阿近暗想，唯有裁縫店老闆的女兒，會以「別出心裁」來形容女子之美。

阿福目光垂落膝頭，遲遲沒接著說下去。先前，藤吉和越後屋的阿貴發生過這種情況，阿近也有切身經驗。爲了陳述過往而回想往事時，反遭喚起的記憶壓制，話鯁在喉頭無法言語。

「見到姊姊時，您的心情如何？」

阿近出言催促，想喚醒阿福。阿福彷若從夢中甦醒，抬起臉。

「令姊就如您想像中那般漂亮，對吧？」

在阿近的反覆詢問下，阿福微微頷首。

「夕陽西下後，她終於抵達家中，比預期晚許多。家母原本還擔心她在途中又身體不舒服。」聽說是阿彩踏進江戶後，為熱鬧的街景吸引，忍不住東逛西瞧，才耽誤了時間。

「當時已是華燈初上，但不騙您，姊姊身影出現時，周遭頓時為之一亮，完全不需要蠟燭或座燈。沒錯，在我眼裡確實如此。」

阿彩身穿華麗小菊圖樣的和服。少女阿福看來，每朵小菊的色彩，都鮮豔地映照在姊姊的白淨臉頰、纖細頸項及手腕內側晶瑩剔透的肌膚上，微微散發著光芒。

——妳就是阿福吧？

這是阿彩的第一句話。她微屈雙膝、彎下腰，配合阿福雙眼的高度，以甜美如蜜的嗓音喚道。

——我終於回來了。我是妳的姊姊喔，從今天起，我們好好相處吧。

阿彩尚未換下一身旅行裝束，雙腳也滿是塵沙，阿福仍不自主地伸手緊緊抱住她，鼻間旋即傳來一股花香。

「嗯，真的是芳香四溢。」阿福輕聲道，「姊姊就這樣回到石倉屋。」

阿彩完全重拾健康，之前無法擺脫的喉病已消失無蹤。如今她氣色紅潤、秀髮烏黑油亮，舉止優雅且充滿朝氣，甘醇的話聲中摻著年輕女孩的活潑。

細問之下才得知，原來這次是阿彩主動提出想回江戶。大年初一，在大磯的養父母家以屠蘇酒祈願長壽時，阿彩淺酌一口便將朱漆酒杯擱在一旁，接著說，「今年春天我想回江戶。我沒事了，一定能平安抵達。叔叔、嬸嬸，麻煩你們派人到江戶傳達此事。」而後，阿彩重新端正坐好，畢恭畢敬地行禮，神情看不出一絲迷惘和不安。

養父母大為驚詫。畢竟自阿彩三歲到十七歲以來，他們一直悉心照顧、百般呵護。身為養父母，嘴巴上雖沒明講，但也想過將阿彩娶進門。這麼一來，江戶那邊不會有怨言，阿彩應該也不會有意見。畢竟，九年前是阿彩親口表明「不想再回江戶」。

那為何現下突然提出這個要求呢？比起訝異，更覺狼狽傷心。也難怪他們往壞處想，認為或許有什麼原因，令阿彩不願留在大磯。

阿彩看穿了養父母的心思，任憑追問也不為所動，即使他們苦苦央求，仍不改變決定。妳說沒事，可是妳怎能確定？自己的事，我當然清楚。妳不是不想回江戶嗎？八歲時，我像遭到詛咒般，一靠近江戶便會舊疾復發，才哭哭啼啼地做出那樣的決定。我總想著，若能回那懷念的老家，當然要回去。可是這次或許會發生同樣的情形啊。請不必操心，也不需煩憂，我心裡很篤定。

阿彩原本就只是寄住在這裡，本人都這麼說了，養父母也沒理由阻攔，但心中難免抱持一絲希望。阿彩離開石倉屋多年，如今回去住得慣嗎？石倉屋或許會勸阿彩留在大磯生活。

然而，石倉屋並未做出這樣的回覆。身為阿彩的父母，他們當然是敞開雙臂歡迎。大磯的養父母只能飲泣吞聲，強顏歡笑地送阿彩回江戶。

話雖如此，石倉屋方面也不是一點都不擔心。離家十四年，確實是段漫長的歲月。

不管是二十四年或三十四年，對鐵五郎和阿金都沒有影響，因為他們是阿彩的父母。但是不記得阿彩長相的弟弟市太郎，及僅從大人的談話中曉得有阿彩這姊姊的阿福，心中會是何種感受？與其說是親姊姊自療養地返回家中，不如說是由他處嫁進一個陌生的姑娘還較為貼切。當然，石倉屋裡沒人會瞪大眼睛緊盯阿彩，瑣碎地挑剔她拿筷等舉動。只不過日常中就連拿筷子這樣類細微的差異，都會如鯁在喉般令人在意。

若是阿彩和弟妹不合……

阿福哭著抱住阿彩的那一刻，石倉屋在歡天喜地之餘，也為此擔憂得心底隱隱作疼。特別是母親阿金，更煩惱得夜裡輾轉難眠。

然而，一切只是杞人憂天。

不到十天，阿彩便已適應家中生活，別說離家十四年，看起來連離家十四天都不像。

石倉屋有許多阿彩不知道的習慣，不認識的人也不少，但阿彩馬上便弄清楚這一切。她熟記人名和長相的速度之快，連身兼商人和工匠的鐵五郎也驚訝不已。眾多的裁縫師傅，她一眼就能分辨，下回便能親切地叫出對方的名字，且準確無誤。若有人提到她不在家那段時間的事，她也不會流露厭惡或落寞的神情，甚至還開心地央求對方繼續講，進而打入對方的圈子。

另一方面，有關大磯的點點滴滴回憶，阿彩同樣也百說不厭。她的嗓音時而甜美、時而輕快，相當悅耳。提到多次想返回江戶，來到江戶外圍卻不得不折返的往事，她總是語中帶淚，引得聞者動容，但最後都不忘加上一句：

「不過，我終究回來了。」

看到阿彩開朗的表情，眾人也紛紛拭去淚水，展露笑顏。

此外，對石倉屋而言，最重要的是阿彩有雙巧手。雖聽得她在大磯時只學過一般女紅，縫縫衣服不成問題，但拿起針線時那俐落的手法，一些剛入門學藝的學徒根本望塵莫及。而最詫異的莫過於市太郎，因爲他十歲左右接受鐵五郎的調教，直到十六歲才眞正能拿著量尺坐在裁縫機前工作。

「大姊的巧手和爹不相上下，果眞是遺傳。」

市太郎天生一副好脾氣，過去不論鐵五郎怎麼臭罵他，或用量尺打他，也絕不頂嘴，只默默勤練手藝，這是他第一次開口嘲諷鐵五郎。

「爹，或許您很快會被大姊追過，長江後浪推前浪啊。您有什麼能教的，最好對我和大姊傾囊相授。即使我學不透，無法繼承您的手藝，大姊也一定沒問題。」

市太郎口吻中充滿毫不保留的愛慕和尊敬。鐵五郎也認同兒子的想法，所以並未叱責他「說什麼大話」。

「別輸給你大姊啊。」

鐵五郎勉強應了這麼一句，市太郎爽快地笑道：

「輸給大姊我也不在乎，誰教她是天底下最厲害的大姊。」

之前擔心兩人合不來，根本是多慮了。市太郎宛如遇上意中人，而阿彩也很喜愛弟弟認眞又溫柔的性情，總不忘幫忙這個家中未來的繼承人。不知該說他們是聲氣相投，還是情同連理。轉眼間，姊弟倆已變得相當親暱，周遭人看得是嘖嘖稱奇。

於是，籠罩石倉屋十四年的烏雲，就此雲開見日。阿彩回來了，不光是身軀，心也一起返家。或許，阿彩從未離開石倉屋，在這段歲月中，她的靈魂一直都留在石倉屋。

阿彩的美貌深深吸引人們的目光。回到江戶才短短數日，似乎又更爲豔光四射，不久便陸續有人上門提親。不知是誰從哪兒聽來的，也不知是如何傳開，消息流通之快，令石倉屋眾人應接不暇。但阿彩打一開始便拒絕婚事，連聽都不願意聽。

「我好不容易回到爹娘身邊，暫時還不想嫁人，難道不行嗎？」

怎麼會不行呢。鐵五郎原本一度起勁地談論婚事，最後卻告訴阿彩，妳就算一輩子不嫁人也沒關係。阿金較懂人情世理，訓了丈夫一頓，但心裡其實和丈夫一樣，捨不得阿彩出嫁。

「既然如此，招贅不就得了。」

市太郎在石倉屋大夥面前提議。他是家中的繼承人，也是鐵五郎師傅的大弟子，講這種話恰當嗎？現場的夥計和師傅頓時都露出困惑的表情，市太郎仍一臉滿不在乎。

「我遲早會娶媳婦，到時候就有兩對夫妻守住石倉屋的生意。這樣不是很好嗎？店裡會多出一倍的力量。」

所以姊姊的夫婿，要選和我氣味相投的人，而我也會挑個能與姊姊和睦相處的媳婦。

「就這麼辦吧，那一定很愉快。」

阿彩以振奮的聲音應和，一派無憂無慮的樣子。這時，因年紀相差懸殊而被晾在一旁的阿福插嘴說「那我也要」，逗得眾人發噱。阿彩將阿福抱到膝上。

「對啊，阿福也招個夫婿，一直留在家裡吧。這樣，我們就能永遠快樂地生活在一塊兒。一起讓石倉屋更加繁榮興盛吧。」

據說在阿彩不知情的情況下，有人偷偷畫了她的肖像，四處流傳。那幅畫貴得離譜，石倉屋裁縫西施阿彩的笑容確實光彩奪目，甚至有傳聞道，日本橋小松町的石倉屋夜裡都不需點燈。

「當時我正値上私塾的年紀。」

阿福吁口氣，端起阿近爲她重泡的熱茶啜飲一口，接著道。

「除了讀書寫字外，身爲女子也得到別人家學習禮儀規矩才行。可是我討厭那樣，我想待在家裡，陪在姊姊身邊。我一再央求母親，常換來一頓痛罵。」

阿福幾乎整天黏在阿彩後頭。

「我像跟屁蟲，成天『姊姊、姊姊』地叫個不停。從起床到就寢，無時無刻都膩在一起，連吃飯喝湯也不分開。」

阿近心想，那應該是幅很美的景象。貌美如花的姊姊，配上天眞可愛的妹妹。

「於是姊姊天天送我上下學。我堅持只要姊姊陪同，便乖乖上私塾。」

但站在石倉屋的立場，絕不能讓她倆單獨出門。這樣太過隨便，且危機四伏。

「因爲難以預料有誰會追著姊姊跑。即使家母或女侍陪同在旁，她外出買個東西，照樣會遇上遞情書的仰慕者。」

資深裁縫師傅中，有個名叫宗助的男子。他個性溫柔、沉默寡言，不過外型粗獷，長相有點可怕，當時已年近五十。在石倉屋裡，他的手藝僅次於鐵五郎，儘管工作忙碌，仍負責接送兩姊妹。

「不過宗助既沒退休也不是吃閒飯的人，身爲家裡的裁縫師傅偶爾也會忙不過來。這時候，就由哥哥護送我們。」

不過啊……阿福低著頭笑，雙肩微微搖晃。

「這麼說或許有自誇之嫌，但哥哥確實有張俊秀的臉蛋，也有很多姑娘追著他跑，所以情況演變得更麻煩。」

一對貌美的姊弟親密地邊走邊聊，天眞可愛的妹妹一會兒在前、一會兒在後，張大烏黑的雙眸仰望著姊姊和哥哥。

「難怪路人都會轉頭多看幾眼。」

「不只轉頭看，還跟著走。」說到這裡，阿福又笑了，「他們也像跟屁蟲一樣。」

「眞教人羨慕。」

「小姐，您也是如此吧？」

阿福開玩笑地睜大眼、微微挺身，朝阿近上下打量。

「一定有人在追求您，甚至尾隨在您身後，只不過您似乎都沒發現。」

該不會是故意的吧，阿福裝糊塗似地補上一句。

這時，她手中的茶碗傾斜，沾溼了手指。她擱下茶碗，優雅地取出懷紙擦拭，低語道，「我眞是笨手笨腳。」

阿近並未因這玩笑話生氣而想還以顏色，只是調皮地問：

「阿福小姐，您與令兄市太郎先生感情很好吧？」

「是啊。」阿福頷首應道，「他很疼我。」

「這樣您不會嫉妒嗎？在您和溫柔的哥哥之間，突然插進漂亮的姊姊——兩人的相處如同和您在一起般融洽，不，也許遠遠超過。您不會吃醋嗎？小孩子常有這種情緒。」

阿福的視線停在阿近臉上，表情倏然消失。阿近以爲惹惱她了。

阿福眨眨眼，原本折好準備收進懷中的懷紙，在她手中捏成一團紙球。接著，她望向自己的拳頭低語：

「我才沒妒忌呢。看哥哥和姊姊互相友愛，我也很高興。」

既然如此，爲何目光這般晦暗？阿近微感訝異，只見阿福握拳的力道又加重幾分。

「要是能妒忌就好了。」

倘若有誰介入其中……她沉聲道。仔細一看，阿福緊咬著牙。

「介入？」

阿近反問，這下換她收起臉上的表情。之前阿福的故事中，依稀有句相應的話——冷靜一想，夫妻倒另當別論，形容姊弟間的感情，這句話不太妥當。

沒錯，就是「情同連理」。這不是比喻男女相愛的用語嗎？

阿近一陣心神不寧，難道……

阿彩回來後，石倉屋的擔憂已除。秀麗聰穎的三姊弟身上，不該殘存任何陰影。

然而，阿福卻說石倉屋最後走上滅亡的命運。

「小姐。」

阿近應聲「是」，全身緊繃。

阿福的眼神飄忽。踏進黑白之間後，潛伏她體內的黑暗之物終於逐漸顯露。爲之前的故事重新上色的時刻到來。

阿福的話聲和她的眼神一樣，微微顫動。

「您認爲世上有姊弟演變成的戀人嗎？」

四

之前令阿近心神不安的疑惑，既非胡思亂想，也非過度臆測，而是直指核心。

這不是能夠輕鬆回答的問題。

黑白之間裡，一股冰冷的沉默輕輕流進對坐的兩個女人中間。從和阿福會面的那一刻起，阿近便莫名有種親近感，彷彿與年長幾歲的兒時好友久別重逢般輕鬆自在，直到現在才恢復爲原本的自己。阿福是說故事的人，阿近是聆聽者。阿近得出言誘導，盡力問話，阿福則要努力說故事。最後，不論引導出的故事有多醜惡，阿近都需概括承受，這是黑白之間的規矩。

「您確定……眞有此事？」阿近問。

阿福毫不猶豫地用力點頭。

「如同先前再三強調地，姊姊是個閉月羞花的大美人。」

在兩人之間凝聚不散的冰冷氣氛包圍下，阿福細聲補充。

「家兄市太郎待在她身邊，想必也爲她的美而陶醉忘我。」

可是一般的姊弟不都會自制嗎？

像我也是——阿近的心思驀然從阿福身邊移開，反觀自己。不管怎樣，喜一永遠只是哥哥。松太郎雖猶如兄長，畢竟不是親哥哥。而儘管對松太郎懷抱淡淡的愛慕和憧憬，阿近仍明白他並非戀愛的對象，因爲父母告誡過她。

即使是孩子，只要教導便能明白。縱然理解的方式有誤，還是會接受這個道理。當中的區隔即在此。

「出生後一直生活在同一個屋簷下，懂事前便已習慣姊弟的分際——這講法或許有點奇怪，不過我認爲只要建立起姊弟的關係，就不會發生那種事。」

說到這裡，阿福突然垮下雙肩，好似頓時失去支撐。

「但是如今說這些都沒有意義了。」

她狀甚疲憊地緩緩抬起臉，指尖輕撫不顯一絲零亂的髮髻。

「因爲我對哥哥從未有過這種念頭……」她眼中閃過一抹堅定之色，「只能認爲一切都怪姊姊的舊疾。」

那時好時壞，頑強難除的咳嗽病。

「自幼與家人分離，長大成人後突然康復，得以返鄉。是的，姊姊的病就是這樣，很像在惡作劇吧？與其說是病，更像是詛咒。」

阿福的話彷彿暗指阿彩的病有思想。不過每當阿彩想回江戶，一越過邊界，咳嗽便會猛然發作，確實讓人不禁覺得冥冥中有股意志驅使。且在阿彩出落爲娉婷美女之前，這病一直潛伏暗處，益發加深此種聯想。

「沒錯，那的確是詛咒。」

阿福惱怒地咬牙切齒道：

「爹娘左思右想，懷疑是我們的祖先曾悲慘殉情，或某個夥計想和我們的祖先結為夫妻卻未能如願，感嘆著人世無常，抑鬱而終。這些男女的怨念化成詛咒，為石倉屋帶來災禍。因此，一度還頻頻請修行者或祈禱師到家裡占卜及除靈。」

但很遺憾，完全起不了作用。雙親不敢相信，兒子和女兒是憑己意偏離倫常正道，任情況演變成此種局面。兩人肯定是遭什麼不乾淨的東西矇騙迷惑，這是妖魔作祟、是詛咒——病急亂投醫的父母仰仗神諭和占卜，卻每每期望落空，阿彩和市太郎則冷眼旁觀，愛意絲毫無損。

「啊，我話講得太快了。」

阿福像要防止冷汗直冒似地，輕輕以手背抵著鼻尖，抬起頭。

「兩人的行為有異。不管感情再好，姊弟倆未免太過親密。最早注意到這點的，是石倉屋的眾女侍。」

女人對這種事總是眼尖耳銳。

「此事後來稍加打聽便可得知，不過直覺靈敏的人，從姊姊回到石倉屋的半年後，便察覺當中有些蹊蹺。」

當然，儘管心裡這麼想，卻不敢說出口。因為這事實在離譜，她們都暗罵自己「胡思亂想些什麼啊」，打消腦中的揣測，深埋在心裡。阿彩逐漸習慣石倉屋的生活，和家人打成一片、與市太郎相處融洽，隨著日子一天天過去，愈來愈多同住一個屋簷下的夥計心生疙瘩。

冬逝春至，梅雨綿綿、夏去秋來，天寒冬臨，又過一年……

阿彩小姐與市太郎少爺似乎好過頭了吧？眾人的疑惑日益加深。

「可是誰也說不出口。懷疑的對象與內容是兩回事，倘若只是女侍之間的流言蜚語倒無所謂——不，就算是這樣，如果一時口無遮攔，對方聽了不知會作何反應。還是小心為要，老天保佑。」

要是聽者誤解傳言的原意而大為驚訝，引發某些女侍對大小姐和少爺產生不堪的臆測，一旦消息傳進鐵五郎夫婦耳中，後果難以想像。

所以眾人都默不作聲、面面相覷，當成是自己想太多或嚴重誤會。

「最後，只有我爹娘毫不知情。」

還有我，阿福伸手按住鼻頭，露出苦笑。

「我才十歲，什麼也不懂，只覺得大姊和哥哥感情很好。我記不太清楚，沒辦法有條理地說給您聽。」

阿近直截了當地問，「當初是誰告訴令尊令堂這件事？」

阿福猶如遭練習用的長槍戳中似地，微微扭動身子，「這個嘛……」

是宗助。

「就是護送您去私塾，手藝很好的那名裁縫師傅，對吧？」

阿福重新坐好，整色頷首。

「他常有機會近距離觀察兩人，於是發現了他們的關係，而且……」

她難以啟齒地低下頭。

「我畢竟還小，記憶很模糊，但曾有幾次這樣的事……」

阿彩在宗助的陪同下到私塾接阿福，回家路上卻鬆開阿福的手，將她交給宗助，悄悄前往其他地方。這種情形發生過兩、三次。

「在外頭和市太郎先生見面嗎？」

「我猜是約好的，這手法很常見。」

宗助是個好人，他早看出阿彩的行徑有異，於是暗自推測——小姐似乎是偷偷去幽會，對方是誰呢？為了店內著想，還是弄明白比較好。不必把事情鬧大，就趁小姐外出時，留心跟在她後面吧，得謹慎處理才行。

宗助小心翼翼地跟蹤，最後得知阿彩的幽會對象時，眞不知有多麼錯愕。

「宗助先生當面向石倉屋老闆講明了一切嗎？」

阿福眼神一暗，嘴角微微顫抖。

「那需要相當大的勇氣。他和我父母談這件事之前，應該和掌櫃及女僕總管討論過。」

宗助這才曉得店內其他人也已察覺，卻不敢吭聲，全都保持沉默。既然如此，眼下就看誰自願當幫貓脖子繫鈴噹的老鼠了。

「很久以前，我尚未出生時，宗助有過家室，但一直沒有兒女，不久妻子也早一步離開人間。此後，他便一直住在石倉屋，全心投入工作，可說和男女情愛之事最無牽扯。」

這種人的話反倒容易取信於人。且就算惹惱店主夫婦而遭掃地出門，宗助王老五一個，又有一技在身，不愁找不到工作。在這樣的判斷下，他決定向店主報告此事。

這名剛毅木訥、與情愛無緣的五十歲男子，下定決心直言進諫，沒想到竟造成反效果。

起初，鐵五郎和阿金聽不懂宗助在說些什麼，儘管明白他話中大意，但因過於詫異，一時會意不過來。

漸漸理解是怎麼回事後，兩人先是駁斥「好噁心的玩笑」，沒過多久，鐵五郎便不禁勃然大怒，阿金也氣得直發抖。

「當時我不在現場，可能在睡覺吧。因爲他們不會大白天談這種事。」

石倉屋主人鐵五郎的咆哮聲驚人，整座店幾乎爲之撼動。

宗助，你這傢伙是瘋了嘛！

依石倉屋店主夫婦來看，這不僅是唐突之舉，更是下流的告密，觸人霉頭。好不容易重回懷抱的美麗長女，與日後將繼承家業的長子，兩人間竟然有亂倫的關係。而且此事還是出自宗助這個深獲鐵五郎信任，手藝過人的工匠總管之口，也難怪他會氣得七竅生煙。

「家父大發雷霆，對宗助拳打腳踢，狠狠教訓了他一頓。」

衝突爆發時，阿金縮在一旁，嚇得面無血色。

「要不是掌櫃急忙衝過來勸阻，家父恐怕會將宗助活活打死。」

宗助從此臥病不起，完全無法下床。目睹鐵五郎發怒的可怕模樣，其他夥計都嚇壞了，沒人敢替宗助說話。

關於阿彩與市太郎那亂倫的傳言，也就此懸宕。

不過當鐵五郎與阿金的怒意消退後，冷靜深思，耿直的宗助怎會信口胡謅？兩人面面相覷，細想阿彩與市太郎平日的行徑，心裡也覺得不無可能。只是他們不願承認，寧可相信是宗助精神錯亂，也不敢坦誠是自己的過錯。此事就這麼懸而未決。
五天後，宗助撒手人寰。
「雖然他的死法一看便知不單純，但從叫大夫前來的那刻起，店內便已串通好對外謊稱是宗助酒醉胡來、不慎跌落樓梯，所以並未節外生枝。」
這是店主教訓夥計的結果，只要合情合理，原本就不會被問罪。只不過石倉屋頗爲內疚，決定趕緊將宗助下葬。當時，阿彩剛好回石倉屋滿一年又兩個月，正是梅花含苞待放的時節。
「深夜，姊姊阿彩來到雙親房間。」
宗助既是忠心耿耿的夥計，也是可靠的工匠總管，鐵五郎與阿金意外失去得力右手，心頭紛亂，輾轉難眠。這時阿彩前來，雙手伏地，向兩人磕頭行禮。
「爹、娘，宗助遭遇那樣的事，店裡吵得沸沸揚揚，我聽見眾人都在竊竊私語。」
妳聽到什麼？鐵五郎和阿金反問。
「我和市太郎的事。」
阿彩不顯半點羞慚，只是一臉哀傷地低頭道：
「聽說宗助已告知爹娘此事。」
阿彩這個素未謀面的美女的聲音，彷彿與阿福的話語重疊，傳進阿近耳中。那是猶如銀鈴輕搖般的好嗓音。
「他的話句句屬實。」
阿彩靜靜注視著爹娘，宛若倒出容器裡的清水般，流暢地道出此語。

「我不認爲這樣有錯。難道我不能愛市太郎嗎？難道市太郎就不能愛我嗎？」

沒人教過我這個道理。

阿近感到有股寒意在背後流竄，一時忘記自己的立場，雙手環抱著身軀。

猛然回神，阿近發現阿福也和她一樣。兩名迎面而坐的女人像是孤兒般寂寞，以手臂爲自己取暖。

「抱歉。」

阿福手放回膝上，眼神轉柔，開口說，「這故事聽著不太舒服。」

明明是兩人相愛的故事。

「市太郎先生的想法也和阿彩小姐相同嗎？」阿近問，「不覺得這有什麼不對……」

阿福的臉痛苦地皺成一團，「我認爲哥哥至少有點是非之心。」

然而，他深深爲阿彩的美著迷。阿福的話首度豎起利爪，刺進阿近的心。

「我猜他是被牽著走，遭姊姊一把抓住拽著走，無法自拔。」

阿福的口吻頭一次帶著責備阿彩的意味。

「要是他夠早熟，懂得上風月場所，也許情況會有所不同。家父日後常如此埋怨。」

這不是牢騷，而是錐心刺骨的懊悔。

市太郎見到阿彩時才十六歲。在情竇初開的年紀，第一個邂逅的女人竟是從小在外地成長的親姊姊，不僅美豔得不可方物，還投來令人酥軟的微笑，且近在伸手可及之處。市太郎的目光離不開阿彩，就算有片刻轉移，只要待在家中，姊姊的身影不知不覺又會出現眼前。

天下最美的姊姊，愛上她何錯之有？

「小姐，您知道風箱祭嗎？」阿福問，「那是打鐵店和鑄器店的祭典，於每年的十一月八日舉行。」

兩者都是使用風箱的行業。

「主要是膜拜稻荷神。工匠會熄去炭火，歇業一天，祈禱往後免受燒燙傷。然後享用美酒佳肴，歡度祭典。」

雖然石倉屋開的是裁縫店，沒有直接關聯，但日本橋通町南方有座南鍛冶町，那裡的工匠和鐵五郎素有交誼，常邀請他參加風箱祭。

「那是姊姊回鄉當年的十一月八日，兩人的關係尚未公開。我們全家受邀前往，祭典相當熱鬧，連小孩子都樂在其中。」

阿福突然改變話題，阿近不發一語，只管用心聆聽。

「鐵匠從家中屋頂或二樓窗口朝外頭撒橘子，附近的孩子全聚集過來。」

橘子撒愈多愈吉利，要是捨不得就會諸事不順，因此他們都裝滿整籃的橘子往外撒。

「我是客人家的孩子，儘管年紀還小，也跟著撒橘子。我夾在哥哥和姊姊中間，像大人一樣丟橘子。」

這時，十歲的阿福目睹了那一幕。

「哥哥從籃裡拿起一顆橘子，姊姊悄悄把手搭在上頭，包覆住哥哥握著橘子的手。」

兩人開心地相視而笑。

「接著，姊姊取過那顆橘子藏在手中。」

過了半晌，籃裡的橘子全數撒盡後，阿彩剝著那顆橘子，一片一片地吃起來。

「那是留有兩人掌心餘溫的橘子。」

溫熱的橘子，明明不好吃……

「這沒什麼大不了的。不過等我年紀漸長，明白兩人間是怎麼回事後，我首先想到的，便是那顆橘子。」

假如那不是姊弟之情，而是男女之愛，那麼此等舉止就像橘子般酸甜。那橘子的滋味應該很甘美吧。

「我爹娘這回嚇得臉色發白。」阿福接著說，「宗助沒撒謊，父親卻已將宗助活活打死。」

阿彩告白後，市太郎禁不住雙親的逼問，不久即招認一切。他明知犯下錯誤、偏離了正道，可是每當看到姊姊，便無法壓抑內心的情愫。

「既然如此，就不能繼續留兩人在石倉屋。」

鐵五郎和阿金起先打算將阿彩交由大磯的養父母照顧，只是這麼做的話，勢必得說明原委。

「但這實在難以啟齒，人家不見得會相信。」

夫妻倆倉皇失措、無所適從，鬧得全家雞犬不寧。然而，此事絕不能傳到外頭。鐵五郎和阿金也是在這時候開始請修行者和祈禱師到家中，他們已是病急亂投醫。

「最後，決定以到其他店裡見習的名義，送哥哥到家父一名在牛込開裁縫店的好友家中當夥計。」

事情遭揭露後，兩個月過去，五月的天空晴朗無雲，美不勝收。
就在市太郎離開石倉屋的前一天……
「姊姊上吊身亡。」

五

阿彩留下一封遺書給雙親。
「姊姊不會寫深奧的漢字，但她寫得一手好字……這也是爹娘十分引以爲傲的一點。」
阿彩以行雲流水的文字，寫下她的歉意：事情會演變成這種地步，全是我的錯。雖衷心祈求能獲得原諒，卻不敢奢望，至少請爹娘忘了我，當做從沒有過阿彩這個女兒。
「和宗助那時候一樣，家父對外謊稱是病死，似乎花了不少錢。」
阿福略顯疲憊，語調漸緩。阿近想取過杯子重新沏茶，阿福擋下她。
「不好意思，能否給我白開水？」
阿近朝茶碗裡倒滿白開水，請阿福飲用。這時，阿福從懷中取出一個小藥包，配水吞服。
「一想到以前的事，太陽穴便不時會隱隱作疼。」
初見面時，阿福看來不帶一絲陰鬱，十足幸福貴婦模樣，然而，此刻神情舉止都陰沉許多。人無法擺脫過去——宛如突然吹來一陣冷風，阿近忽地心有所感。
「您若是累了，不妨改天再敘。」

「不，沒關係。」

阿福搖搖頭。我正慢慢卸下沉重的包袱，眼看快要卸完，我不想半途而廢。

「就差最後一步。其實剛才那些悲哀的故事，都只是漫長的引子。」

阿彩死後，市太郎完全恢復正常。

當時，他只應了聲「這樣啊」，猶如附身的怨靈退去般，從對阿彩的執著愛意中解脫。最重要的是，面對阿彩突如其來的死，他一滴淚也沒流。目睹屍體時，他什麼也說不出口，幾乎要昏厥似地當場癱軟，之後卻顯得很堅強。碰觸阿彩冰冷的臉頰時，他的手沒顫抖，只直視阿彩的遺容，眼中隱含冰凍之色。他緊盯著形同人偶、不會笑也不能言語的阿彩，彷彿想看出隱藏在她面孔下的某樣東西。不管懷抱著何種念頭，至少市太郎已不再是爲畸戀而迷惘的年輕人。

實際上，匆促辦理阿彩後事期間，市太郎比鐵五郎和阿金都還沉得住氣。在這必須顧及臉面的重要時刻，市太郎顯得相當可靠。

待一切告一段落後，他在父母面前磕頭道歉：事已至此，我不想多做辯解，就算遭斷絕父子關係也無可奈何。所有的過錯，都是我一手造成。

說完，市太郎終於潸然淚下。

鐵五郎和阿金互望彼此憔悴蒼白的臉。接著，阿金與市太郎抱頭痛哭。

由結果看來，阿彩和市太郎皆是著了魔。阿彩以自己的死驅走邪魔，市太郎因而獲救。鐵五郎這麼說道，滿心如此認爲。阿金並未否定丈夫的看法，誰也沒錯，大家只是被邪魔迷惑，才會遭遇這樣的慘事，徒留悲傷的回憶。今後，讓我們忘記過去的事，重拾和樂的生活吧。

然而，市太郎堅持依原先的計畫前往牛込的裁縫店。家裡還有其他夥計的好手藝支撐，風波平息前的這幾年，我最好離開石倉屋。

事實上，店內也有員工遞出辭呈，且不只一、兩人。宗助過世後發生過同樣的情況，當時鐵五郎和阿金極力勸服他們打消辭職的念頭。不過，這次恐怕無法再攔阻，夥計都受夠了，個個人心浮動。

想走的人，鐵五郎一個也不挽留，相當乾脆。除了幫女侍找新東家外，他也不忘給想趁機自立門戶的師傅厚厚的紅包，而這筆錢絕非封口費。人手短少，生意自然也愈做愈小，但仍得想辦法，團結度過難關。市太郎說得沒錯，石倉屋確實需要一段時間和距離，來忘卻那沉痛的回憶。

對阿彩的事也是一樣。阿金猶豫再三，最後決定將阿彩的物品全部丟棄，一件便服也不保留。所有東西都交由阿彩下葬的寺院，加以供奉後悉數火化，衣櫃亦統統拆除。只是，唯獨阿彩剛從大磯回來、母女倆第一次上街時，阿金替她挑選的那把紅珊瑚髮簪，阿金實在捨不得，終究是妥善收在身邊，小心不讓任何人發現。

當大人忙著各自整理思緒時，阿福被冷落一旁。

天眞無邪的阿福，原本就很難理解爲何宗助與姊姊會接連過世。她只知道宗助死了，阿彩也死了，到處都不見兩人的身影。

而更令阿福難過的是，連小小年紀的她也看得出，關於宗助和阿彩的死、熟悉的女侍和工匠的辭職，及哥哥近日要到其他店家見習、暫時不會回來等事情，絕不能隨便開口詢問原因。她隱約明白，這些事情歸根究柢都出自同一個情由，爹娘便是為此憔悴煩憂。

她成了一個無精打采的小孩，動不動就請假不去私塾，總是一個人玩，愈來愈不愛說話。

鐵五郎和阿金並非渾然未覺，不幸的是，當時實在沒有餘力照顧阿福。石倉屋搖搖欲墜，光挽救生意便已筋疲力竭。阿福還小，不久就會逐漸淡忘，處於還不懂大人之間複雜事的年紀反而是種幸運，放心吧。夫婦倆只能不時相互安慰，說服彼此。

「雖然是個孩子，卻像大人一樣憂鬱。」

阿福溫柔地低語，彷彿對昔日的自己百般憐愛。

「生意好壞、世人的批評、有哪些人聚散，都與我無關，我只感到悲傷、寂寞。」

「這也難怪，畢竟是個才十一歲的孩子。」

阿近打圓場似地應道。阿福莞爾一笑，向阿近投以「您也這樣覺得吧？」的眼神。

「姊姊下葬後一個月，大磯的養父母趕來。換句話說，直到那時候，爹娘才向他們通報姊姊的死訊，先前什麼都沒透露。當然，難以啓齒也是原因之一。」

由於咳嗽的舊疾復發，阿彩備受折磨，病情轉眼間惡化，回天乏術……

「雙親這麼解釋，那又是個令人不忍卒睹的場面。親生父母向養父母不斷磕頭道歉，對方高姿態地責備家母，說好不容易把阿彩健健康康地養大，讓她回到老家，妳怎會如此疏忽。」

儘管不是誰比較偉大的問題，但那樣的口吻聽了實在教人生氣。

這天，阿福依舊悶悶不樂、百無聊賴地獨自待在家中，市太郎卻忽然出現。

「平常我都和爹娘睡同一間房，可是他倆工作認眞，捨不得早睡，我大多是一個人待在房裡。當時，哥哥突然跑來。」

「他還在石倉屋嗎？」

「是的，哥哥之後才到牛込那家裁縫店，所以都會撥空陪我，不過……」

阿福說著，不知爲何微微皺起眉，留下令人在意的語尾。

阿近已習慣當一名聆聽者，因此沒馬上反問。

「那時候，哥哥露出許久未見的笑容。」

——大家都很忙，阿福十分孤單吧？哥哥即將去別人店裡學習，可是妳放心，過兩年手藝進步我就回來，妳要乖乖在家等著喔。

他給阿福一袋漂亮的糖果，接著遞出一個有點重量的小包袱。

——姊姊不在了，妳也很難過吧？眞可憐。

眼前的阿福模仿著市太郎的語調，臉皺得更是厲害。只見她右手輕按太陽穴。

「姊姊的衣服、衣帶及白布襪等遺物，娘都已帶去寺院。因爲留在身邊只是徒增傷感，這也是沒辦法的事。不過妳應該會想保有一樣姊姊的東西吧？」

——那，這個給妳。

市太郎從包袱裡取出一把小鏡子。

「看起來年代久遠。」

阿福雙手比出尺寸，圓鏡部分跟手掌一般大。

「鏡柄極短，大人的手根本握不住。鏡面磨得晶亮，外緣帶有銅銹。」

——這是姊姊很珍惜的鏡子。妳要收好，別告訴別人。讓娘瞧見，肯定會送去寺院。

這把鏡子既沒蓋子，也沒台座，就這樣擺著的話，馬上會長滿銅銹。雖然哥哥吩咐要收好，但阿福還小，不知怎麼做才恰當。

「哥哥叫我藏在壁櫥裡裝舊衣的竹箱底部，說是箱中放著我穿不下的衣服，娘鮮少會去翻動。」

那些是阿金特地爲孫子預先保存的，確實暫時用不到。

「接著，哥哥取出竹箱，藏妥鏡子，並要我向他保證。」

——這事不能告訴其他人。想念姊姊而覺得難過時，可以拿出來看，但絕不能讓任何人發現。

兄妹倆打勾勾發誓。

「至今我仍不曉得，哥哥是如何瞞著母親藏下姊姊的鏡子。」

阿福說著嘆了口氣，白皙的手指再度按上太陽穴。

「不過哥哥是故意給我這把鏡子，並交代我藏好。我知道箇中原因，沒錯，我非常清楚。」

故事一開始，阿福就說過，小姐，聽完我的故事，您或許會變得不愛照鏡子。

「我沒完全照哥哥的吩咐去做。」

阿福不曾偷偷拿那把鏡子出來看。

「姊姊過世後我很寂寞，每次想到她，總會淚流滿面。可是我從不碰那把鏡子，只切實藏妥，一次也沒去動過。」

爲什麼？

「哥哥告誡我要保密，也許我就是中了這句話的圈套。這種作法實在討厭。」

我懂，阿近附和道，「不解世事的孩子，在這方面反而比大人更有潔癖。」

所以阿福並未向父母透露鏡子的事，一直遵守這個約定。

「而哥哥也果眞在兩年後返回石倉屋。」

如同當初的承諾，市太郎的手藝大爲精進。牛込有很多舊衣鋪，這裡的裁縫店工作內容與日本橋一帶大不相同。只要換家店，師傅的技法也有所差異。在其他店裡習得的經驗，成爲市太郎的重要資產。

「可是有一點和原先講好的不一樣，哥哥並非獨自回來。」

市太郎前去見習的那家裁縫店老闆有三個女兒，他與次女論及婚嫁。

「對方意願頗高，當然，那位小姐也很喜歡哥哥。雙方你情我願，婚事就這麼談定，再來只差我父母的同意。」

鐵五郎和阿金點頭答應，他們沒理由反對。

市太郎眞的忘了阿彩。那是場惡夢，如今他跟個好姑娘相愛，還想共組家庭，沒有比這更令人開心的消息。

「另一方面，經過兩年的努力，石倉屋的生意終於步上軌道。雖然更換不少師傅及女侍，但姊姊的影子也因此逐漸淡去。」

店內已無人再提起阿彩，只有鐵五郎和阿金不時會悄悄談及此事，暗自落淚。

婚事順利進行，石倉屋也恢復往昔的繁華。可是敘述著這一切的阿福語氣僵硬，臉色也愈來愈陰鬱。

「市太郎先生的媳婦，是什麼樣的姑娘？」

聽見阿近的詢問，阿福回過神，眨眨眼才又露出笑容。

「她叫阿吉，當時十七歲，個性開朗。不過啊……」

她的臉笑得更開了。

「該怎麼說，她長得還眞是其貌不揚。」

嘩，阿近不自主地發出驚呼。

「嚇一跳，對吧？她和我姊姊天差地遠。」

「也許就是這樣才好。」

雖是不經意的一句回應，阿福卻突然臉色一沉、斂起下巴，阿近見狀也收起笑容。

「抱歉，我是不是講了什麼冒犯的話？」

「不，哪兒的事。」阿福目光黯淡，「沒錯，當時大家都這麼想。人人都說，市太郎之前因那宛如從圖畫中走出的美女吃過不少苦，才會娶相貌平凡卻性情溫順的女人爲妻。這樣好，看來市太郎今後也沒問題了。」

三個月後，一切安排妥當，醜女阿吉嫁進石倉屋。阿吉是個活潑的媳婦，有點多話，做任何事都充滿活力，十分認眞勤奮。

「她生性較粗心大意，常挨家母的罵。但她不會放在心上，總是左耳進右耳出，聽過就忘。」

「您和她處得好嗎？」

「起初我被她嚇呆了。」

阿福仍垂著灰暗的眼神，只有嘴角輕揚。那不是勉強擠出的笑容，阿近猜測，她大概是想起阿吉的趣事。

「自從發生那件事後，儘管生活已回歸平靜，石倉屋眾人仍鮮少朗聲大笑。然而，如今迎來一個像鈴鐺般整天響個不停的人。」

阿福感到畏懼，難以主動敞開心房。這當中多少有點鬧彆扭的成分，好不容易盼到哥哥回家，正暗自高興，卻發現後頭還跟著一個女人，感覺就是來礙事的。

「這就叫嫉妒。」阿福嘴角的笑意逐漸加深。阿近望著她，明白阿吉眞的是個好媳婦，同時也是個好嫂子。

「大嫂不是會在乎這種小事的女人，連待我這小姑也是打一開始便直來直往，毫無芥蒂。她常招呼我，阿福、阿福，有豆沙包耶，要不要吃？阿福，該洗澡嘍。妳今天學哪些字啊？我又挨婆婆罵了。總之，不只對我，她對任何人都如此坦率，沒有顧忌。」

阿福想起往事，不禁露出微笑。

「看來妳們關係不錯。」阿近也跟著笑道。

「可惜，好景不常。」

阿福斬釘截鐵地說，周遭的氣氛登時冷卻。

「他倆鶼鰈情深。」阿福以同樣的口吻繼續道，「每個人都覺得我哥哥和大嫂相處融洽，因爲兩人確實是對模範夫妻。」

然而——

「某天，哥哥向我討回姊姊的鏡子。」

那時阿吉嫁進石倉屋還不到一個月。

「由於大嫂打亂了我的生活步調，我幾乎忘記鏡子的事，經哥哥這麼一提才想起。」

爲什麼？阿福疑惑地反問市太郎。爲什麼需要姊姊的鏡子？

「你不是給了我嗎？哥哥笑答，我沒給妳，那是我們兄妹共有的。」

好懷念啊，眞想看一眼……

「我裝作不知情，這種感覺果然很討厭。」

不料，市太郎擅自取出鏡子。

「我沒再檢查竹箱底部，很快就發現原因。您猜我怎麼知道的？」

阿福像在出難題似地問道。阿近決定回答，她已瞧出端倪，且明白阿福不願明說。

「因爲那把鏡子在阿吉小姐手上，對吧？」

六

那把鏡子在竹箱底部放了兩年，鏡面都已模糊，阿吉想請人磨光，於是問阿金：

——娘，我可以請人來磨鏡嗎？

阿金這才得知此事。

「儘管是心愛的女兒，但父親不見得會注意女兒身邊常用的小東西。母親可不同，她一眼便認出那是姊姊的鏡子。」

阿吉，那鏡子哪兒來的？市太郎給我的，雖然有些年代，作工卻十分精細。

見媳婦又羞又喜的模樣，阿金總不能沒來由地開罵。阿吉毫不知情，告訴她阿彩的事更是萬萬不行。

阿金急忙打圓場說「這種鏡子我幫妳磨就好」，便一把拿走鏡子，隨後喚來市太郎。

母親勃然變色，質問他是何居心，市太郎恭敬應道：

——娘，我會有什麼居心？那是阿福的東西。大概是姊姊臨死前給阿福的，算是遺物吧，所以阿福才悄悄收藏起來。

「有一次，阿吉偶然撞見我取出鏡子觀看，因而一臉羨慕地對哥哥說，那鏡子眞美。」

——娘，阿吉的模樣實在教人心疼。況且阿福還小，用不著鏡子，我就給了阿吉。

「這是他編的謊言吧。」

阿福重重點頭，「接著，家母喚我過去，拿哥哥的話逼問我是否眞有此事。我既害怕又憤慨，忍不住放聲大哭。」

哥哥撒謊，阿福向母親坦白哥哥把鏡子藏入竹箱的來龍去脈。阿金顧不得安慰哭泣的女兒，語調尖銳地追問，然後喚來阿吉。

「家母說，詳情不能告訴妳，不過那把鏡子有段不好的過去，妳就別再用了。而嫂嫂也乖乖遵從家母的吩咐。」

那把鏡子最後交到阿金手上。當時，阿福不曉得母親是將鏡子丟棄、藏匿，還是像兩年前處理阿彩的遺物那樣帶往寺院。阿金亦沒透露半句。

「娘要我忘掉鏡子的事，並嚴加叮囑要保密，連爹都不能透露。」

不可為此和哥哥吵架，也別對阿吉多嘴。要是市太郎和阿吉夫妻失和，妳也會難過吧？

「母親這樣交代，我只好順從，不過我和哥哥之間卻留下疙瘩。」

然而，似乎只有阿福感受到異樣。市太郎神色自若，彷彿什麼也沒發生過地照舊疼愛阿福，與新婚妻子阿吉如膠似漆，勤奮不懈地工作。或許是娶妻後開始有身為石倉屋接班人的自覺，他那充滿幹勁的模樣，著實令旁人刮目相看。

「正因如此，我一直納悶不解，甚至心裡發毛。眼前的哥哥，與之前那個信口胡謅的哥哥真是同一人嗎？」

若同樣是市太郎，那時候他究竟為何會睜眼說瞎話？又為何要撒謊？

您是不是已有什麼頭緒？阿福詢問般地注視阿近。阿近沉默不語，靜靜回望著她。

「哥哥他……」阿福的話聲低沉得駭人，「其實是想讓阿吉拿著那面鏡子照上一次，一次就足夠。」

刻意強調的「一次」，像是蘊含下咒般的力量。

「什麼就足夠？」

阿近反問，阿福忽然移開視線，恢復原本的口吻，「鏡子的事暫告一段落，幾天過後，我看見，不，該說是出現了……」

幽靈。

阿近的語氣加重，「是阿彩小姐嗎？」

「不。」阿福露出苦笑，搖搖頭，「不是姊姊，是宗助。宗助的亡魂在石倉屋內出沒。」

不知道是誰第一個發現，或許是鐵五郎，或許是阿金。不過能確定的是，當阿福看到宗助大吃一驚，向父母告知此事時，兩人早見過宗助。

——可惡的宗助，竟敢在妳面前現身。

阿福至今仍記得鐵五郎那蒼白的臉。

「提到幽靈或妖怪，總給人可怕的印象吧？一臉怨恨、骨瘦嶙峋、身穿白衣，怪談或圖畫裡都是這麼描述。」

宗助的亡魂完全不是這樣。他仍是在石倉屋當裁縫師傅時的打扮，冷不防出現在走廊的一端、外廊、樓梯下或房間角落，且不分晝夜。

「他的模樣清晰可見，彷彿伸手便觸碰得到，教人不禁懷疑他已重回人間。」

但一晃眼，他又消失。

「我忍不住想和他交談，不過一開口，他即消逝無蹤。小姐，這話您相信嗎？」

其實阿近反而更想問另一個問題。

「宗助先生當時的表情如何？又哭又笑嗎？」

「他沒哭沒笑，也不帶憤怒和恨意。」阿福答道，「只是睜大眼、搓著雙手，低著頭像努力要傳達某種訊息，有時則會頻頻搖頭。」
阿福學著宗助的動作和表情。阿近心想，宗助的用意不難猜。
他試圖阻止、告知什麼，且那是步步逼進的不祥之事，危險的大事。
爹娘和我也這麼認爲，阿福說。
「假如他能設法給予更清楚地提示，或開口告訴我們就好了，家母也很焦急。」
此外，他們發現一件重要的事，看得見宗助的唯有鐵五郎、阿金、阿福三人。
「宗助出現在裁縫工房時，父親、哥哥及眾師傅皆在場，卻只有父親大吃一驚，其他人都沒覺察。」
「市太郎先生和阿吉小姐也看不到嗎？」
這似乎就是重點，阿福的眼神銳利起來。
「沒錯，我兄嫂看不到。」
阿福的話聲陡然變調，這次是加重「兄嫂」一詞的語氣。爲什麼呢？漫長故事中浮現的多次漣漪，逐漸在阿近內心掀起波瀾。
「後來我仔細一想……」
阿福仍是那副銳利的目光，握拳捶了下胸。
「若非受宗助亡魂驚嚇，轉移了注意力，我們早該發現徵兆，察覺不對勁。然而，當時爹娘和我都缺少那樣的智慧。」
什麼徵兆？阿近問道。

阿吉改變的徵兆，阿福回答。

「雖是喜好的食物、穿著的品味、髮圈的顏色等細微的差異，但確實逐步改變中。」

「可是……」阿福自嘲般朗聲輕笑，「職掌廚房的女侍來稟報少奶奶的口味不同以往時，家母心裡還直叫好。女侍似乎也有一樣的想法，才會告訴家母這件事。要是當下能問清楚、看仔細就好了，因爲眞正重要的不是她改變與否，而是有怎樣的改變。」

「她變得如何？」

阿福望著空中，拳頭依舊緊抵心窩。

「她愈來愈像我姊姊阿彩。」

阿福第一次直呼阿彩的名字。

那就像無人發現的漏雨，初時底下生活的人皆渾然未覺。雨水一滴滴落在天花板隔間木板或橫梁上、滲進木頭中，雨停後便乾涸。

但如果雨下個不停，雨量漸增便會滲透橫梁，淤積在天花板隔間裡，接著化爲黑色污漬，猛然出現在抬頭仰望的眾人眼前。

「大夥最先注意到的異狀，是大嫂的嗓音。」

當天，一家人坐在餐桌前用晚飯時，市太郎講了件趣事，一旁侍候他的阿吉忍不住笑出聲。

那笑聲和阿彩一模一樣。

阿福手中的茶碗差點掉下，只見一旁的阿金筷子落地，鐵五郎則自座位彈起，望向阿吉。

阿吉驚訝地轉頭看著公公。阿金拾起筷子，雙手不住顫抖。

阿福緩緩抬頭，注視著大嫂。她那遠稱不上美麗，卻活潑開朗的醜臉，對阿福回以一笑。

「我再幫妳添一碗吧，阿福。」

……我再幫妳添一碗吧，阿福。

那是阿彩的聲音、阿彩的口吻，因爲阿吉的長相沒變，所以更加怪異。然而，由她談話時的嘴形，及側頭時脖子到肩膀一帶的動作看來，確實是阿彩沒錯。

「雖然這講法有點奇怪，但之後發生的一切簡直像從斜坡一路滾下。怪事陸續出現，且益發醒目。」

阿吉的日常舉止、慣有的小動作、喜愛的口味、聲音及用語，甚至是替市太郎整理衣領這種不經意的舉動，在在都顯示她一天天地轉變成阿彩。

那是阿彩，阿彩附身在阿吉身上回來了。

說出此話的是阿金。某夜，在親子三人睡成川字形的房裡，阿金終於忍無可忍地一語道破。

這是有原因的。那天，她得知市太郎向鐵五郎提出一個要求。

不爲別的，市太郎也想嘗試鐵五郎縫製過的黑絹棉被。

——黑絹極難裁縫，一旦縫錯，針孔便很顯眼，容易搞砸工作。所以，爹，我想親自裁製，試試手藝。

那豈是要試手藝！阿金怎麼也抑制不住激昂的聲調，她極力壓低音量，向鐵五郎闡述她的看法。老爺，市太郎是想爲阿彩縫製黑絹棉被啊。爲了膚白似雪的阿彩！瑩白剔透的肌膚在黑絹棉被上特別顯眼。

此刻的阿近已不像先前那樣，不知道視線該往哪兒擺，甚至不覺得難爲情。敘述著這些事的阿福，也沒有嘲弄阿近的神色。

不祥的黑絹之色，猶如幻覺般浮現在兩名對坐的女人之間。那同時也是一名虜獲男人心，讓他迷失自我、墮入邪道的女人的美麗髮色。

「父親當然也曉得哥哥的提議很詭異，因此母親戳破此事時，他想必鬆了口氣，原來不只我覺得可疑，妻子也有同感。」

然而，鐵五郎顧慮到一旁的阿福，訓斥阿金不可在孩子面前胡言亂語。

「於是我掀開棉被彈坐起，喊著『爹，連我都發現了』，一股腦兒地吐露鏡子和哥哥撒謊的事。父親大爲吃驚，但並未責罵我和母親。」

這麼一來，所有束縛便都解除，三人靠在一起，坦然道出先前藏在心底的祕密。阿金提到，一名女侍曾聽見市太郎對著剛從澡堂回來的阿吉喊「阿彩」。那是女侍之間的傳聞，她們笑說少爺長得如此俊俏，以前一定有不少風流韻事，不過在少奶奶面前叫出昔日情人的名字可不行吶。這些女侍都不知道阿彩的事，倒是情有可原。

自談話中途，阿福便緊挨著阿金，阿金也緊摟阿福。

「父親說，阿吉捧著待洗衣物走在廊上的背影，簡直與阿彩如出一轍。他一度以爲是眼花錯看，但後來第二次、第三次仍看到同樣的景象。」

當第四次目睹阿吉的背影與阿彩重疊時，鐵五郎出聲喚住她。阿吉輕快地轉頭，應聲「是」。她回頭時背部輕柔的動作、回話的力道，和望著鐵五郎眨呀眨的雙眼，活生生是阿彩的翻版。

——我一時以爲自己瘋了。

阿彩回來了……阿金不斷低語，而後突然像瘧疾發作般全身發顫，一把推開阿福。

——那把鏡子。

就是那東西在作祟，阿彩透過它附身阿吉。阿金一口咬定，女人的靈魂會藏身於鏡中。

——從阿吉那裡拿走鏡子後，妳怎麼處理？

鐵五郎還沒問，阿金已早一步爬也似地打開壁櫥，將手伸進木箱、竹箱及舊包袱間，取出一個白棉布包覆的物品。

阿金並未丟棄鏡子。她以顫抖而不甚靈敏的手指焦急地解開白棉布，邊夢囈般地喃喃解釋，感覺不能隨便丟掉，心裡也不太願意拿去寺院，要是沒好好對待這東西，搞不好眞會發生壞事。

——我也跟妳一樣，總覺得不是市太郎和阿吉行爲古怪，而是自己變得不正常。我寧願這麼想。

解到剩最後一圈時，鐵五郎忽然搶過阿金手中的鏡子，白棉布瞬間鬆開垂落。

鐵五郎大叫一聲，面孔頓失血色，卻仍緊握鏡柄不肯鬆手，仿彿掌心黏在上頭。

阿金抓住丈夫粗壯的手腕，望向鏡中。阿福也撲到母親身旁，伸長脖子一窺究竟。

——別看、別看！阿福，妳不能看！

鐵五郎像要擄走阿福般，一把抱過她，以厚實的手掌蒙住她眼睛。但阿福跌坐父親膝上的刹那，瞥見圓鏡中映照出的人影。

那是阿吉。

阿吉也在鏡中吶喊。然而聲音傳不到外頭，只見她皺著臉，嘴巴一張一闔地拚命向無意間注意到鏡內異狀的鐵五郎與阿金傳達訊息。啊，是公公和婆婆！你們終於發現我了！淚溼的雙眸不停轉動。

阿吉握緊拳頭，不斷敲打著鏡面。放我出去、放我出去、放我出去！我一直被關在這裡。

阿吉的靈魂遭囚禁在阿彩的鏡子內。

阿金宛如受傷的野獸，哀嚎著搶下鐵五郎手中的鏡子，猛然起身。她的衣襬凌亂，小腿整個裸露在外，以幾乎撞倒紙門的勁道衝出房間。

描述這幕景象的阿福呼吸急促，彷彿化身成當時的阿金在走廊上狂奔。

「母親衝向哥哥和大嫂的房間。」

鐵五郎跟在後頭，留阿福獨自待在被窩。

阿金猶如發狂似地再度大叫，隨即響起市太郎和妻子的悲鳴。

那女人刺耳的哀鳴聽來就像阿彩，阿福不禁摀住耳朵。阿彩的聲音叫著：

——娘，原諒我吧！

此刻，身處黑白之間的阿福，彷若回到當天現場，掩著雙耳，緊閉雙目。

她維持這樣的姿勢，呼吸漸漸恢復平靜，接著道：

「母親以手中的鏡子痛毆嫂嫂，將她活活打死。」

最初的重重一擊打破阿吉的腦袋，這樣應該便足以致命，但阿金仍不停揮舞著鏡子。市太郎並未勸阻失控的母親，而是退到牆邊，抵著牆癱坐在地。鐵五郎目睹眼前的暴行，嚇得雙腿發軟，不知所措。阿金當著兩人打得阿吉面目全非，四散的血花甚至濺向天花板。

最後，阿金倒臥在五官難辨、鮮血染紅棉被，如原木般躺在地上不動的阿吉身上。

阿近鼓起勇氣問，「令堂毆打的，眞是阿吉小姐嗎？」

這個嘛……阿福睁開眼，放下摀著耳朵的雙手，聲若細蚊地應道，「不知道，到底是哪一個呢……」

因憤怒和恐懼而情緒激動的阿金，衝進兒子媳婦的房內時，與市太郎同床共枕的女人是阿吉，還是阿彩？

阿金和鐵五郎看見的是誰？

「前來審訊的官差也弄不明白是怎麼回事，因爲家母被人帶走時已經瘋了。」

婆婆打死媳婦，女人的慘叫聲傳遍左鄰右舍。不管再怎麼花錢關說，都無法掩蓋這次的事實。石倉屋遭到問罪，財產沒收充公，鐵五郎連同凶手阿金一起關進大牢。因他身爲店東及一家之主，卻對妻子管束不周。不過幸好阿金被判定精神錯亂，鐵五郎免於死罪。處以一百大棍，外加逐出江戶的刑罰後，鐵五郎獲釋出獄。

阿金則死在傳馬町的大牢中。

「市太郎先生呢？」

哥哥……阿福低聲應道，「他逃得很快。」

當晚，趁著石倉屋內鬧得雞飛狗跳，市太郎悄悄來到之前阿彩上吊自盡的房間，在同一處門上橫梁自縊。

他上吊所用的布條，是一塊黑絹。他是何時買來，又是如何藏匿，沒人知道。

阿福抬起頭、移動雙膝，轉身面向阿近，靜靜低頭行了一禮。

「小姐，石倉屋就此滅亡。」

5

chapter

滿屋作響

一

——石倉屋就此滅亡。

這不只是一家店的消亡，更是一個家庭的崩塌瓦解。

阿福爲說故事前來，並講完那難以啓齒的往事；而阿近則做好引出故事的準備迎接客人，終於聽完那難以開口詢問的往事。

「大小姐。不，阿近小姐。」

聽見阿福的叫喚，阿近抬起頭，發現阿福雙眸明亮，又恢復剛見面時的活潑笑臉。

「這就是我的故事。不過如今我……」她手掌抵在胸前，「過得很幸福。」

鐵五郎因入獄而日漸衰弱，加上一百棍的責罰，身體元氣大傷。出獄後，他悄悄寄住在以前店裡的資深裁縫師傅家中，不久便撒手西歸。

曾是鐵五郎生意夥伴的一對夫妻，收養了孤伶伶的阿福。兩人與鐵五郎一家素有交誼。

「他們希望我當兒媳婦。與其說是收我當養女，不如說是收我當童養媳。」

他們對我好得沒話講，阿福瞇著眼睛道，「儘管我只是個店家遭充公的老闆女兒。公公、婆婆和丈夫都非常善良，要是立場互換，我肯定辦不到。眞是很特別的一家人。」

阿福眼珠滴溜溜地轉，故意以驚訝的口吻述說。只見她兩頰微微泛紅，似乎是感到難爲情。

「所以，阿近小姐，上天關閉一道門時，必定會另開啓一扇窗。」

阿福凝望阿近，雙眸閃著光芒。那烏黑猶如黑糖的眼珠溫柔和善，給人一股力量。

「無論有過多麼糟糕的遭遇，也不會毀壞一切。」

阿近微微一笑，「阿福小姐，您與女侍阿島是在那個家認識的吧？」

「是的，阿島很照顧我。」

阿福的目光彷彿激起漣漪，微微晃漾。

「家父過世後，我變得像人偶般，跟誰都不說話，不哭也不笑，甚至沒胃口吃飯。」

阿福的養父母，亦即她的公公婆婆，收養了這樣的女孩。

「我能漸漸敞開心房，都是阿島的功勞。儘管我和貓咪一樣安靜，她仍自顧自地說說笑笑，唱兒歌給我聽，熱情活潑地對待我。她並非想討我歡心，而是要讓我明白，負責照顧我這年紀女孩的女侍，所做的事是如此理所當然。阿近小姐，您知道那是指什麼嗎？」

阿福雖然這麼問，卻沒讓阿近有機會回話。她重重點頭，語調變得更加開朗：

「她告訴我，我可以堂堂正正地生活，那些不愉快的、悲傷的事已過去。偶爾因憶起不幸沉痛的過往落淚，或半夜做惡夢驚醒也無可奈何。然而，一切都畫下句點，阿福只要心安理得地吃飯，遇上有趣的事便開懷大笑，想說什麼盡情說就對了。」

那是因為……阿近悄聲道，「您與石倉屋的災禍毫無關聯，是個沒任何過錯的小女孩。」

「這話的意思是，我的情況和您不同？」

冷不防中一記回馬槍，阿近陡然全身一僵。阿福輕垂目光，道歉似地向她行一禮。

「沒錯，我已從阿島口中得知您的遭遇。請別責怪阿島口無遮攔，她是打心底為您擔憂。」

所以才會安排我和阿近小姐見面。

「在成為獨當一面的大人前，一直窺望人心的黑暗深處，不哭也不笑的阿福，如今是這般朝氣蓬勃、幸福快樂。」

阿福說著紅了眼眶，她連忙拭去眼角的淚水，吸吸鼻子。

「阿近小姐認為家中的悲劇，全是自己造成的嗎？」

「實際上便是如此啊。」

「那麼，我家發生的那起慘事，您認為是誰的過錯？我姊姊阿彩該背負起一切罪過嗎？她不僅誘使親弟弟違背倫常，死後仍妄念未消，為石倉屋眾人帶來災難。對，她確實是罪大惡極的女人。然而阿彩是為了做這些壞事，才出生在這世上嗎？」

接著，阿福吁了口氣。

「我不這麼認為。姊姊並非自願染上受咒詛般的咳嗽病，也不是自願離開父母身邊，在外地長大。當然，她更不想危害石倉屋，愛上我哥哥。」

她一面搖頭，歌唱似地高聲強調每個「不」字。

阿近低著頭，雙手緊抓膝蓋。雖然沒應聲，內心卻激動得坐立難安，腰帶上的深藍條紋也為之歪斜。

「她是無可奈何啊。」

阿福的嗓音無比溫柔，彷彿在安慰阿近……不，是安慰她已故的父母、哥哥、姊姊、大嫂及忠心耿耿的夥計，話語中飽含對石倉屋的慰藉之情。

「某天突然飄來一朵從沒見過的怪雲，外形充滿不祥之氣。而當我們一家看傻眼的時候，已全身溼透、遭受雷擊，一切被摧毀殆盡，就是這麼回事。」

無從阻止……

「松太郎這個人遭到遺棄，即將斷氣時爲令尊所救。令尊絕對沒做錯事。」

阿近終於出聲，「可是他後來的做法錯了。」

「那並非故意，他也不想將松太郎先生推入不幸的深淵。」

但錯誤無法抹滅，即便沒有惡意，也已傷害松太郎的心。

「既然如此，阿近小姐認爲當初該怎麼做才對？家裡的人都欺負松太郎先生就行了嗎？自己也惡劣地捉弄他，反倒好嗎？」

阿近雙目緊閉，尖聲喊道，「是的，這樣對他比較好！」

接下來，是一陣掃興、無情的沉默。

「明明做不到還講這種話。」

阿福首次這樣責備阿近，她那蘊含甜美光芒的漆黑雙眸仍泛著淚。

「阿近小姐，好長一段時日，我非常懼怕姊姊的亡魂來找我。那眞的很恐怖。」

這回她來不及伸手擦拭，一顆淚珠從右眼滑落。

「我那美若天仙、人見人愛，最後卻留下妄念死去的姊姊，也許哪天會復活，取走我這唯一倖存者的性命。她一生不幸又短暫，妹妹卻過得這麼幸福，不可原諒。先前我一直認爲她會作祟害我，所以我假裝自己已死，不笑也不開口。」

我根本不敢照鏡子。阿福說著，眼睛一眨，又落下一顆淚珠。

「連鏡子擺在旁邊，我也不敢看。要是往鏡子裡瞧，也許會映出姊姊的模樣，或浮現遭姊姊附身並奪走靈魂的嫂嫂在鏡中哭泣的身影。」

以拳頭敲打鏡面，喊著「放我出去」的身影。

「有一次，我眞的見到姊姊的亡魂。半夜，她站在我枕邊，那漂亮的臉蛋掛著微笑，正低頭俯視我。」

少女阿福放聲大喊，睡在一旁的阿島嚇得彈跳而起。

「阿島抱住我，我忍不住號啕大哭，直嚷著姊姊來了、姊姊來了。」

直到阿福累極喊不出聲爲止，阿島都緊緊抱著她，而後才細問發生何事。阿福小姐，您看到什麼？姊姊嗎？她是怎樣的表情？

「我回答，姊姊望著我笑……」

阿島聽完也笑了。

——什麼嘛，這樣一點都不可怕啊，小姐。

「黑白之間」裡，阿福模仿阿島的口吻，噙著淚水重拾笑容。

「阿島說，姊姊是擔心您會沒有精神，所以來看看您的睡臉。加上她想向您道歉，才帶著微笑。小姐不這麼認爲嗎？」

阿近實在笑不出來，阿島這番話根本是在哄三歲小孩。

「這……」

「您要反駁這怎麼可能，對吧？沒錯，我們無法得知亡魂的想法。活在世上的人，即使面對面相處，往往仍需靠交談互相理解，更何況是亡魂。」

不過姊姊並未言語，沒哀嘆「好不甘心」，也沒怨訴「阿福，我詛咒妳」。

「她只是面帶微笑。」

既然如此，阿島的話或許有道理。與其說阿福心裡這麼想，不如說她受到誘導，於是她和阿島約定，下次阿彩現身時要主動開口。

——姊姊，我很好，很少掉眼淚了。

——可是妳這樣露臉，我覺得有點可怕，因爲妳應該已不在人世。妳來到我枕邊，是心頭有牽掛嗎？我能爲妳做些什麼？

阿近半好奇、半焦急地催促道，「她聽見了嗎？」

阿福動也不動，烏黑的眼眸陡然一亮。

「每次姊姊出現，我都會問她。但她總是笑而不答，所以我不斷重複相同的問題。」

而後，當阿彩第七次現身，阿福也七度提問時……

「姊姊說完對不起，便沒再出現過。」

想必她已心滿意足。阿福感觸良多地低語，突然掩嘴呵呵笑。

「阿近小姐，嘴噘得那麼高，小心蹧蹋您的美貌。」

阿近不想搭理她。這回該不會是阿島和阿福串通來嘲弄她的吧？

「世上眞的有亡靈。」

阿福收起笑容，換回誠摯的語調。阿近注視著阿福，只見她眼神和嘴角沒有一絲笑意，宛如戀愛中的女孩般一臉認眞。

「千眞萬確。不過賜予其生命的，卻是我們這裡。」

講到「這裡」時，她和之前提到「如今的我」時一樣，伸手抵在胸前。

「同樣的，這裡也有淨土。因此，當我領悟這點時，姊姊便能前往西方淨土。」

阿福重新端正坐好，雙手伏地深深行一禮。

「謝謝您聽完這漫長的故事，我就此告辭。請您不要責怪阿島。」

阿福離去後，儘管紅輪西墜，阿近依舊獨坐黑白之間。她內心紛亂，彷如雙腿癱軟般無法站立，也不想和阿島見面。

旁人看來，此刻阿近像是陷入沉思，其實她什麼也沒想，只是凝望著心中凌亂飛舞的片片記憶。紛飛紙片般的記憶殘骸忽遠忽近，時而貼在臉上，時而飄落肩頭。從中可看見松太郎童稚的臉、淋著冰雨背他回到驛站的父親，和人們提在手中的燈籠。

還有，良助那好勝的表情、靦腆地向阿近微笑的雙眸。另一張紙片飄過耳邊，傳來喜一豪邁的笑聲，及年幼的阿近追在哥哥身後奔跑的腳步聲。哥，你要去哪兒？也帶上我嘛。

而後，她看到愁容滿面的建材商藤兵衛。映出他悲苦笑臉的紙片翻飛，背面是開得殷紅的曼珠沙華。下一瞬間，少女阿貴朝天際伸出手掌想承接那年初雪，雙頰凍得泛紅。接著，畫面浮現清太郎抱起昏厥的阿貴時的側臉。

紙片翩然飛舞，沒有平靜的跡象，阿近心緒紊亂不已。

這時，紙門開啓，嬸嬸阿民喚道：

「阿近。」

一轉頭，她發現走廊完全籠罩在薄暮中，連阿民看起來都只是團黑影。

「客人早就回去了，妳怎麼還在這裡？」

阿近移膝面向嬸嬸。阿民輕盈地走進黑白之間，終於自黑影現身。瞧見坐在一旁的確實是平常的嬸嬸，阿近突然一陣鼻酸。

「哎呀，妳也哭啦。」

阿民微微睜大雙眼，露出苦笑。

「我也……？」

「因爲妳一直窩在房裡，阿島從剛才便消沉地泫然欲泣，囈語般地直說她太多管閒事、沒臉見小姐，連八十助都不知如何是好。」

個性嚴謹的大掌櫃，見平日可靠的女侍總管如此頹靡失神，一時手足無措。不管厲聲訓斥或柔聲安慰都起不了作用，他只好拜託阿島別再哭泣。

「沒多久，八十助竟掉起淚，這可比壯漢生病還罕見。若是他和阿島手牽著手痛哭，我就要請老爺在東兩國搭個野台。這麼有趣的表演，肯定能招攬不少觀眾。」

阿民講得一臉認眞，阿近不禁有氣無力地笑道，「嬸嬸，您也眞是的。」

「阿島到底是怎麼得罪妳的？」

阿近於是吐露詳情。沒想到，客人帶來黑白之間的奇異百物語，她還沒告訴叔叔伊兵衛，反倒先說給嬸嬸聽了。

聽完石倉屋滅亡的故事，阿民表情沒太大變化，彷彿在廚房後門與賣菜、賣魚的小販閒聊。

「所以妳生氣啦？」

阿近答不上話，不自覺地手抵胸前，恰巧與阿福之前多次出現的舉動一模一樣。手掌傳來心臟的跳動，當中帶有怒意嗎？

「阿島姊沒有惡意。」

「可是妳在生氣吧？看妳的臉就知道。」

這感覺像遭人踐踏，阿近好不容易找到話語形容。她胸中滿是後悔與內疚，不甘心一句「這種事全看妳怎麼想」，便輕鬆將她擊退。

我們心中存在著亡靈，也存在著淨土。要眞這麼簡單，豈會有人如此受苦？

「原諒阿島這次吧，她是個稱職的女侍。」

阿近無意把阿島趕出三島屋，嬸嬸這麼說反而令她有些怯縮。

「我、我明白。」

「那就諒解她吧。」語畢，阿民微微一笑。

「明天喜一會來。」

聽說已收到通知信。

「我也很清楚，他不是會讓妳朝思暮想的哥哥。不過見面後總會覺得懷念吧，要是妳能開心就好了。」

阿民沉穩地笑著，阿近不由得心生困惑。嬸嬸難道對石倉屋的遭遇沒任何想法嗎？

阿近開口一問，阿民望向染成暗紅色的拉門，似乎略感刺眼。

「那故事的確詭異到可能教人惡夢連連，但比起恐怖，不如說是悲哀。」

「您是指阿彩小姐？」

「不，不對。」阿民搖搖手，「是那個遭指責懷疑人家姊弟情誼，最後背著黑鍋喪命的資深夥計。」

宗助。

「他死後不是還擔憂著店裡的未來，以亡靈的姿態現身嗎？可是後來完全沒提到他的事。」

經阿民這麼一提，阿近才發覺確實如此。

「如同阿福小姐所說，亡靈存在人們這裡。」阿民拍一下胸口，「然而不管再怎麼忠誠，他終究只是個夥計。一旦失去利用價值便無人掛念，在不在心中都一樣。我覺得這才是真正悲哀的地方。」

她的口吻夾帶幾分憤懣。

「那個叫阿吉的媳婦也是，明明沒犯錯，卻捲入石倉屋的不祥事，落得悲慘的下場。」

這究竟是造了什麼孽啊，阿民低語。

「阿吉小姐嗎……」

「沒錯，她可能至今仍困在鏡中，也可能在阿彩和市太郎死後已獲得解脫。」

倘若她還囚禁在裡頭，誰有辦法救她脫困？

阿民像在擔心手下的女侍生病般，面色深重地陷入沉思。

「阿福小姐隻字未提她大嫂後來的情況，對吧？她就是這樣的人。要是她會在意，反而奇怪。」

我也……壓根沒想到要問她這件事。

阿近沒再接話。

那晚風勢甚急，輾轉難眠的阿近，聽見三島屋梁柱發出沉甸甸的擠壓聲。

她心底也響著同樣的聲音。

二

翌日辰時（上午八點），喜一抵達三島屋。

雖說時值晚秋，但朝陽已高高升起，夥計忙著爲開店做準備，提袋師傅則著手上工。阿民向阿島交待完家裡今天一整天的工作後，剛走到後巷的工房，便又被喚回。
要嘛就早點來，要不晚點到也罷，眞不會挑時間。阿近腦中馬上閃過這個念頭，她不禁厭惡起對哥哥如此壞心的自己。
待會兒和哥哥見面，不知道我會是什麼表情。
不過當坐在廚房進門台階上、由阿島幫忙洗著腳的喜一轉頭望向她時，這些無來由的擔憂頓時煙消霧散。
「阿近。」
好久不見，過得好嗎？喜一嗓音略尖，似乎有點靦腆，踩著臉盆便站起身。他兩頰通紅、雙目明亮，也許是難爲情，頻頻以拳頭搓著臉。
「哥。」
阿近好不容易應了這麼一聲，淚水就要奪眶而出。一旁的阿島似乎再也無法忍耐，往喜一腳邊抓起準備用來擦腳的手巾蒙住臉。
「好啦、好啦。」阿民莞爾一笑，雙手一拍。她的眼眶也微微泛紅。
「先進來再說吧，喜一。」
伊兵衛、阿民、喜一、阿近在客房迎面對坐。這當然不是在黑白之間，壁龕掛著惠比壽釣鯛圖，高大的信樂燒花瓶裡插有阿民不知從哪兒得來的栗枝，上頭還結著三顆色澤漂亮的刺果，看似隨意插在瓶中，其實極爲講究。壁龕旁的櫥架上，擺有青瓷香爐和紙雕石獅。罩著驅魔用竹篩的石獅睜著一對大眼，相當可愛。一旁則是阿民親手以沙包堆疊成的不倒翁，頂端是尊微笑的紅色達摩。

幾經猶豫，阿近選擇初到三島屋時穿的和服，也就是離開川崎驛站的老家時，喜一看過的那身打扮。

仔細一想，她離開丸千已三個月。在與哥哥見面前，她一直以為只是短短三個月，眞和喜一並肩而坐，才察覺三個月有多漫長。

去年正月，喜一曾以丸千接班人的身分跟著父親到三島屋拜年。自上次一別，你愈來愈有威嚴了。哥哥和嫂子處得融洽嗎？丸千的生意可好？雙方就近況及商事寒暄一陣。

聊了約半個時辰後，喜一拿出準備的禮物。那看來像是三流行商客常用的大行囊，喜一陸續打開行李和包袱，取出裡頭的東西。

「哥，這些全是你揹來的嗎？沒人隨行？」

「參拜御大師（註）的香客都在秋季湧來，大夥正忙著呢。這種時候哪還能帶人來啊，況且我也不需要陪伴。」

禮物泰半是可存放的食品，諸如乾貨、醬菜、川崎驛站知名的糕餅等等。阿民喜孜孜地照單全收，接著，喜一一本正經地取出最後一個包袱。

解開一看，是兩份包裝好的物品。

註：即弘法大師。

「這是家母親自爲嬸嬸和阿近挑選的。」

「可以打開嗎？」阿民移膝向前。喜一以拳頭磨蹭鼻子，直說「請」。

阿民雀躍地掀開包裝紙，驚呼一聲，「嘩，好美啊。阿近，妳看！」

那是和服腰帶。雖然皆是以藍色爲基調的暗色，但贈送阿民的綴有金銀絲，樣式沉穩，給阿近的則偏紅。兩條都是雪持紋（註一）。

「我是雪持松，阿近是雪持南天（註二）。」

阿民小心執起腰帶往阿近身上比量，笑得更爲燦爛。

「正適合接下來的時節，眼光眞是獨到。」

「這可是上等貨。」伊兵衛很高興，「送給阿近是理所當然，難爲對阿民也這麼用心。」

這是妳才有的特權吶，他向阿民笑道。阿民也樂得眉開眼笑。

「這應該是京都一帶的織法吧，想必是大哥和大嫂特地訂購的。」

喜一開心得臉泛紅光，「沒錯，加賀布莊的掌櫃是店裡的常客，我們請他幫忙……」

「那不就很早便開始安排？」

習慣客房裡的氣氛後，喜一現下才悄悄望向阿近。

「妳啓程前往江戶後，娘隨即著手準備。」

阿近將腰帶貼著胸口，點點頭。

「爹說難得從加賀買來這樣的好貨，乾脆做成友禪染（註三）吧，娘卻覺得如此阿近就不會穿了，考慮很久。」

的確，若製成高雅華麗的友禪染窄袖和服，阿近打開一看，只會馬上收好。阿近很高興父親有這份想讓離家的女兒奢侈一回的心意，但更感激母親能體諒自己當下的心情。

雪持紋並非單純擷取冬日景致。此種圖案呈現出植物柔軟枝葉承受覆雪重量的模樣，蘊含即將撥除積雪、重新挺立的生命力，及企盼春天到來的心情。

阿民的雪持松，是以「松」敬祝三島屋生意興隆，並以積雪比喻阿近，寄託著母親「請多多關照女兒」的願望。至於阿近的雪持南天，則是期許她能像南天竹一樣持續抱持希望，等待春天的來臨，同時也借用南天竹「轉難爲安」（註四）的意涵。

娘明白這些對阿近都不容易，可是娘會一直想著妳。感覺母親的話聲透過鮮豔的腰帶傳來，阿近用力閉上眼。

作工果然不一樣。阿民拿著腰帶左看右瞧，興奮地說著。她當然也清楚圖案暗藏的含意，所以面頰貼著腰帶、頻頻點頭，回應灌注其中的情感，大嫂，我會好好照顧阿近的。

「雖然我常往來老家和江戶。」喜一搔著頭，「卻第一次這麼害怕遇上盜賊。假如這兩條腰帶遭竊，我可沒臉回家。」

註一：樹木技葉積雪的圖樣。

註二：即南天竹。

註三：和服染法之一，特色是人物、花鳥風月等華麗的圖案。

註四：日語的「南天」和「難轉」同音。

「這倒是，辛苦你啦。」

伊兵衛怪腔怪調地慰勞他，三人哈哈大笑。阿近仍兀自低著頭，強忍淚水。笑聲暫歇時，喜一肚子忽然發出咕嚕聲。不只阿近，連阿民也露出詫異的神情。

「喜一，你沒吃早飯嗎？」

喜一臉紅得活像煮熟的章魚，「不，我……」

「就算是清晨從川崎出發，也未免到得太早……你該不會昨晚便抵達江戶了吧？」伊兵衛問。

「其實……」喜一吞吞吐吐地道出實情。他過於心急，昨天傍晚便已到達江戶，但拿不定主意是否要直接前往三島屋，便先在常光顧的商賈旅店過夜。然而，儘管昨晚和今早旅店都送上餐點，他卻食不下嚥。

「見到阿近前沒胃口，對吧？」阿民看出端倪，補上這麼一句，「不過你又感到害怕，因此眞見著面，鬆了口氣，肚子便餓起來。」

阿近有個好哥哥呢，阿民目光溫柔地笑道。

她旋即拍手喚來阿島，滿心感激地收下喜一的禮物，同時起身爲喜一準備早飯。在阿民返回前，由伊兵衛負責招待。只見羞紅臉、滿頭大汗的喜一，與噙著淚水低頭不語的阿近，彷彿在比賽互不講話。

「阿近，麻煩招呼一下嘍。」

聽端來早飯的阿民這麼吩咐，伊兵衛也跟著離席。

「你們想必有很多話想談。喜一，你別客氣啊，就當是自己家。」

喜一抹去鼻頭的汗，以走調的聲音應道，「好，謝謝叔叔。」伊兵衛微微一笑，推著阿民的背走出房外，關上紙門。

阿近拭乾眼角的淚水，侍候哥哥用餐。喜一默默拿起筷子吃飯，喝口味噌湯，嚼著醬菜。遠離喧鬧街道的房間裡，流動著一絲溫柔與一縷悲戚，只聽得見喜一進食的聲響。

阿近明白，哥哥的臉會那麼紅，是因他像調皮過頭而挨罵的任性少爺，強忍著不讓淚水流下。

「叔叔和嬸嬸對我真的很好，我打心底感謝他們。」

阿近雙手在胸前合十，悄聲低語。喜一的腮幫子塞滿飯，「嗯、嗯」地不住點頭。

「爹娘還好嗎？應該好些了吧？」

不光是嘴裡塞滿飯的緣故，喜一思考好一會兒才回答：

「他們很振作。」

「嗯……」

「只是一直擔心著妳。」

喜一擱下筷子，以拳頭擦拭眼角及嘴邊。他熱淚盈眶地望著阿近，有如一隻膽小的狗，不斷眨眼。

阿近看得心裡難過，很想撲進哥哥懷裡，一起抱頭痛哭。但她終究還是忍住，這樣會打翻餐盤。

「不過娘常講，阿近離開丸千是對的，到三島屋比待在家裡好多了。爹有時會厲聲訓斥她，說她老想著妳，看起來一天比一天蒼老。」

那幕情景浮現眼前。

眞想見爹娘一面。難以壓抑的思緒不斷湧現，阿近的淚水終於潰堤。

「對不起。」

喜一手覆膝蓋，弓著背，朝阿近磕頭道歉。身材高大的哥哥，此刻縮成一團。

「我知道還不到見妳的時候。妳剛在這裡安頓下來，至少得再等個半年才能碰面，這點道理我還懂。」

喜一低頭致歉，白米粒自他嘴角掉落。

傻瓜，阿近不及細想便脫口而出。

「哥，你眞是個傻瓜。」

喜一淚眼汪汪地抬起頭，阿近同樣淚眼迷濛。

「我不是不想見你們！哥，誰說你不能來看我！」

阿近大叫一聲，撲向喜一。兩人抱在一起，阿近潸然淚下。喜一又哭又笑地說，「原來是這樣啊，對不起。」

這頓早餐最後平安收場。在這對放聲大哭的兄妹身旁，白飯和味噌湯仍冒著騰騰熱氣。

淚水沖走卡在喉頭的畏縮與膽怯後，兄妹倆頓時湧上許多想說的話、想問的事。兩人彷彿回到小時候，你一言我一語，一會兒打斷對方的話，一會兒搶對方的詞，聊得欲罷不能，喧鬧不休。就算掛軸上的惠比壽收起釣竿，將鯛魚夾在腋下掩耳逃走也不足爲奇。

父母雖稱不上精神百倍（畢竟阿近不在身邊），仍照舊過日子，臉上也偶有笑容。阿近逐一關切懷念的夥計最近工作的情形、常往來的鄰居近況，並收進心裡。

她將最想問，同時也最難開口詢問的事，擺在最後。

「波之家的人過得如何？」

原本滔滔不絕的喜一，頓時支吾起來，「嗯，這個嘛……」

和我們家差不了多少。

「阿姨似乎仍是老樣子，病情時好時壞。雖然已經好很多，但整個人瘦了一圈。叔叔說想帶她去泡溫泉療養。」

喜一至今依舊稱呼兒時玩伴良助的父母爲「叔叔、阿姨」，阿近也自然地跟著他這麼稱呼。

「叔叔沒問題吧……」

那天，良助被人用門板抬回家時，波之家的阿姨看到良助悽慘的死狀，登時如遭踢倒的木頭般砰然倒地，從此臥病不起。阿近沒再見過她，只聽聞她變得像遊魂一樣。

「叔叔很堅強，比爹還振作。」

喜一面帶歉疚地縮起寬厚的肩，「當時就是叔叔率先聲援我們，松太郎幹的事是松太郎的錯，與丸千無關。」

身爲丸千夥計的松太郎犯下殺人重罪，即使阿近的雙親被以管教不周的罪名押送入監也屬正常。查封丸千，沒收營業執照及股份，財產全數充公亦不無可能。此事不乏前例。

而挺身阻擋這一切的，正是波之家的主人。旅館工會的夥伴也竭力相助，避免丸千就此瓦解。

大家總是告訴阿近「不必操心」，加上阿近早沒有餘力分神，所以她一直置身事外，不清楚詳情，只曉得最後官司以繳罰金了結。

實際上，背地裡應是偷偷送了高出罰金數倍的銀子，否則官府絕不會睜一隻眼閉一隻眼。那筆錢不全出自丸千，波之家恐怕幫忙不少。

解決官府的事後，阿近的父親自覺無法再和波之家一起做旅館生意，打算收起丸千。那時，說服他改變念頭的也是叔叔。

——這次的不幸並非在場任何人的錯，真正的壞蛋已死，是良助運氣不好。不過，你們的女兒阿近還活著，想想她該有多痛苦。假如只有你們夫妻倆，不管要關閉丸千，離開川崎驛站四處雲遊，或死在外頭，都是你們的自由。但你們絕不能從阿近身邊奪走這個家，不能讓阿近認爲一切都是她的錯。

我從小看著這孩子長大，更何況她差點成爲我家媳婦。阿近可不單是你們的女兒啊，別再讓她傷心難過。波之家的叔叔曾在丸千的裡間，懇切地向她父母講道理，阿近依稀記得此事。

然而，阿近當下只聽進「都是她的錯」，於是懷著苦澀的心情逃離。唉，連波之家的叔叔也認爲我是元凶，阿近僅能以這樣的觀點思考。

「爹說一輩子都不敢再腳朝波之家睡覺。」

如今，阿近已能毫無猶疑地贊同喜一的話。

「嗯，我也這麼認爲，眞的非常感謝叔叔。」

喜一抬起臉，凝望阿近的雙眼一亮。

「他見到我總會問，阿近過得如何？有沒有託人從江戶捎話回來？阿近雖住在親戚家，但寄人籬下難免覺得抬不起頭，快去看看她吧。昨天我出發時，他還專程跑來送行。」

——她該不會仍終日以淚洗面吧。喜一，阿近的事拜託了。

阿近的淚水好不容易才乾，差點又撲簌落下。

「沒想到這次換妳主動問起波之家的叔叔。」

喜一像望著什麼微弱卻耀眼的景物般，由衷感到開心。

「妳變得堅強不少。」

果然來江戶是對的，這裡很適合妳。阿近對喜一眨眨眼，回以微笑。

「才不是這樣。但，也對，或許是伊兵衛叔叔的奇怪療法發揮了功效。」

先前她沒什麼確切的感受，直到今天與哥哥見面後才恍然大悟。沒錯，不知不覺間，我不再深陷黑暗的坑洞。雙手抱膝，額頭緊貼膝蓋，口中溢滿淚水——我已跳脫這樣的心境。

「奇怪療法？」

對方是喜一，應該不需要隱瞞吧。「跟你說……」阿近娓娓道來。由於內容頗長，阿近原本只想告訴他梗概，卻愈講愈鉅細靡遺，包括曼珠沙華的故事、會吞噬人的房間及遭囚禁其中的女人的故事、映照出畸戀的鏡子的故事。第三則談的恰巧是姊弟相戀，阿近雖有點擔心哥哥會覺得尷尬，仍詳盡道出始末。喜一睜大眼睛，聽得相當投入。

「所以，我也在黑白之間坦然說出關於良助先生和松太郎先生的過往。」

語畢，阿近才猛然察覺喜一臉色有異。

三

「哥，你怎麼啦？」

任憑阿近聲聲叫喚，喜一都只呆坐原地，像是失了魂。血色盡褪的臉龐，冷汗直冒。

「哥，振作點！」

阿近抓住喜一的肩頭使勁搖晃，哥哥的雙眼這才回神。然而阿近看得出，他眸中明顯帶有陰鬱之色。

「爲何對奇異百物語的事如此驚訝？哥，你有什麼在意的地方？」

喜一不安地轉動看似無比沉重的眼珠，望向阿近。

「伊兵衛叔叔讓妳聽這些可怕的故事，未免……」

太異想天開了吧。喜一愈說愈小聲，最後低下頭。

「叔叔沒有強迫我。起初我也覺得莫名其妙，還曾氣他趁亂丟來爛攤子，但現在我已不這麼想。」

僅僅聽過三名訪客的故事，阿近內心便有所變化。自良助死後，在阿近心中扎根、開枝散葉的某物日益衰弱凋零，取而代之的是，另一樣東西落地生根，逐漸成長。阿近認爲這是好現象。

所以她愈來愈堅強。

「妳發覺自己並非唯一不幸的人，從中獲得了些許救贖，是嗎？」

聽著喜一空洞的詢問，阿近用力搖頭否認，「哥，我沒那麼精打細算。」

阿近拚命思考，絞盡腦汁找尋適合的話語。

「不曉得怎麼形容才好……應該說，我想藉由聆聽別人不幸的遭遇，了解自己眞正恐懼的是什麼。與其一直處在不明不白的狀況下，害怕得東躲西藏，不如試著面對。」

雖然解釋得不甚充分，卻是目前最穩當的說法。

「阿近。」喜一依舊兀自冒著冷汗，「妳做這麼可怕的事，在這個家裡沒遇見什麼駭人的東西吧？」

「駭人的東西？」

我只是聽故事而已……阿近正要開口，又硬生生把話吞回去。

她腦中掠過一個念頭，背後一陣寒意遊走。

「哥，莫非你看見了？」

喜一旋即縮起身子，像在閃躲她的問題。

阿近由推測轉爲確信。哥哥並非單純在思念女兒的爹娘催促下，擔心妹妹近況才來到江戶，而是爲了其他原因，一個更急迫的原因。

「丸千有事，對吧？」

她益發溫柔地輕撫哥哥的肩。

「家裡發生異狀，你放不下心，所以急忙跑來找我？」

喜一沒點頭，只是頹然垂首，忽然浮現疲憊的神色。

阿近背後再度湧現寒意，但這次一股覺悟貫穿其中。

「哥，請告訴我，到底出了什麼事？」

她語氣平靜地問道，並取出懷紙塞進喜一手中。喜一如夢初醒，以懷紙擦臉，吁口氣。

「妳到這裡的半個月後……」

松太郎的亡靈出現在丸千。

起先，喜一只當那是夢。

「某天半夜，就像人們常說的，他來枕邊托夢。」

喜一猛然驚醒，發現松太郎一臉蒼白地低頭看著他，正想開口，松太郎便倏然消失。

「他的穿著和那天一樣。」

相同情況接連發生兩、三次。由於一直憋在心裡難受，喜一拐彎抹角地向雙親打聽，最近是否夢見過松太郎？

父母似乎沒遇上這種事，喜一姑且放心不少。

之後，松太郎仍持續出現，但每當喜一想和他說話，他就消失不見。

「我猜他或許是感到寂寞，決定去看看他。」

松太郎的墓位在有交通要道經過的山裡。他的死法非比尋常，得妥善安葬，所以供養也毫不馬虎。只是，終究不好葬在驛站附近，於是他孤伶伶地長眠此地。

喜一打掃過墓地，擱下一杯酒後才返家，不過當天夜裡松太郎又短暫現身。

「那傢伙消失後，我出聲問阿松，你有話想告訴我嗎？要我爲你做些什麼嗎？假如辦得到，我會聽你說的。你出來吧，別再躲了。」

就這樣，隔天起，松太郎大白天也出現在丸千。以兩天一次的頻率，突然現身走廊轉角、房間角落及後院柴堆旁。甚至有次待喜一步出茅房時，站在他面前。

「可是他什麼也沒做。每當我一察覺，他便迅速消失。」

彷彿在表示──只要喜一能看到我就好。

喜一說著又微冒冷汗，阿近卻十分冷靜。儘管感覺得到心臟噗通噗通直跳，但那不是因爲情緒激動，相反的，是太過安靜坐著的緣故。

「大家都看得見松太郎先生嗎？」

喜一睜大雙眼，搖搖頭。

「只有我看得到。阿松似乎只讓我看見他，爹娘和其他夥計都沒發現。」

阿松這個稱呼，瞬間喚醒阿近胸中那燒灼般的懷念與悲切之情。她不禁握緊拳頭。

「因此每回見到他，我總會試著和他交談。你有話想告訴我吧？我會仔細聽的，你就好好跟我講吧。」

松太郎恨我。喜一淡聲道，並未提高音調。

「我做了那種事，也難怪他會恨我。所以我想，一定要聽他吐露心中的怨恨才行。」

「是嘛，我早有這種覺悟。」

阿近直率地說。喜一聞言，目光稍稍緩和下來。

「好久沒聽到妳這麼潑辣的口吻了。」

阿近鬆開拳頭，按著嘴。喜一朗聲而笑。

「可是阿松仍不發一語。他老望著我，明顯有話想說，但就是不開口。」

在這過程中，喜一隱約有所感覺。

「他看來有些困惑。」

「困惑？」

「嗯，像個迷路的孩子。」

不明白自己身在何處，不曉得該前往何方，不懂自己爲何會在此徘徊。

「想必他是到不了極樂世界而徬徨，不過……」

喜一搔搔髮際側著頭，已不再冒冷汗。

「他並未心懷怨恨，是眞的不知該如何是好……」

所以我覺得他像迷路的孩子，喜一再次強調。

喜一將此事藏在心底，沒向任何人透露。

那時，丸千的父母提起想上江戶探望阿近，喜一反倒加以阻攔。他勸父母，最好等過一陣子，阿近習慣三島屋的生活後再談。

「然而看到松太郎那副神情，我不禁擔心他也會在妳面前現身。」

但喜一忍耐下來，最後才向父母提議——不如由我代替你們去江戶看看吧，爹娘突然要探望阿近，還不是時候。

「爹娘託你傳話，是嗎？」

「嗯。」

喜一也同樣百忙纏身，不可能立刻動身。當他爲工作四處奔波時，松太郎再度出現。

喜一擺出從小到大慣有的兄長架勢，在心裡嚴厲地訓斥他。阿松，你沒去打擾阿近吧？要是你已這麼做，馬上停手。我接下來要到江戶找阿近確認，假如阿近對你心生害怕，我就拆了你的墓，給你好看。

他的想法似乎成功傳達給松太郎。

「他不停搖頭。」

彷彿在表示，喜一哥擔心的事我沒做。

接著，松太郎的亡靈露出不知所措的眼神，倏然消失。那模樣既不可怕，也不惹人生氣，反倒讓人覺得有些悲哀。

「就在半個月前。」

許久未見的松太郎來到喜一枕邊。

「他頭一次向我開口。」

——喜一哥。

松太郎端正地跪坐。

——之前連我自己也搞不清楚是怎麼回事，一時迷路，讓您擔心了。

他行一禮，哭喪著臉。

——但我終於知道去處，今後將前往那裡，不會再給您添麻煩。

喜一細看才發現，松太郎的衣服上濺有血跡。

喜一問道，你要去哪？黃泉嗎？

「他殺死良助，不可能到極樂淨土。我猜他是要前往地獄，頓時替他感到難過。」

你沒給我添麻煩，如果你不想去那地方，就別去。倘若只有我看得見你，不會造成任何人的困擾，你可以永遠待在這裡。喜一夢囈般地連說一大串話。

阿近胸口一緊，這很像哥哥會做的事，也很像松太郎的作風。

「松太郎先生怎麼回答？」

喜一皺起粗眉低語：

「他說，有人頻頻呼喚我，我似乎該往那兒去，我走了。」

有人呼喚？

——有個聲音告訴我，那裡是我的住處。

所以我決定遵照指示。松太郎宛如放下心中的牽掛，微微一笑後隨即消失。

此後，他便不再出現。

「我接連觀察兩、三天，確認阿松會不會又現身。」

但經過六、七天，始終不見他的身影。松太郎已離開丸千，明白他徹底消失後，喜一心慌起來。

「我不禁想，糟糕，搞不好這下他改去三島屋。」

果眞如此就來不及了，我該盡力留住他才對。松太郎的遺憾與悲傷，絕不能由阿近承擔。

「我大爲驚慌，連忙趕來。」

到這裡後，發現阿近居然模仿起百物語遊戲，難怪喜一嚇得臉色慘白。

「這種遊戲會招來鬼怪，妳應該曉得吧。」

「我知道，可是……」

阿近不明白。

「我沒遇見松太郎先生的亡魂啊。」

「眞的？」

哥哥的眼神滿是央求，阿近頷首，朝他手肘打了一下。

「這種事我怎麼可能騙你。松太郎先生不在這裡，沒聽人提過類似的情形，叔叔嬸嬸也不會瞞我才對。」

這樣啊……喜一摩挲著脖頸。

「一想到妳可能被那傢伙的亡靈纏上，我就擔心得坐立難安。」

喜一下定決心，若眞是那樣，便要抓著松太郎的後頸，將他帶回川崎驛站。

然而另一方面，喜一也害怕與阿近相見，他自覺沒臉見阿近。處在兩股思緒的夾縫中，喜一的內心搖擺不定。

他的體貼直透阿近心坎。

「你打算怎麼揪住亡魂的後頸？」

「當然得靠鬥志。總會有辦法，因為他是贏不過我的。」
阿近噗哧一笑地應道，「嗯，沒錯。」她覺得哥哥和松太郎一樣可憐。
不，不只是可憐。
喜一對良助懷著一份歉疚。
「他若不在這裡……」喜一環視房內，吃剩的早飯、傾照的陽光、掛軸上惠比壽的富態笑臉映入眼簾。
「松太郎那小子是去什麼地方？」
誰知道亡靈會去哪兒呢。
阿近掛記著一件事，「他說有人在呼喚他？」
「是啊。」
「之前他出現在丸千時，神情一直像個迷路的孩子？」
喜一頷首，「有什麼不對勁嗎？」
阿近靈光一閃，「該不會是我的緣故吧？」
松太郎現身丸千時，阿近剛開始收集奇異百物語。
「我和建材商藤兵衛先生會面，恰巧是那時候。」
聆聽曼珠沙華的故事，深深受對方的話語吸引，阿近自然地想到松太郎，憶起發生在她身上的不幸往事。
「但是妳之前也應時常想起過往啊。」喜一臉皺成一團，「別說一天，妳根本片刻都無法忘卻那件事，不是嗎？」
「嗯，沒錯，可是……」
自從在黑白之間與人對談後，阿近的回憶方式產生變化。
「先前的情況與其說是想起，更像突然浮現腦中，讓我既難過又悲傷。我總是急忙壓抑，不會主動憶起或思索。」
那就如同遭受痛苦的往事襲擊。
「擔任奇異百物語的聆聽者後，我的心境有所轉變。我試著喚起，並勇敢面對過去。」
所以她才會向阿島吐露一切。
「因此松太郎先生若出現在丸千，可能是我呼喚他過來的。」
話一出口，阿近益發確信這番推測，不由得緊握雙手。
「等等！」喜一打岔，拿起餐盤上的茶碗，喝口冷茶。
「果眞如此，爲何阿松不在這裡？」
喜一以另一隻手比著他和阿近之間。
「他受妳『呼喚』而迷途，又因聽見『呼喚』得知去處，離開丸千。那他不是該來找妳嗎？」
阿近闔上嘴，注視著哥哥。喜一擺出「我的推論比較合理」的神態回望她。
「這倒也是。」阿近讓步。
「沒錯。」喜一應道，「畢竟妳希望喚來的不是阿松，而是良助吧。」
一時快口說過頭，喜一瞥見阿近的表情，登時臉色發白，「啊，對不起。」

他面孔明顯失去生氣，身體彷彿也瞬間縮小。

「抱歉，剛才是我多嘴，是我不對，妳別露出那副神情嘛。」

「不是的，哥。」

「明明就是，都怪我說出不該說的話。」

「不是這樣。」

阿近加重語氣，打斷哥哥的自責。

「我心裡完全沒有他。」

——良助。

阿近的聲音無比空洞。

「在哥提起前，我幾乎沒想過他。」

「可是妳……」

喜一頗感詫異。他血色盡失，雙目游移，沒料到阿近會對哥哥講這種話。

「松太郎的事妳也剛聽到，不是嗎？接連回憶那麼多過往畢竟太勉強。」

「我一直思考著松太郎先生的事。方才提過，我時常想起他的種種。」

然而，阿近不曾緬懷過良助。

她胸中吹起陣陣冷風，身體異常沉重，彷彿快從座位陷下。

「那是因爲良助不曾令妳苦惱。」

喜一應道，像要說服自己般猛點頭。

「妳只爲良助感到悲傷。就妳而言，他遭到殺害根本是禍從天降，好比天上掉下一塊巨石將他活活壓死。妳無能爲力，才會什麼也沒想。無法像待松太郎那樣，思考當初怎麼做不對，怎麼做才好。」

是嗎？阿近試著凝視內心，眞如哥哥所說的嗎？

「妳覺得不該將良助與松太郎混爲一談，妳對良助多一份珍惜之情。」

是這樣嗎？

阿近驀地脫口而出，「我究竟心歸何方？」

打開老舊的行李箱，發現底端放著一個令人懷念的玩具。不記得何時放進裡頭，但確實是自己的東西。只消一眼便能馬上認出，啊，這很重要。儘管一度遺忘，卻眞的非常重要。之前甚至沒想過它是如此寶貴。

這類念頭不斷湧現。

看得出喜一的慌張。現下他不僅眼神飄忽，連身體都晃動起來。

「妳、妳怎會說出這麼奇怪的話。」

心歸何方，這什麼意思？

「哥。」

「啥事？」

「松太郎先生到我們家滿一年的時候，你曾和爹吵架，在倉庫裡關了三天之久。你還記得吧？」

喜一唇畔流露一抹苦澀，隨即應句「我忘了」，明顯地言不由衷。

「當時有人目睹松太郎先生頭抵倉庫大門，向你說了些話。哥，你聽到什麼？你是聽進松太郎先生的話，才離開倉庫的吧？之後，你對松太郎先生的態度就和善許多。」

喜一仍在撒謊，「我忘了。我不知道，也不記得有這件事。」

「是關於他的身世吧？」

「像他那樣的孩子，哪有身世可言。」

「一定有。他不是告訴你當年被拋下懸崖時的眞相嗎？他是遭誰遺棄？爲什麼要捨棄他？」

喜一面如白蠟，唯獨表情還在逞強，重複一次「我不知道」後，突然虛脫道：

「要是聽到那麼重要的事，怎麼可能會忘。」

他辯解似地小聲補上一句。

「那時候……他只是向我道歉，一直向我磕頭謝罪。我邊聽著，就決定不再欺負弱者。」

這下阿近也看不出哥哥這番告白究竟是眞是假。

「講到欺負弱者，不只你曾這麼做。」

兩人沉默半晌。雙方的立場、相互連接的橋梁，及區分彼此領域的小樹籬，彷彿都在這片靜默中重建。

喜一微微顫抖，抬起頭。

「阿松到底在哪裡？」

聽喜一的口吻，恍如松太郎仍活在世上，還在丸千工作，只是外出後一直沒回家，他才出言訓斥。他會在哪兒遊蕩？

「我能暫時叨擾一陣子嗎？」

「當然，叔叔和嬸嬸正有此意。」

喜一豎起眉毛，「我要嚴加監視，松太郎要是躲在這裡，看我不把他揪出來。」

他這語氣，不像對亡靈，反倒像對活人喊話。

「哥，眞是懷念。」阿近感嘆。

她懷念過去，懷念那起事件發生前的每個人。

喜一望著阿近，阿近也回望哥哥。

「別這樣。」喜一說，「我又要哭了。」

於是，喜一暫時住在三島屋。跟著伊兵衛和阿民連續參觀幾天名勝後，喜一表示「想學習三島屋做生意的方法」，便勤奮地埋頭工作。阿民也不禁稱讚喜一是個刻苦耐勞的青年。

而松太郎的亡靈始終不曾出現，喜一和阿近都沒發現他的蹤影。

「他果然不在這裡。」

喜一生氣道，但話語中似乎頗感落寞。

「那他究竟是被召喚到什麼地方？」

豈料，答案來自意想不到之處。

四

喜一停留在三島屋的第六天，堀江町草鞋店越後屋的清太郎上門拜訪阿近。

他帶著一名侍童隨行，一來便說，「在下冒昧打擾，自知失禮，請容我見阿近小姐一面。」神色匆忙的清太郎被領至裡間由阿民接待，阿近、伊兵衛、喜一則躲在紙門後窺看情況。兄妹倆這是遵照叔叔和嬸嬸的吩咐。

清太郎面容憔悴，眼袋微微浮現黑眼圈。阿近感到心神不寧，難道阿貴小姐有什麼異狀？既然清太郎先生指名見我，一定是爲此事而來。

最近早晚天氣明顯變冷了。越後屋少爺都到哪兒賞楓？阿民氣定神閒地話家常，清太郎也規矩應答，但眼神飄忽，看得出他的焦急。就在阿民談起三島屋今秋的新商品時，清太郎終於按捺不住地打斷她的話，移膝向前。

「夫人，眞抱歉，在下來訪是想和小姐見面，可否代爲通報一聲。」

阿民裝蒜道，「哎呀，您這麼急嗎？很不巧，阿近剛好有事外出呢。」

她取來茶點請清太郎享用。清太郎痛苦喘息，似乎努力想配合阿民，這一切阿近全瞧在眼裡。

「叔叔，我……」

她手搭上紙門，卻遭伊兵衛和喜一攔阻。

「爲什麼阻止我？」

「我想讓喜一多看清太郎先生幾眼。」

伊兵衛神情認眞，眼中卻閃著一抹興味；而喜一同樣一臉認眞。

「阿近，他是誰啊？」

「我不是告訴過你？難道你忘了？安藤坂有座會吞噬靈魂的可怕宅邸，他就是說故事那人的親戚。」

「他是草鞋店的少爺。」伊兵衛從旁解釋，「他不愛玩樂，也很有生意頭腦，風評不錯。」

「是個好男人嗎？」

「不少人上門提親，似乎都遭到拒絕，他總是對外說，我還不夠成熟，要成家還太早。」

伊兵衛什麼時候對清太郎的事這麼清楚？

「看著眞不順眼。」喜一鼓起單邊腮幫子，「講這種好聽話的傢伙，都不是好東西。」

阿民在客房裡比手畫腳，說得相當起勁。清太郎一直在忍耐。

「眞是的，爲何要這樣欺負他？」

阿近正想起身，伊兵衛拉住她的衣袖，「再等會兒。」

喜一推開阿近，靠向紙門，雙眼湊近僅一寸寬的門縫。

「是個足以上台當演員的小白臉呢。我不喜歡這傢伙，聲音跟貓咪似的。」

叔叔，難道他對阿近糾纏不休？喜一目露險色問道。

「嗯……」伊兵衛沉吟一聲。

「哥，拜託，眼前不是在乎這種事的時候。」

「妳才是，生什麼氣啊。」

「我沒生氣，只是想提醒你這樣待客太沒禮貌。」

兩人說話速度加快，音量也愈來愈大，紙門後的談話差點傳進客房。阿民察覺此事，便提高嗓門，「就是這麼回事，越後屋少爺。我們三島屋這次可是相當有熱忱，甚至打算投入身家財產，賭這項設計能大賣。」

哦，這樣啊。清太郎無力地垂落雙肩。

「對了，我家老爺說，難得和越後屋少爺有這個緣分，也想試著涉足草鞋鞋帶的領域。由三島屋縫製，交越後屋獨家販售。託您的福，如今三島屋頗獲好評，僅次於越川和丸角。然而，儘管我們的產品已具有等同那兩家店的水準，卻始終屈居第三，一定要有新的創意才行。」

阿民講得眞好，伊兵衛低語。

「草鞋的鞋帶？有意思。」

「普通提袋店不做這種東西吧？」喜一眉頭微蹙。伊兵衛笑道，「就是這樣才好。」

「你們也眞是的……」

當阿近忍不住發火時，清太郎忸怩不安地朝聊得正起勁的阿民伏地一拜。

「夫人，眞對不起。在下此次前來，是有急事想見阿近小姐。因爲阿近小姐恐怕會遭遇危險，在下非常擔心。」

紙門後的阿近倒抽一口冷氣，阿民也打住話頭，神情緊繃。

「這是怎麼回事？」

阿民口吻倏地轉為嚴厲，清太郎一時受到震懾，還猶豫著該如何回答時，阿民繼續道：

「阿近是我家老爺兄嫂家的獨生女，也是我三島屋疼愛的姪女，我們肩負悉心照顧之責。您這位越後屋的少爺與阿近僅有數面之緣，何以無視身為叔叔嬸嬸的我們，如此關心阿近？我實在不明白。」

這……清太郎更是語塞。原本面色如土的他，現下慘白如紙。而後，他打定主意。

「那麼，請容在下開門見山地問一句。夫人，最近阿近小姐可有任何不對勁？有沒有害怕或苦惱之色？」

阿近雙手按著胸口。一旁的伊兵衛注視著紙門縫隙間清太郎的白淨臉蛋，喜一則凝望著阿近。

「阿近會有什麼煩惱？」

「沒發生這些情形嗎？那就好，是在下杞人憂天。只不過……」

「只不過？」

阿民一副打破沙鍋問到底的促狹語氣，清太郎抬起臉。

「在下的姊姊阿貴，最近道出未曾有過的驚人之語。當中提到阿近小姐的名字，及另一個人……」

那人名叫松太郎……

喜一不禁發出「咦」地驚呼，清太郎詫異地望向紙門。阿近隨即起身拉開紙門，衝進客房。

「清太郎先生，我是阿近，讓您久等了。關於剛才的事，請問阿貴小姐究竟是怎麼說的？」

一行人立即移往黑白之間，這次改由阿近與清太郎對坐。

「如同在下先前告訴您的，」也許是見到阿近後勇氣漸增，清太郎憔悴的臉頰恢復紅潤，「阿貴姊目前住在越後屋的牢房。」

阿近聞言，頓覺眼前一暗。

「到底還是這樣的結果。」

「是啊，不過那並非牢不可破的監獄。只是在出入口上鎖、封死窗戶，以防阿貴姊自行離開，但終究不同於一般房間……」

阿貴的起居由一名幹練的女侍總管專門照顧，清太郎也天天去看望阿貴。

「跟姊姊說話，她都沒反應，更別提主動和我交談。只要見到她一切安好，我便稍感寬心。」

今天天氣很好呢。最近早晚的菜色不錯，廚師的手藝有進步，對吧？面對面言不及義地閒聊後分別，這樣的情況反覆上演。

「阿貴姊總在發呆，目光暗淡地望著不知名的方向。就算彼此視線交會，她也彷彿渾然未覺，絕不會轉開臉、點頭或挪動身體，活像一尊人偶。」

然而，事情發生在十天前的下午。

「我一如往常地去探望阿貴姊，發現她面朝窗戶而坐。明亮的陽光照射在她臉上。」

「姊，這樣很刺眼吧？清太郎出聲道，溫柔地將手搭在阿貴肩上，想幫她轉個方向。此時，阿貴圓睜著的黑冷眼眸深處，有東西在晃動。

「起先我以爲那是自己的身影。」

可是清太郎移開身子後，阿貴的瞳孔內仍有動靜。說來難以置信，但清太郎認爲……

「那像是有人橫越阿貴姊眼底。」

「姊。」清太郎叫喚，接著在不驚動阿貴的情況下，小心翼翼地再次湊近她的雙眼。

不料——

「一名年輕男子從阿貴姊的瞳眸內回望我。」

清太郎矍然一驚，迅速退開，頻頻眨著眼。剎那間，那男子已消失無蹤。不管怎麼呼喊、搖晃阿貴，她的眼瞳仍如原本那般漆黑冷冽。

隔天，清太郎一早起來便前往探視阿貴，卻什麼事也沒發生。他相當在意，一天內三番兩頭地跑去，依舊沒有異狀。後天持續警戒，還是一無所獲。

「我決定當成是自己眼花。」

但，第四天清太郎一踏進阿貴的房間，她便開口道：

——倉庫開了。

阿近原本雙手成拳置於膝上靜靜坐著，聞言全身一震。在座其他三人，叔叔與嬸嬸面面相覷，喜一則不斷望著阿近與清太郎。他帶著怯色看向阿近，凝睇清太郎時則目露凶光、張口欲言，一身防備的姿態。

「她眞的這麼說？」

面對阿近的詢問，清太郎頷首，一副求助的神情。

「不只這樣。我反問她，姊，這什麼意思？」

——得曬衣服了。

阿貴淺淺一笑。

阿近不由得戰慄起來，緊緊握拳。安藤坂那座宅邸，如今棲宿於阿貴體內。準備曬倉庫裡的衣服，代表宅邸在找尋新住戶，滿足飢渴的時刻到來。

「是的。」清太郎頷首，與阿近交換會意的眼神。

「於是我想得時刻盯緊阿貴姊，不能讓她離開我的視線。」

清太郎下定決心，當天起便陪在阿貴房裡。知道實情的雙親及夥計雖沒反對，卻深感不安，提議另找人伴隨。只是，若有清太郎以外的人在場，即使是那名女侍總管也一樣，阿貴便不開口說話。

和清太郎獨處時，阿貴會喃喃自語：

——是客人呢。

——喂，宅邸有訪客。

——好開心，眞熱鬧。

清太郎恢復紅潤的面孔，再度血色盡失。見他同樣緊握拳頭，阿近突然有股衝動想執起他的手。她被這樣的自己嚇了一跳。

「阿貴姊每次開口，我便湊近窺探她的瞳眸。」

眼底空無一物，只映出清太郎的臉。但偶爾會突然像冒出蒸騰熱氣般，出現搖晃的朦朧影像。

「氣派的紅瓦屋頂、綠意盎然的寬闊庭院、白牆倉庫，那是安藤坂宅邸的幻影。」

以爲終於看見時，景象又倏然消失。清太郎不禁懷疑那是自己一時眼花，或心理作用產生的錯覺。

「不。」阿近使勁搖頭，「您沒眼花。我認爲清太郎先生看到的東西，確實存在於阿貴小姐體內。」

清太郎聽了，僵硬的嘴角這才放鬆下來。

叔叔嬸嬸見狀，互相交換個眼色。喜一尷尬地乾咳幾聲。

「我說……」喜一開口插話。

「哥，等一下。」

阿近這句話令清太郎瞪大雙眼，「哥？」

「沒錯，我是她哥哥喜一。」

喜一困窘地低頭行禮。清太郎更顯狼狽，急忙要重新端坐。

「眞、眞是失禮，在下還以爲您是這裡的掌櫃先生。」

看來他是將喜一錯認爲八十助。兩人歲數有段差距，但喜一的沉穩氣質確實與掌櫃有些相似。或許短短數天內，喜一已融入三島屋的生活。

「他恰巧從老家來訪。清太郎先生，很抱歉。」阿近低下頭，「我已把在黑白之間聽到的故事全告訴家兄，因此家兄也曉得阿貴小姐與安藤坂宅邸的境況，請切莫見怪。」

不，哪兒的話。清太郎略顯困惑地搖搖頭。

「此外，阿貴小姐還有說什麼嗎？」

由於喉嚨乾渴，阿近的話聲微微顫抖。

「她是在何種情況下，提到松太郎這名字？」

那是昨天的事……清太郎望著喜一遲疑地繼續道。一提到松太郎，喜一的表情就變得像惡鬼般恐怖。

「阿貴姊說有訪客，我便試著問，是哪位啊？」

阿貴微帶笑意回答。

——一個叫松太郎的人。

「在下不曉得此人。雖然也有名爲松太郎的朋友，可是阿貴姊應該不認識。」

清太郎進一步問，姊，那是妳的朋友嗎？

阿貴搖頭。

——三島屋的小姐認得他。

她答得十分清楚，不可能聽錯。

——松太郎先生想和三島屋的阿近小姐碰面，要是她能到這兒就好了。

哎呀，不對。阿貴搖搖頭接著說：

——她一定會來見松太郎先生。

她不可能不來。

此時傳來一聲虛脫般的嘆息，阿民握著丈夫的手，另一手按住胸口。

「啊，抱歉。聽了這番話，心臟差點挺不住。」

仔細一看，她眼周已泛白。伊兵衛摟住她的肩。

阿近也感覺到有人環著她的肩，是哥哥。喜一原本惡鬼般的猙獰面容，轉爲見鬼般的神情。

「阿近，妳明白這到底是怎麼回事嗎？」

爲什麼他會知道松太郎的名字？松太郎怎會在那名叫阿貴的女人身邊？眼看喜一就要口沫橫飛地問個不停，阿近輕碰他的手說：

「哥，冷靜點，用不著慌。松太郎先生究竟受誰召喚、前往何方，這下不都清楚了？」

喜一下巴頻頻打顫。自發生那起恐怖的事以來，阿近第一次見哥哥如此慌亂。

「可是他爲什麼要去那種莫名其妙的屋子？」

「安藤坂的宅邸會四處尋求人們的靈魂，加上我認識阿貴小姐，才會串連起這一切。」

透過阿近，安藤坂宅邸掌握到松太郎的行蹤，呼喚他四處遊蕩的亡魂。

「那座宅邸就是這樣的地方。」

眞搞不懂，喜一雙手抱頭。清太郎摀著慘白的雙頰，望著兩兄妹低語：

「我問阿貴姊，松太郎是怎樣的人，她告訴我……」

——他是個死人。阿近小姐心中有數，他是爲阿近小姐而死。

——所以阿近小姐不久後也會來這裡，她自己最清楚不過。

因爲她被亡者附身。

「住口！」喜一怒吼，「這種話別講給阿近聽！」

喜一衝上前想揪住清太郎的衣襟，卻遭伊兵衛和阿民阻止。阿近攔著哥哥，強忍激動的心跳。

松太郎。沒錯，他是爲我而死的人。

「阿近。」

伊兵衛抱著蹲地上的喜一，沉穩說道。

「將妳的事告訴清太郎先生，可以吧？妳應該早有心理準備。」

一旁的阿民頷首，眼泛淚光。

「妳不說，清太郎先生根本弄不懂是什麼情況。」

儘管一頭霧水，清太郎仍非常擔心阿近。

直到此刻阿近才發現，先前叔叔嬸嬸刻意不讓她和清太郎相見，就是爲了測試她會拋下清太郎不管，還是主動來到他面前。

「好，我說。」

阿近轉身面向清太郎。

五

隔天，於約定好的巳時（上午十點），阿近坐進清太郎派來迎接的轎子。後面另一頂轎子坐著喜一。阿近原本覺得坐轎子太誇張，步行前往拜訪較不引人注意，清太郎卻懇求道：

「前往堀江町的路上，您要有個閃失，可萬萬不行。還是請您乘轎吧。」

閃失？難道會出狀況嗎？喜一側頭不解。阿近也因聽了這話，內心更加不安。

「妳沒問題吧？」

臨行前，喜一叮問。

「什麼？」

「妳不是第一次向外人坦白良助和松太郎的事嗎？」

經過一夜，隨即又將與清太郎見面，喜一純粹是擔心阿近尷尬。但阿近過度解讀，登時莫名光火。

「哥，我對清太郎先生沒有特別的看法，不管他怎麼想，我都不在乎。」

其實喜一沒擔憂到那種地步，只是有些在意，所以聽得目瞪口呆。他轉身悄悄眨眼，咦，阿近幹嘛那麼生氣？

阿近打扮樸素，穿著向阿民借來的狢菊文小碎花和服，搭配銀灰縱紋衣帶，髮髻上插著塗漆髮梳。由於她連襯領和帶扣都挑暗色系，伊兵衛乍看嚇一大跳。

「像是要去守靈。」

「不過選狢菊文或許不錯。」阿民頷首，「受到迷惑前，最好抱持主動迷惑對方的心態。」

不管棲宿在阿貴體內的安藤坂宅邸眞正的主人爲何，肯定是會蠱惑人心之物。

轎子平安抵達堀江町越後屋後門。雖然聽得見大路上的喧鬧聲，後頭巷弄卻十分安靜，隔著樹籬可望見庭院裡的豔紅楓葉。

右側是間正面寬約三公尺的小型手巾店，後院想必是作業用的工房。一名裁下鮮豔絞染紋布專注縫製的工匠，瞥見出轎的阿近與喜一時，不禁瞪大眼睛。他旋即以肘輕撞身旁拿尺的同伴，附耳低語。對方聽完也露出驚奇的表情，轉頭望向阿近他們。

越後屋雖是生意興隆的批發商，卻少有訪客。難道是阿貴的緣故？阿近心頭一寒，穿上轎夫擺好的草鞋站起身，不料鞋帶突然斷裂。

來到江戶後，阿近第一次造訪別人家，自認對衣裝，甚至鞋子都相當講究，阿民也幫忙仔細檢查過。然而，這剛換過的新鞋帶竟遭風刀切斷似地從腳背，即接近正中央的地方綻裂。

這時，清太郎帶著一名像掌櫃的老人前來迎接。他望著呆立原地的阿近腳下，不由得發出驚呼，臉龐逐漸蒙上陰霾。

喜一快步奔來，「怎麼了？」

阿近微微挪腳，喜一見狀，頰面微微抽動。

「這應該是在暗示我，別那麼快回去。」

阿近莞爾笑道：

「請別放在心上。」

喜一制止清太郎呼喚店內的夥計，撕破手巾迅速纏好鞋帶。

「在您返家前，在下會幫您換新。」

清太郎慘白著臉低語，彎腰行一禮後，促請阿近與喜一進屋。

接下來，勢必得先向越後屋的店主夫婦，即清太郎的父母問候一聲，阿近的心情相當沉重。對方或許會明顯流露出厭惡，那也沒辦法。搞不好爲請她到越後屋，清太郎還惹來父母一頓臭罵。

然而在阿近心中盤旋不去的諸多擔憂，全是杞人憂天。

清太郎的父親氣質穩重，頗有大批發商老闆的威儀，母親則有張開朗和善的面容。聽見兩人的聲音，明白其說話態度後，阿近心情登時輕鬆不少。

伯母年輕時，想必是個嬌柔猶勝美貌、備受眾人疼愛的姑娘，能嫁入豪門絕非偶然，阿近深有所感。越後屋老闆願意收容阿貴這名非親非故的少女，視爲親人照顧至今，肯定也是愛妻央求的緣故。

此刻，兩人和稱呼阿貴「姊姊」的清太郎一樣，很替阿貴擔心。

而身爲清太郎的雙親，見兒子意外帶給阿近麻煩，更是難掩憂慮。夫婦倆一再低頭道歉，阿近反而不知如何是好。

「將小姐捲進這樣的怪事，非常過意不去。」

「您想見阿貴的這份溫情，我們很高興，但這樣眞的好嗎？」

看來，清太郎雖告訴過父母奇異百物語的事，對阿近不尋常的痛苦遭遇卻隻字未提。端坐一旁的喜一也有所察覺，瞄了清太郎一眼，似乎想表達些什麼。清太郎微微頷首、緊閉雙唇，彷彿透露著阿近小姐那段悲慘的過往，我豈會隨便亂說？

阿近一直認爲聽過良助和松太郎的事後，清太郎會一改先前的表情，流露出冰冷或疏遠之色。她早有覺悟，且自認這覺悟不會輕易鬆動，但現下心緒仍晃蕩不已。不過她並未感到不快。

阿貴的房間位於這座大宅的最深處。由清太郎帶路，喜一守在後頭，阿近走在漫漫長廊上。隨處可見的屋舍擴增改建痕跡，如實反映出越後屋的繁盛。儘管不是富麗堂皇的建築，從厚實的梁杜、建材、榻榻米的色澤，不難想像越後屋富裕的背景，及不以此為傲的謙沖家風。
「對家母而言，安藤坂宅邸是她的殺父仇人。」
默默繞過一個又一個走廊轉角時，清太郎自懷中小包袱取出一把鑰匙說道。
「所以她更為阿貴姊難過。我外公清六捨命救出的阿貴姊，如今仍被囚禁在那座宅邸裡，教人既焦急又不甘心。」
喜一欲言又止，清清喉嚨後開口，「清太郎先生不害怕嗎？」
清太郎放慢腳步。「我？」
「您小時候不是曾遭門鎖的邪祟纏身？就是安藤坂宅邸種種異象源頭的那把倉庫門鎖。」
清太郎微微轉頭，皮笑肉不笑。
「其實當時的事，我幾乎都不記得。」
長到某個年紀後，他才從父母口中得知詳情。
「不過直到現在我還是會做夢。」
「夢？」這回換阿近駐足，「什麼樣的夢？那座宅邸出現其中嗎？」
清太郎緊握鑰匙，搖搖頭，「宅邸、倉庫、外公、姊姊都沒出現，只是我常夢到一股宛如呼吸急促、飢渴凶猛的野獸鼻息緊追著我不放。」
一旦快被追上，我便會驚醒。
「夢中還會聽見鏗鏗鏘鏘的金屬聲。起初我不曉得那是什麼聲響，後來似乎懂了。」
阿近才要追問是何種聲響，清太郎已繞過最後的廊角。

「就是這裡。」

他在一道白紙門前停步。

「前面便是阿貴姊的房間，原本是扇繪有圖案的紙門，但後來重新換過。」

因爲發現紙門上的圖案不時變幻。

「這並非我的錯覺，家母及照料姊姊的女侍總管也有同感。所以爲清楚看出變化，特意改成素面的紙門。」

阿近不禁屏息，「紙門的圖案……」

清太郎望著阿近，點點頭，「沒錯，我猜是變得與安藤坂宅邸所用的相同。」

據說是色彩鮮豔的華麗牡丹圖樣。

喜一頗感意外地稍微退後，「現在紙面是白色的。」

「是的，變化往往瞬間發生。」

「這情形從何時開始？」

清太郎低頭不語，阿近早已察覺。

「是阿貴小姐來三島屋之後吧？」

多年來，沉睡於阿貴體內的安藤坂宅邸，因阿貴前往三島屋與阿近見面，道出封印的來歷，就此甦醒。

——那座宅邸的力量覺醒，或許我也助了一臂之力。

封存在阿近心底的染血記憶撼動安藤坂的宅邸，所以宅邸才會召喚阿近。

那座宅邸和您很相配。

不，不對。阿貴是說，您和那座宅邸很相配。

難道這話的意思是，阿近正適合當安藤坂宅邸的新主人？

那座宅邸想要阿近。

清太郎打開紙門，裡頭是約莫十張榻榻米大的房間。只有牆邊約六疊的空間鋪著榻榻米，其餘三面都是木板地。而榻榻米外都圍著堅固的柵欄，牆上的拉門內應該是廁所。

三人踏進狹窄的木板地後，阿近回頭關上紙門。她擔心眼前會出現豔麗的牡丹，早有防備，但紙面仍是一片雪白。

這時，隱約傳來一陣檀香。

房裡到處潔淨明亮。柵欄內擺著小衣櫃、小抽屜、梳妝台、衣架、針線盒、裁縫機，應有盡有。寢具折得整整齊齊，上頭披著一塊漂亮的印花布。爲讓阿貴住得舒服，屋內整理得一塵不染，看得出越後屋人們的用心。

在這般悉心保護下，阿貴獨自坐在柵欄內，雙手擺在膝上，睜著雙眼，猶如沉睡般安靜。

她側臉掛著微笑，眼中空無一人，只有柵欄。連阿近三人走進房內，她也渾然未覺。

阿近注視著阿貴。她下巴到頸項的線條優美，背脊挺直，淡紫色衣服上繫著繡球花圖案的腰帶，髮髻梳理得極爲講究。

「造好牢房後，我們盡可能將姊姊常用的器具放在她身邊。」

不知不覺間，三人靠在一起。阿近與清太郎並肩而立，喜一緊貼在阿近背後。

「不過針線盒是空的，因爲姊姊不懂裁縫。」

若是針和剪刀擺在手邊，難保會有什麼萬一。

「然而家母還是將那樣東西擺在她身旁，期望她某日能恢復正常。」

清太郎悄聲繞到阿貴面前，那裡設有大小兩扇門。右邊那扇大人只要微微低頭便能輕鬆進出，左邊那扇則緊貼地面，約莫一尺正方大，想必是供送飯菜之用。

大的那扇門上掛著鎖，清太郎將鑰匙插進鎖內。

卡嚓。

清太郎調勻呼吸，接著道，「我夢中聽到的，就是這個聲響。」

這時，跟在清太郎身後的阿近注意到，窗邊的木地板上擺著一只微冒青煙的香爐，剛才傳來的檀香便源於此。

清太郎取下門鎖，手搭上門把。

「阿貴姊。」他出聲叫喚。語氣極其平靜，沒有顫抖、沒有提防，更沒半點氣勢。

「我帶客人來了。」

清太郎踏進柵欄，阿近也鑽入門內。她移向一旁，好方便身材高大的喜一進入，接著走近阿貴。

阿貴緩緩轉頭望向她。

阿近心頭湧起一股衝動，腳下的白布襪踩出一聲清響，奔向阿貴身旁。她跪在地上，執起阿貴的雙手。

「我是三島屋的阿近，因奇異百物語一事與您有過一面之緣，您應該還記得才對。我終於能來拜訪您。」

剛才她看向阿近，難道不是知道阿近來訪的緣故？即使拉起阿貴的手，臉貼向她面頰，她仍凝視著同樣的方向。若握著阿貴的手搖晃，她的身體也跟著晃動，而後依舊對著空氣微笑。

「阿近，不能這麼粗魯啦。」

喜一慌張地抓住阿近的手肘，想將她拉回，她卻更貼近阿貴。

「您在吧？您待在裡頭，對吧？阿貴小姐，是我阿近。和宅邸很相配的阿近來了，請您出來迎接我。」

阿近抬起右手，輕輕撫上阿貴的面頰，溫柔地轉動她的頭。兩人四目交接。

阿貴眼中有東西閃動。

阿近看出那是一道小小的人影。那是個綁著包包頭，身穿直筒元祿袖和服的女孩。

這一剎那，女孩望向阿近，露出驚訝的表情。

那是少女時代的阿貴，與父母、弟弟一起住在安藤坂宅邸的阿貴，為那座宅邸及圍繞宅邸的四季之美心醉神迷的阿貴。

此刻幾乎能聽見她那尖細、可愛的嗓音。娘，有客人。

不，也許因她的父母在宅邸裡工作，身爲他們的孩子，她謹守分際，喊的是「主人」。主人，您等候多時的客人已駕臨。

驀地，阿近與阿貴緊握的手被硬生生扯開。喜一抓住阿近的手腕使勁往後拉，差點將阿近整個人拉倒在地。
「哥，你幹麻！」
喜一雙目圓睜，嘴巴像金魚般一開一闔。
微微傳來鏗鏘的金屬聲。仔細一看，是清太郎手中的門鎖與鑰匙碰觸的聲響。他坐在拉門前，全身顫抖。
「妳……」
喜一口沫噴飛，張著嘴說不出話。他牢握阿近的手，一副腿軟的模樣。
「妳、妳看到裡頭有人嗎？」
「哥，你也看見了吧？是個小女孩。」
阿近迅速轉頭望向清太郎，「清太郎先生看得到嗎？」
他與兩兄妹隔著一個人身的距離。門鎖與鑰匙持續撞擊，他像配合那個聲響般不停顫抖，搖著頭說：
「我、我沒看到什麼小女孩。」
莫非沒盯著瞳孔就瞧不見？
「不過我聽到聲音。」
「聲音？」
「宛如寒風吹起……」
那是拂過安藤坂宅邸的庭院，吹得樹木嘎嘎作響的風聲。

「應該是從窗外傳來的吧？」

喜一忘了禮貌，粗魯地說完後，爬也似地站起身，東碰西撞地鑽出柵欄的門，衝向格子窗，以幾乎打破窗戶的力道推開。

窗外伸手可及處，立著一道白牆。在白牆的反照下，阿貴的房間才會如此明亮。

「那是越後屋的倉庫，共有兩座並排。這一側既沒庭院，也沒樹木。」清太郎摀著耳朵，語帶顫抖地快速說著，彷彿在逃避什麼。「現在還聽得到。風拂過寬闊的庭院，落葉發出沙沙聲，在空中飛舞。」

喜一寬厚的背膀一震。哥哥肯定聽見了，阿近把手貼向耳畔。沒錯，我也聽得到，風吹過荒涼的宅邸庭院……

紙門正變化成華麗的牡丹花圖樣。

阿近倒抽一口冷氣。突然間，紙門又恢復素面，風聲也戛然而止。

阿貴望著空中微笑，放鬆地側坐，雙目微張。

阿近雙手輕輕搭在阿貴肩上，讓她重新坐好。阿貴的腦袋搖搖晃晃，像快掉下來似地教人擔心。

阿近將阿貴摟在懷中，緩緩撫著她纖瘦的背。她比之前在三島屋初次見面時更顯清瘦。鼻端傳來阿貴的髮油味。

「我是阿近，您認得我嗎？」

阿近哄孩子般，溫柔地低聲訴說：

「我來看您了，阿貴小姐。請讓我進宅邸吧。」

「不、不行啊，阿近！」

喜一發出近似悲鳴的吶喊，疾奔過來。阿近沒理會一旁清太郎的呼喚，只緊緊抱住阿貴，抬起她的臉，與她四目交接。

松太郎出現在阿貴眼底。

小姐。

阿近確實聽見他的聲音，感覺身子輕盈地浮起。

六

猛然回神，阿近已佇立在蕭瑟的樹林間。阿貴、喜一、清太郎全不見蹤影，只有阿近隻身一人。而這個地方……

眼前聳立著一幢鋪著紅瓦屋頂，感覺相當沉重的大宅邸。宅邸的左側盡頭，可清楚看見一座白牆倉庫。

此處爲安藤坂宅邸的前庭，然而這冷清的景象是怎麼回事？無法想像這是充滿四季變換之美、令年幼的阿貴心蕩神馳的宅院。

放眼望去，淨是斑駁的牆、歪斜的屋頂，及多處紅瓦缺損。防雨門已脫落，門上的糊紙破裂，難看地垂下。

庭院的樹木盡皆枯萎。阿近才移動半步，鞋底下便發出枯枝斷折的清響。種植的草葉全數凋零，僅剩稀疏的細枝淒涼地隨風飄搖。黃土也水氣盡失，處處龜裂。

棲宿在阿貴心中的安藤坂宅邸，曾幾何時，竟落得如此悽慘的田地。

阿近緩緩眨眼，接著瞇起瞳眸。安藤坂的宅邸得到阿貴這名女主人後，不是該穩定下來嗎？然而光憑阿貴之力，無法滿足宅邸的飢渴。

所以新的客人到來，宅邸相當開心。

阿近重新環視周遭。宅邸屋頂的外頭、包圍庭院的樹籬外側，全遭白霧封鎖。迷霧無聲無息地悠悠流動，此外別無他物。不論道路、鄰家屋頂，或市街上必備的火警瞭望台都遍尋不著。

這裡不屬於人世，也非陰間，而是在阿貴體內。

阿近雙手抵在胸前，感受心臟噗通噗通地跳動。我還活著。雖被吸入阿貴心底，進入她的身軀，但保住了性命，得先牢記這點。

阿近繞過庭院的樹木，穿越草木間的縫隙，欲前往宅邸正面。途中，樹枝纏住她的衣袖。她想抬手揮除，另一根枯枝旋即調皮彈起，打向阿近手背。儘管不覺得痛，被打中的地方卻微微滲血。阿近馬上把嘴湊向傷口。

抬頭一看，枯枝前端忽然冒出一朵紅山茶花。

花朵吸收阿近的鮮血後，獲得生命而綻放。

原來是這麼回事。阿近暗自點頭，雙手緊貼身側繼續前行。

走到鋪有木板地的氣派正門玄關前，當然還是空無一人。不知是否爲潮溼腐朽的緣故，木板地微微鼓起。玄關旁的另一入口前，設有平緩的臺階，不過得留意第二階的中央凹陷部分。

阿近再度轉頭望向庭院。從玄關的格局來看，這是武士宅邸。果真如此，好歹會設個有守衛的長屋門（註），可惜此處只有樹籬。

昔日受清太郎的外公清六之託前來調查的捕快，曾提到這裡建於一百五十年前，原本是座武家宅邸。「原本」這種說法，彷彿意味著之後便不同以往。難不成有段時期的屋主是富商或地主，拆除了象徵武家的長屋門？

可是捕快也說，那座宅邸有許多內情不是我們町人打聽得到的。若是這樣，便意謂著即使屋主換人，宅邸本身也不會有所改變。不論何者持有宅邸，眞正的主人不變。

謎團長期封印其中，持續矗立於同一個場所。沒人敢輕舉妄動，誰都束手無策。

一旦逼得它出手，連像清六這麼有膽識的老人也莫可奈何。

阿近準備單槍匹馬深入此地，心情反倒出奇平靜。

女人和小孩應走玄關和後門中間的入口，阿近卻刻意踏進玄關。我是受這座宅邸邀請的客人，何必顧慮那麼多？

「請問有人在嗎？」

阿近詫異地發現自己的聲音如此清新悅耳。在這片空蕩冷清，不見一絲塵埃飛舞的寧靜中，唯有阿近的話聲傳響。

註：武家宅第的大門形式。正門兩側設成長屋，由家臣或僕人進住。

走上階梯後，眼前出現一座褪色的屏風。儘管已老舊泛黃，但上頭繪著竹林和猛虎，給人沉穩之感。

屏風旁伸出一隻小手。有人在後頭。

此人油亮的黑髮綁成髮髻，身穿有梅花圖樣的直筒紅元祿袖和服，圓睜著烏溜溜的大眼，跪立在屏風後方。

阿近不禁看傻眼，是阿貴！

還沒來得及發話，少女阿貴已起身衝向走廊深處。她打著赤腳，在廊上跑得啪噠作響。因意外相遇一時怯縮的阿近，也急忙脫去鞋子，由玄關跳進屋裡。

「阿貴小姐，請等一下！」

長廊一側連接著鄰房及書齋。隨處可見脫落的紙門及曬黑的榻榻米，實在慘不忍睹。這條長廊延伸到前方遠處才右轉，一眨眼的工夫，憑小女孩的速度應該跑不了那麼遠，然而眼下阿貴已消失無蹤。

從這間房通往另一間房，從這條走廊接向另一條走廊，阿近在寬闊的宅邸裡奔波找尋阿貴的身影。她不斷叫喚著，阿貴小姐，您在哪裡？出來好不好？

不知已多深入屋內，待阿近駐足喘息時，眼前出現一個約八張榻榻米大、附有緣廊的房間。防雨門和拉門完全敞開，庭院景致盡收眼底。

那並非荒涼的景象。庭院裡綠意盎然，花草五彩繽紛。片片飄落的不是枯葉，而是花瓣。櫻花、梅花、山茶花、茶梅、紅白相間的杜鵑花一齊綻放，爭奇鬥豔。

花瓣之所以漫天紛飛，是掛滿和服與腰帶的樹枝隨風徐徐搖曳的緣故。染布、紡織品、刺繡，放眼望去皆是極盡奢華、窮究美學的精品，爲綠景點綴絢爛色彩。

——曬衣服。

那是吸引阿貴一家踏上可怕命運的入口。

儘管心裡明白，阿近仍不自主地爲從原本緊閉的倉庫陸續取出展示的無數服裝著迷，猛然回神才發覺，宅邸上方的白霧不知不覺已散去，晴空乍現。陽光下，金絲銀絲誇耀似地閃閃生輝。

就在庭院樹林的最前端，剛才那名女孩從一件繡有鳳凰的黑絹長袖和服後露臉。

「很漂亮吧？」

她問阿近：

「這裡多的是美麗的東西。妳不想要嗎？」

阿近一時無法回答，只能呆立原地。在眾多和服的奔放色彩包圍下，小女孩的黑瞳中棲宿著唯一一顆堅硬樹果的光芒。

「阿貴。」

終於喊出她的名字，阿近迅速走向外廊邊。

「妳是阿貴吧。妳獨自待在這裡嗎？一直都只有妳一個人？」

女孩躲在黑長袖和服後面，從樹木另一側探頭。這年紀的孩子向來怕生，總半帶靦腆、半帶提防，似乎不假。此刻，一個眞正的小孩就站在眼前。

「妳不想要和服嗎？」

少女阿貴微微低頭望著腳下，再次問道：

「在身上比比看如何？看襯不襯得出妳嬌俏的臉蛋？試過後，妳一定會很想要。」

阿近靜靜深呼吸，接著反問，「可是這些衣服都有主人吧？我不能擅自占爲己有。」

沒關係啦，阿貴說。她躲回樹後，這次只出聲。

「妳明明非常想要。」阿貴低語。

阿近拿定主意，由外廊躍進庭院。白布襪踩著庭院的泥土，感覺極爲鬆軟，之前那乾硬龜裂的地面彷彿根本不存在。

她快步跑向掛著那件黑長袖和服的樹木後方，可是阿貴不在那裡。

「阿貴，妳在和我玩捉迷藏嗎？」

她環視四周，極力以開朗的語氣喊道，「既然這樣，我來當鬼。」

這時傳來一陣活潑的笑聲，阿近心頭一驚。在哪裡？在阿近後面那叢花草中。阿貴倏地從盛開的杜鵑花中站起身。

「妳休想抓到我。」

面對那張可愛迷人的笑臉，任誰看了都會跟著露出微笑。少女阿貴身形單薄，打著赤腳的小腿骨瘦如柴，不過阿近並未將此事放在心上。

「我一定會抓到妳。」

阿近開玩笑地捲起衣袖，作勢欲追。阿貴朗聲而笑，撥亂鮮紅的杜鵑花準備跑開……

這時，阿貴卻像忽然看到蛇似地停下腳步，阿近一時也爲之卻步。

「怎麼啦？」
阿貴轉頭望著她，白淨小臉浮現慍容，雙瞳燃著怒火。
「妳不是一個人來的吧？」
這突如其來的憤恨視線與口吻，令阿近大為困惑，背後爬過一陣寒意。
「咦？」
「妳好詐！」
阿貴尖聲撂下這句話，風也似地飛奔而去，轉眼不見人影。她所經之處，衣服和腰帶翻飛。
「阿貴！」
不管再怎麼追也看不到她的身影。好快的速度，根本不像人，猶如鬼魅。
不，事實的確如此。此地的阿貴，並非現實世界裡的阿貴。
被拋下的阿近信步朝庭院深處走去，周圍的樹枝上掛滿點綴枝頭的無數衣服和腰帶，一齊隨風飛舞飄揚。她耳中滿是衣料磨擦聲。
接著，她赫然發現倉庫的門開著。
堅固厚實的漆色木門左右對開，內側格子窗也都大敞。阿近宛如受到引誘，邁步朝那裡走去。見倉庫裡出現一道人影，阿近駐足，對方也靜立不動。
那是松太郎。
「小姐。」
她絕不會聽錯，是松太郎那令人懷念的聲音。他隻手搭在倉庫門上，目光彷彿要穿透樹枝似地，微微偏頭喚道，「阿近小姐。」

話聲不帶半點邪氣，不顯一絲沉痛或悲傷。發生那起慘事前，他在丸千天天都是如此。兩人理所當然地一同生活、一起工作，時時呼喚著彼此。不論冷熱寒暑，不管今天是門可羅雀還是忙得不可開交，平淡的日常生活中兩人總有話題可聊。這就是松太郎當時的聲音。

「您也來啦。」

松太郎神色柔和許多，眼角因哭笑難分的表情而下垂。

阿近胸中一陣激動，不顧一切地奔向松太郎。對不起、對不起、對不起。若有什麼想說的話，就只有這句了。

突然間，有人握住阿近在空中揮舞的手臂，用力往後拉。她差點沒一屁股跌坐地上，踉蹌地側身倒向某個柔軟的物體。

滿開的鮮紅花朵接住阿近，這到底是怎麼回事……

原來是曼珠沙華，一整片的曼珠沙華。在花叢裡抓著阿近胳膊的，是建材商藤兵衛。

「三島屋的小姐。」

近距離與阿近重逢，藤兵衛和在黑白之間時一樣面帶愁容，掛著淡淡微笑。假如此刻他臉上不帶一絲笑意，阿近恐怕會放聲尖叫，甩開他的手。

「藤、藤、藤……」

「您叫我藤兵衛或藤吉都行，我仍是當初在黑白之間裡說故事的那個我。」

他鬆開阿近的臂膀，接著安撫似地輕輕執她的手。

「只要躲在曼珠沙華裡就不會有事，這座宅邸不會馬上找到您。」

曼珠沙華是我的花。

「您……」

與其說從驚訝中清醒，不如說是衝破了驚訝，阿近茫然地癱坐地上。

「您應該已經過世。」

「沒錯，我早不在人世。」

藤兵衛從容地承認。

「所以我能跟在小姐身後，不受這座宅邸的意念左右。」

藤兵衛犀利地望向召喚阿近的倉庫，及松太郎的所在之處。

「我是爲此尾隨您過來，我不能眼睜睜將您拱手讓給這座宅邸。」

我不屬於塵世，才能到這裡，就和松太郎一樣……

阿近猛然想起，「剛才阿貴提到，我不是一個人。她的意思是，有藤兵衛先生陪著我嗎？」

藤兵衛笑了開來，微微頷首，透露更令人吃驚的事。「不只我，還有其他人。就是小姐用心聆聽的故事裡，所有出現過的不幸亡靈。」

眞不敢相信。阿近從曼珠沙華的花叢間悄悄回望，遠方高空中，數件和服隨風搖曳。底下有道女子身影橫越而過，纏在她髮髻上的髮圈清晰可見。

「她是……？」

阿近邊問邊伸長脖子細看。一名年輕男子與那女子同行，兩人轉頭望向她。人偶般眉清目秀的五官，容貌有些相似，這麼說……

「是石倉屋的阿彩小姐與市太郎先生。」

即阿福的哥哥和姊姊。阿近曾親耳聽聞、用心感受他們的悲慘故事。

「鎖匠清六先生應該也在附近，我們都是來保護小姐的。」

這座宅邸是亡靈的居所，藤兵衛嚴肅說道。

「所以我們這群亡靈能助小姐一臂之力，讓我們幫助您帶阿貴小姐離開此地。」

雖然感受得到他話語中的熱情，但阿近仍難以置信，一時不知如何回答。

這時該問……對了，要問原由。

「爲什麼大家願意幫我？」

「因爲您聽過我們的故事。」

傾聽我們心中的悲痛，及對生前犯下愚蠢過錯的種種悔恨。

「您仔細聆聽，感同身受，在心中爲我們流淚。沒以不關己的態度看待這些殘酷的事，也沒視爲不祥而別過臉，或以愚蠢無聊加以斥責，甚至當成自身的事，爲我們哀悼。」

藤兵衛說著，再次執起阿近的手，緊緊握住。

「我們的罪業化爲小姐靈魂的一部分，因您的淚水而洗淨，從此獲得解脫。」

藤兵衛的雙手溫熱，一點都不像亡靈。他眼中熠熠生輝，若是對過去感到懊悔的死者，不可能有如此耀眼的光芒。

「這次輪到我們幫您走出辛酸的過去。」

阿近游移不定的雙眸，終於恢復鎮定。藤兵衛這番話滲入她心中。

「我的……過去……」

「一直折磨您的那個人，被呼喚來此。」

是松太郎。他受宅邸召喚，現下就在那座倉庫裡。

「可是松太郎先生沒有錯，他沒有折磨我的意思。」

「不過松太郎先生所做的事，卻讓您備感煎熬。即使換個立場想，他犯下的罪也無法抹滅。」

藤兵衛再度抬眼望向倉庫。

「所以不僅讓小姐受苦，松太郎先生也痛苦得無法自拔。這座宅邸便在尋求這樣的靈魂。果眞如此，絕不能放著松太郎先生不管。」

「你們能幫忙解救他嗎？」

阿近不自主地以求助的口吻問道，腦中一片混亂。這道理上行得通嗎？我到底在講些什麼？

「我們一起離開這裡吧。」藤兵衛語氣堅定地回應，「然後將此地淨空。這座宅邸貢獻的時刻到了。」

藤兵衛宛如要教訓某個愛欺負人的孩子般捲起衣袖，以手指在鼻頭下摩挲，調皮地說了句「我們上」。之前在黑白之間聽到的故事中，他從未展露這樣的一面。

「放心吧，躲在倉庫裡的，並不是什麼厲害角色。」

它早遺忘自己的名字，甚至不具亡靈的形體，不過是團凝聚不散的怨念……
「只是以往一直沒人將這件事告訴倉庫裡的那個傢伙罷了。」
小姐，您一定能打敗它。

七

阿近由藤兵衛牽著手，自盛開的曼珠沙華中站起身。纖細的花莖頂端長著像島田髻（註）般碩大的紅花，布滿阿近四周。
從這裡仰望，安藤坂宅邸的全景可盡收眼底。猶如從遠處眺望般，一口氣縮小。比起圍繞四周的庭院美景，及倉庫那極爲醒目的白牆，宅邸顯得窮酸許多。
看起來好老舊，阿近心想。它已沒有力量。
眞正的核心果然是那座倉庫。
「這裡不是庭院。」
曼珠沙華叢生的這一帶，看似與宅邸的庭院相通，其實不然。四周沒圍上樹籬，且除了曼珠沙華外，並無其他花木。
聽阿近這麼說，藤兵衛頻頻點頭，然後指著前方道，「您瞧。」庭院一隅，枝頭掛著深紫長袖和服的梅樹下，佇立著剛才見到的那對男女，阿彩與市太郎。兩人都望著梅樹根部。
阿近走出曼珠沙華花叢，朝兩人走近。藤兵衛緊跟在她身後。

石倉屋老闆的女兒阿彩注視著阿近，率先嫣然一笑。

「多年來，一直打不破。」

阿近對阿彩看得入迷，一時不懂這話的含意。嘩，好美的姑娘。阿福的稱讚一點也沒加油添醋，阿彩和掛在梅枝上的長袖和服一樣，彷如上天精雕細琢之作，完美無瑕。緊依在姊姊身邊的市太郎，好比搭配長袖和服的腰帶，是個與阿彩極爲登對的美男子。之前光聽阿福描述，阿近總覺得難以理解，姊弟間會產生男女之情，相互愛慕嗎？如今心中的疑問已逐漸解開。

兩人是天造地設的一對。一旦相遇，便永不分離。那是必然的結果。

「哦，破了嗎？」

藤兵衛以褒獎的口吻柔聲道。阿近這才將視線從阿彩和市太郎身上，移向兩人注視的物品。梅樹底下有把碎裂的銅鏡。原本就算長滿鐵銹、鏡面因年代久遠而模糊，也不可能毀損的東西，現下徹底粉碎。

「阿吉也已離開鏡子……」

她應該在某個地方。市太郎俊秀的雙眸，凝望著宅邸的方向。

「明明是我犯下的過錯，卻沒辦法親自解放阿吉。非但如此，我和姊姊還被自己的過錯束縛到動彈不得。」

註：日本舊時流行的髮型，多見於年輕女性或藝伎。

不能見任何人，話語無法傳達，再怎麼懊悔也得不到諒解。
「託您的福，我們終於能走出這面鏡子。」
「還有爹娘。」阿彩接著道。
「石倉屋的每個人嗎？」
「是的。」阿彩開心地瞇起眼睛，「終於能和大家見面。」
謝謝您，姊弟倆向阿近深深一鞠躬。
阿近突然想起嬸嬸阿民的話，「您可還記得忠心耿耿的夥計宗助先生？」
或許是感到驚訝，阿彩花瓣般的柔唇微張。市太郎轉頭望向姊姊。
「宗助也在這裡嗎？」
「應該在。我去找他。你們兩位去找尋令尊令堂吧。」
接著阿近一口氣把話說完，「不過阿福小姐不在這裡。她不是這個世界的人。」
阿彩愉快地笑著，猶如盛開的紅梅花瓣隨風飛散。
「我知道，這是當然。阿福長大了，對吧？」
多虧阿近小姐，我才得以看見阿福成長的模樣。
她的表情和話聲溢滿幸福，極盡開朗。阿近一度緊繃的心緒，頓時雲消霧散。
藤兵衛再度催促，阿近牽著他的手踏進宅邸。一起找出大家吧，我要徹底搜尋，讓大夥團聚。
「那樣就能合力將倉庫裡的東西帶出來。」
藤兵衛的語氣充滿自信。握著藤兵衛的手，阿近感覺得出這確實不是虛張聲勢，或不可能實現的願望。

一路上走廊，宅邸某處隨即傳來呼喚阿貴的蒼老聲音。

「是清六先生！」

阿近與藤兵衛急忙趕向聲源。清六打開某房間的衣櫃門，上身鑽進裡頭。這大概是夥計住的房間，模樣簡樸，衣櫃卻大得幾乎占去整面牆壁。

「奇怪……她剛才明明跑進這裡。」

清六喃喃自語地爬出衣櫃。他一見阿近便猛然大叫：

「這位小姐！」

他突地飛撲過來，差點撞倒阿近。藤兵衛笑著擋在兩人中間。

「清六先生，請冷靜點。」

清六這位老先生不愧是極具耐心的專業鎖匠，眼手動作十分俐落。他問藤兵衛「你是誰」，藤兵衛還沒回答，他已陷入沉思。

「不……總覺得認識你們。這就怪了，分明不是我的客戶，卻不知爲什麼很眼熟。」

藤兵衛輕拍清六的手肘，安撫般地莞爾一笑。

「我們會認識彼此，都是託這位阿近小姐的福。」

對阿近而言，兩人皆是奇異百物語裡的角色，而今已成爲亡靈。阿近做夢似地看著藤兵衛與清六的邂逅，不過現下可不是站在這兒驚奇連連的時候。

「阿貴小姐剛剛在這裡嗎？」

清六板著臉，轉頭望向衣櫃。

「我發現她從面前跑過，所以出聲叫喚，但她還是跑走了。我明明一直喊著『我是清六爺爺』啊。」

「請繼續找。找到後請告訴她，我們要一起離開，然後帶她到庭院去。」

「有辦法離開嗎？」問完，清六側著頭，「說到離開……我是什麼時候來這裡的？」

「阿近小姐是發起人。這是我們舉辦的一場類似進香團的活動，僅只這麼一次。」藤兵衛答道。沒錯，進香團。他似乎很中意這種說法，又重複一次。阿近進香團。

「要去伊勢神宮參拜，是吧？」

清六的口吻相當悠哉，像是尚未察覺自己已不在人世。

「是啊，不錯吧？」藤兵衛展露笑顏，「總之，清六先生，請找出阿貴小姐。我們也會幫忙。」

三人叫喚著阿貴的名字巡過每個房間，最後抵達廚房。配合宅邸的格局，廚房也頗爲寬敞。兩座爐灶上積了厚厚一層灰，常春藤從煙囪爬進廚房，垂落地面。

塵埃密布的碗盤四散在地。後門旁有三個大小足以雙手環抱的水瓶，其中一個破裂、一個翻倒、一個瓶口缺損出現裂縫。

前方有名女子蹲著哭泣。另一名身穿條紋和服、綁著束衣帶，有點年紀的男子，彎身靠向女子，不斷輕撫她的背。

「宗助先生。」阿近喚道。

男女一同抬起頭。那名涕淚縱橫的女子，果眞如阿福所言地相貌平凡。

「您是阿吉小姐吧？」

宗助的骨架比阿近想像中粗大，體格精壯，不過一看手便知道他從事纖細的裁縫工作。

「少奶奶不認識我，我不曉得該怎麼辦……」

宗助一副手足無措的模樣，阿近孩子般地躍下土間。

「但宗助先生認得阿吉小姐，對吧？」

即便已不在人世，這名忠心不二的夥計仍掛心著石倉屋。

「沒錯。可是您和這位先生又是打哪兒來的？」

宗助口氣相當謙遜，似乎一眼便看出藤兵衛的身分絕非工匠或夥計。

「您慢慢就會明白。」藤兵衛客氣地回應，「石倉屋的少奶奶，不，阿吉小姐，請別再哭泣。這位小姐知道您爲何傷心，所以不需要再流淚了。」

就算是醜女阿吉，啜泣時仍有嬌柔的一面。儘管其貌不揚，長相卻十分討喜，想必她確實曾爲石倉屋帶來開朗的氣氛。

「很害怕吧？」

阿近沒想太多，自然地摟住阿吉。阿吉哭著倚在她身上。

「您一定感到孤單又可怕，不過一切都已結束。」

「我……我……」

「眞的已經徹底結束。您就盡情地哭吧，哭完就好了。」

藤兵衛態度溫和地說服阿吉：

「我也和您一樣，因此感同身受。這位阿近小姐很清楚您的遭遇，當有人願意傾聽並試著理解我們的傷悲，我們便能放下心中的大石。」

您眞的很令人同情，藤兵衛低聲道，「但並非有人心懷怨恨而致您於死地。我不會強迫您要原諒，不過還是請您寬恕這一切吧。」

應該可以吧？

「就從現在起，行嗎？」

阿吉眨眨眼，淚水滑落。她眼神迷濛地望向藤兵衛與阿近。

「我爲什麼會在這裡？」

「馬上就能離開，我們一起走吧。阿吉小姐，您不是孤單一人。」

宗助使勁點頭，「我會陪在少奶奶身邊。」

看著他那眞摯的側臉，阿近不自主地雙手合十。嬸嬸說得沒錯，像他這樣的夥計，一定要好好珍惜。

阿近正覺得走廊前方的另一處場所，似乎響著孩童凌亂的腳步聲時，旋即傳來男孩活潑的呼喊。

「哥哥當鬼，來抓我啊！」

緊接著，「春吉，別跑！」的年長斥喝聲傳來。

「咦？」藤兵衛抬起頭，「看來，清六先生比我們先找到阿貴小姐的親人了。」

阿近一驚。阿吉或許是染上這份情緒，緊依著她。

「那些孩子是什麼人？」

「放心，他們一點都不可怕。」

清六中氣十足的喊著「喂，要搗亂的話，到庭院去」。這名老鎖匠與牽腸掛肚的愛徒一家重逢，彷彿瞬間年輕不少。

阿近摟著阿吉，望向藤兵衛，「辰二郎先生他們也亡故了？」

不是只有被宅邸吞噬，囚禁在宅邸內嗎？

「很遺憾。」藤兵衛應道，「那已是很久以前的事。」

「不過聽說宅邸的灰燼中只找到清六先生一人，沒發現其他遺骸。」

人類並非單由靈魂構成，一定會有軀殼，亦即身體。既然如此，辰二郎夫婦及阿貴手足的身體應該存在某處。

回答阿近的疑問前，藤兵衛客氣地向宗助請託道：

「宗助先生，阿吉小姐麻煩您照顧一下。請帶她到庭院裡開滿曼珠沙華的地方稍事歇息。」

我明白了，宗助一口答應。阿吉乖乖跟著他走，在他的護送下前往庭院。

藤兵衛轉身面向阿近，「找著清六先生的遺骸後，可有徹底檢查宅邸的殘跡？」

阿近展開思索，試著回想清太郎告訴她的事。

「據說隨即便收拾乾淨，如今那裡是一片寸草不生的荒地。」

藤兵衛若有所思地點點頭。

「想必是沒人想深入調查吧，否則應當會有遺骸或白骨才對。或許是埋在土中。」
「不過若眞是這樣，阿貴小姐不可能沒察覺啊。」
「阿貴小姐一無所知，因爲她根本沒注意到。這不正是這座宅邸矇騙阿貴小姐的證據？」
阿近感到背後竄上一股寒意，忍不住縮起身子。
「大家都是怎麼死的？」
藤兵衛冷靜的口吻始終沒變，眼底卻浮現悲痛之色。
「大概沒發生什麼可怕的事。辰二郎先生他們或許是陸續走進倉庫裡，沉浸於宅邸編織的幻夢中，靜靜流失生命。」
阿貴之所以保住一命，是由於清六闖入時，她還保有軀體。
——不行！還沒輪到我！
這樣便能解釋阿貴被救出時爲何如此叫喊。
阿近體內燃起一股未曾有過的情感。那是憤怒，她感到怒火中燒。
「太過分了。」
「是很過分。」
「不但慘無人道，而且卑鄙。」
「沒錯，這宅邸的主人就是這樣。」
藤兵衛指的是躲在倉庫裡的那個東西。
阿近握緊拳頭，站直身體，「我得將松太郎先生帶離那裡。藤兵衛先生，您沒說錯，非打敗這座宅邸不可。」

可是要怎麼做？

阿近那迷惘不安的神情，藤兵衛全瞧在眼裡。

「該怎麼做，阿近小姐早就知道了。」

「我？」

「是的，一點都不難。」

只要像之前阿近在「黑白之間」所做的那樣就行。

藤兵衛堅定而溫柔地說，「請您以對待我們的方式，來對待這座宅邸的主人。」

松太郎和阿貴站在倉庫敞開的大門前。松太郎站在阿貴身後，雙手搭在她纖細的肩膀上。

少女阿貴極力想擺出輕蔑的眼神，但阿近看得出她目光飄忽閃爍，早已失去冷靜。

因爲庭院裡的父母和兄弟姊妹吸引了她的注意力。

亡魂全聚集在曼珠沙華的花叢間。阿貴的兄弟姊妹似乎玩得不夠盡興，頻頻想鑽出花田，辰二郎攔下他們。

阿吉挨著宗助。阿彩與市太郎站在稍遠處低著頭，不讓阿吉看見。在這兩組人中間，有對夫婦以背擋著兒女，像在向媳婦賠罪般垂首佇立，那肯定是石倉屋的鐵五郎和阿金。

大家全湊齊了，阿近向眾人點頭。

「阿貴姊。」

年紀最小的弟弟春吉，叫喚倉庫前的阿貴。

「姊，妳也過來這邊嘛。」

一聽到這句話，松太郎表情遽變。他板起面孔，不悅地皺眉，隨即扳轉少女阿貴的身軀，將她推進倉庫。

「進去吧，乖。」

阿貴略顯蹣跚，留戀地望向春吉。這時，松太郎使勁一推，阿貴一陣踉蹌，消失在倉庫內。接著，松太郎也跨過門檻。就在那一剎那，他挑釁般的犀利眼神射向阿近。

妳敢過來嗎？

阿近接下他的目光，站起身。好，我去。

「藤兵衛先生。」

「我待在這裡。」藤兵衛緊緊握了下阿近的手，而後輕輕放開，「和大家一起等您。」

阿近應聲「是」便轉身走向倉庫。庭院裡金光閃閃，掛滿樹上的衣裳像在拍手叫好般舞動飄揚。

阿近一腳踏進倉庫。

淡淡陽光下，塵埃飛揚。裡頭意外狹窄，一來是有座通往二樓的大樓梯，二來是嵌在牆上的桐木衣櫥及層層堆疊的木箱占去不少空間。再加上爲了曬衣服，櫥櫃的抽屜泰半都拉出堆聚在地上。

阿近毫不畏怯，但仍躡腳穿越其間。

蒙上一層白灰的黑地板，留有孩童赤腳走過的痕跡。

阿貴站在盡頭處，背倚牆面，瞪視著阿近。
松太郎也在。那裡有個漂亮的黑漆箱子，只要用木棒穿過環扣便可扛在肩上。松太郎就坐在箱子上。
阿近向兩人彎腰行禮，接著端正跪坐、雙手扶地，再度低頭致意。
「我是神田三島町提袋店三島屋的人，名叫阿近。」
她雙手撐地抬起臉，定睛望著松太郎。松太郎面無表情，逕自沉默。
少女阿貴圓睜著眼，剛才那憎惡的目光彷彿根本不存在，這孩子對當前的情況只感到驚訝。
阿近繼續道，「我奉叔父三島屋店主伊兵衛之命，擔任奇異百物語的聆聽者。今日秉此意旨，特來聆聽貴寶地祕藏之奇談，願聞其詳。」
接著，阿近儀態莊嚴地微微一笑。
「要說故事給我聽的，是哪位呢？」

八

阿近話聲一落，沉默再度瀰漫在空氣中，如水般冰冷闃靜。阿近甚至能感受到雙肩承受的那股壓力。
松太郎將沉默加諸在她身上。
「如果是我的故事，小姐您早就知道，用不著我再多說。」

剛踏進這座宅邸，第一次與松太郎碰面時，他的聲音和模樣確實令阿近心生懷念，因爲就連塡補斷指的手套也一如往昔。

但倉庫裡的松太郎有些不同。

剛才的話聲是怎麼回事？松太郎的嗓音沒這麼沙啞，雖然那是他的聲音沒錯……

再來則是松太郎的表情。他個性溫和，常是一副難以捉摸的神色，無法清楚分辨喜怒哀樂。若說這就是面無表情，此刻的他便是如此，但總覺得有哪裡不對勁。

阿近注視著松太郎，松太郎也回望她。她沒移開視線，緩緩開口道：

「可是關於你的故事，我所理解的與你深埋心中的部分，想必有差異。正因存在分歧，才會釀成那起慘劇。」

慘劇。松太郎模仿阿近的口吻複述，嘲諷似地輕笑幾聲。

「是嗎？不過，您忘了關鍵的一點。那件事並非自然發生，而是我造成的。」

不是你一個人引發的，大家都難辭其咎。阿近原想這麼說，但她強忍下來。我只負責聆聽，講故事的是松太郎。

阿近噤口不語，靜靜等候。飄浮空中的閃亮塵埃，不知何時才會落定。這眞的是塵埃嗎？也許是這屋子主人內心的碎片吧。

「您很恨我吧？」

松太郎低聲道，那聲音聽在阿近耳中無比怪異。

松太郎的話聲摻雜著其他東西。

「我在問您，請回答吧，小姐。您應該非常恨我才對。」

阿近雙目圓睜，愣在原地。剛才松太郎轉動眼瞳，那並非他的眼瞳。是別人的聲音，別人的眼瞳。

阿近不禁出聲，「請問您是什麼人？」

松太郎應道，「您在開什麼玩笑……」

「我重問一次，您是誰？您躲在松太郎先生體內，對吧？」

原本定睛注視著兩人交談的阿貴，忍不住渾身震顫。阿近看向阿貴，嫣然一笑。

「一點都不可怕，妳放心。」

阿貴慌忙地來回望著阿近與松太郎，背靠著牆壁蹲下，縮起手腳。

「請回覆我的問題，然後離開他的身體。」

阿近伏地行禮，抬起頭時——

松太郎身子突然傾斜，在空中一陣搖晃後，無聲地從箱上跌落。彷如一塊被風吹落的布，松太郎輕輕倒地。

阿近一個箭步衝上前抱起他，大吃一驚。他完全沒有重量，肩膀和手臂冰冷，頭部頹然倚在阿近胸前。明明能觸碰到他，卻感受不到重量。

「小、小姐，真對不起。」

松太郎想從阿近身上移開，手腳卻不聽使喚，宛如一尊失去操偶師的人偶。至此，阿近終於確定，潛入松太郎身軀的，便是召喚他到此地的東西。

「我怎會被喚來這種地方？我對小姐做了什麼？」

他沒有心跳，也沒有呼吸。松太郎已死，眼前的他只是意念化成的形體，但他的話還是令阿近不知所措。面對他顫抖的眼神，阿近不禁感到羞愧。他的悲戚，透過輕盈空虛的身體傳來。

「這不是你的錯。」

阿近喊道，把臉埋進松太郎肩膀。

「不是你的錯。對不起、對不起，你不知道我多麼想向你道歉。」

松太郎全身像波浪起伏般顫動。

「小姐想向我道歉？」

爲什麼？爲什麼？他眼中滿是疑問，兩人目光交會。

阿近只是深深頷首，才想說些什麼時，淚水比言語早一步奪眶而出。不行，我不能在這裡哭泣。

「我殺了良助先生，殺了小姐愛慕的人，您卻要向我道歉？」

「不只是我，哥哥也想向你道歉。他還說，松太郎會這麼想不開，全是我們的傲慢與自私所造成。」

之前癱坐在一旁的少女阿貴，此刻微微挪動臀部想遠離兩人。阿近並未察覺阿貴正逐漸靠近松太郎原先坐的那只箱子。

箱子吸引著阿貴。不知何時，阿貴的雙瞳潛藏一道銀光。

少女伸手想觸碰箱子。

這一剎那，彷彿要阻止少女似地，倉庫外傳來孩子的喧鬧聲。
「阿貴！」
「阿貴姊！」
阿貴彈開似地收手，一時力道過猛，在地上打了個滾。攙扶著彼此的阿近與松太郎驚愕地回頭。
「阿貴姊，出來啦。我不會再胡亂惡作劇，妳快出來吧。」
那不是么弟春吉的聲音嗎？溫暖的呼喚聲帶給阿近力量，令她一反先前的不安。我來到這裡，就是爲了不讓那孩子發出悲傷的聲音。
「阿貴。」
阿近凝視著阿貴，撐住松太郎說道：
「你們一起離開，現在就走。阿貴，麻煩妳照顧這個大哥哥。妳辦得到吧？帶大哥哥去庭院，大家都在那裡等妳！」
「等我？」
阿貴躺在地上低語，接著轉爲強而有力的詢問：
「是爹娘嗎？」
「沒錯，還有妳的哥哥姊姊，和春吉小弟。大家都想見妳。」
「阿貴——」外頭又傳來一陣呼喚。妳聽，阿近露出燦爛的笑容。
「去吧，快離開這裡！」

阿貴兔子般一躍而起，使勁拉起松太郎的手。阿近溫柔地推著松太郎……

這時，阿近突然被往回拉。松太郎恢復力氣，冰冷的手臂蠕動著抓住阿近，環住她的脖子。

近距離一看，松太郎的眼神已完全變樣。

「別說得那麼好聽，妳這水性楊花的女人。」

松太郎的罵聲沙啞渾濁。他緊緊勒住阿近的頸項，阿近發不出聲，就快喘不過氣。

「淨說些違心之論誆我，想得美！我絕不會再上當！」

阿近用力掙扎，死命想以指頭抓開松太郎的手，卻起不了作用。她腦中一片空白，幾乎昏厥……

「不要！」

倉庫裡響起阿貴的尖叫。不要、不要、不要。她大喊著撲向松太郎，猛地亂撞亂踢。

「不可以！我討厭這樣。住手，住手，我叫你住手！」

阿貴露出兩排小牙，倏地咬住松太郎的上臂。松太郎慘叫一聲，撞開阿近。阿近倒臥在地，一陣狂咳。

「小、小姐。」

松太郎驟然回神，再度癱坐原地。阿貴掛著淚珠拉扯他的衣袖。

「我們到外面去，快走！」

這時，趴在地上的阿近感覺到一股震動。

沙沙沙沙——

倉庫嘎吱作響地搖晃起來，層層堆疊的木箱和衣櫃抽屜喀噠喀噠地在地上滑行。阿近撐起身，牆壁的灰泥碎片掉落她臉上。

整座建築由地基開始搖晃。當中晃得最厲害的便是那只箱子，箱角跳舞般地依序騰空躍起，看上去就像是箱子的鳴動引發這場震盪。

箱裡的東西，就是這座倉庫的核心嗎？

腦中靈光一閃，阿近不禁心跳加速。然而，餘光瞥見的景象卻令她血液凍結。倉庫出口的雙開門像在搧風似地左右搖擺，眼看就要關上。

「快，快逃！」

門要關了！

這一瞬間，兩隻手伸進倉庫牢牢按住那即將關閉的大門。

「阿貴、阿貴。」

「阿近小姐。」

是清六和藤兵衛的呼喊。

「我們不會讓你稱心如意的。來，快出來吧！」

阿貴叫了聲「清六爺爺」，衝向大門。沒有重量的松太郎，由少女拉著衣袖輕飄飄地往外跑。

兩人衝出門外時，阿近重新坐好。爲了不輸給這陣劇烈的搖晃，她雙手扶著地面，朗聲說道：

「請冷靜，我不會逃走。」

她盯著松太郎坐過的箱子，也就是吸引阿貴的目光的那只塗漆箱子。箱子高興地手舞足蹈，整座倉庫爲之撼動。

「喜歡玩捉迷藏，是吧，看來您就躲在那裡。」

阿近踩穩腳步，勉強站起身，接著走近箱子，伸手搭在蓋子上。

箱子十分老舊，看得出作工相當精細，但兩側所繪的家紋已剝落殆盡。不，或許是遭刻意刮除。

「終於能當面聽您說話，我要打開嘍。」

阿近毫不遲疑地掀開蓋子。箱子出奇沉重，在倉庫的劇烈搖晃下傾斜，鈍聲倒地。地鳴和震動陡然止歇。

阿近胸口豁然舒暢，喉嚨的疼痛也逐漸消失。

但，箱內空無一物，僅淡淡飄散著舊布與塵埃的黴味。撲了個空。

「什麼也沒有。」阿近開口說道，「這就是您嗎？」

這便是您的故事？倉庫內靜悄無聲。

藤兵衛曾說小姐，請以對待我們的方式，來對待這座宅邸的主人。

阿近望著空空如也的箱底思索。

據說這座倉庫曾是牢房。原本屋主的武家血脈斷了香火，宅邸易主，卻仍陸續有人被關進倉庫，最後再也沒人居住。

那麼，這裡應當封藏著無數悲傷和痛苦。阿近以「您」稱呼的宅邸主人，可能不只一人，而她該聆聽的故事亦不只一則。

然而，這詭異的箱子竟是空的。

爲什麼？箱內應該有堆積如山的故事、塵封多年的思念才對啊。

此時，某個冰冷滑溜的東西潛入阿近心中。

真想躲進箱裡，蓋上箱蓋。帶著過去的酸楚、傷痛、擺脫不了的懊悔，和我的身體一起隱沒。

沒錯，阿近得以此清償她的罪過。

只要進到箱裡，便可輕鬆償還一切。比遁入空門還容易，省時間也省麻煩。

就這樣走進箱子吧。

「阿近小姐！」

「小姐！」

阿近猛然回神，眨眨眼，移開搭在箱上的手。那是藤兵衛和松太郎的叫聲。

她一陣戰慄，低頭望向那只空箱。剛才腦中的念頭是怎麼回事？這座倉庫、這座宅邸在誘惑阿近，令她難以抗拒。

一旦進入箱內，阿近便成爲這裡的主人。因爲箱子是空的，宅邸才想得到阿近。

阿近蹙起眉頭思忖：

——躲在倉庫裡的，並不是什麼厲害角色。

藤兵衛不是這樣說過嗎？

——它早忘記自己的名字，甚至不具亡靈的形體，只是一團凝聚不散的怨念。

而箱裡是空的。

彷彿得到上天的啓示，阿近幡然醒悟。沒錯，是空的。僅管如此，這卻是宅邸主人的故事。

「一切都是很久以前的事。」

阿近輕輕加上節拍，哼唱般自然低語，接著緩緩環視倉庫。

「雖然一再反覆發生，但都已過去。」

宅邸內的時間看來宛如暫停一般，那不過是外表的假象。時間分秒流逝，誰都無法從中跳脫。

「悲傷、痛苦、怨恨、憤怒都會超越時間而存留，然而……」

懷抱這些陰暗念頭的人們，不久便會遭到遺忘，故事也一個個逐漸被淡忘，所以它是空的。

這座宅邸主人的眞面目是虛無，於是不斷尋求合適的住戶，呑入腹中。

這就是宅邸所能傾訴的故事。

「遭到遺忘很難過吧，被漸漸忘卻很傷心吧。」

阿近內心豁然開朗，眼中泛著澄淨的淚水。

「別再沉溺在悲傷裡了，讓我們邁出全新的一步。」

不論哪些往事會被遺忘，或僅剩多少回憶，都要實現宅邸主人絕不會消失的「願望」。

「您也想離開這裡吧？」

仔細想想，這是多麼簡單的答案。這就是阿近該問宅邸的話。

「您一直被關在這裡，當然很想到外頭去吧？」

她像孩子般踮起腳尖轉了一圈，甩動衣袖呼喚：

「來，和我一起出去。」

她毅然挺直腰桿，朝大門走去。箱蓋就這麼敞開著，阿近輕快地避開倒塌的抽屜，面帶微笑一步步前行。

「外面很明亮喔，大家都在等您。」

阿近碰觸門板，大門便自動向外開啓。

阿近跨過門檻。

藤兵衛、辰二郎、清六、松太郎全都在場。一看到阿近，他們自然地以藤兵衛爲首，排成一列。

「啊，小姐。」

藤兵衛像見到什麼懷念的事物般，臉上帶著笑容。

「請繼續走，別回頭。它就跟在您身後。」

宅邸主人追隨著阿近。

「我們一起去那裡吧。」藤兵衛朝阿近背後揚聲道，「到曼珠沙華盛開的地方。」

女人和孩子聚在曼珠沙華的花叢間。他們見阿近伴隨著藤兵衛的叮嚀走來，也排成一列，迎接尾隨阿近的東西。

松太郎不發一語地站在阿近身旁。阿近執起他的手微笑，又說了一次對不起。

「倘若一切能重來，不論要付出什麼代價，我們都願意。」

松太郎只是一味地搖頭。

「我只是個惹人厭的人。」

當初就不該出生在這世上。

「在山路上拋棄我的，是我爹。」

明明該感到很詫異，阿近的內心卻十分平靜。

「這話我實在對丸千的人們說不出口，總覺得一旦吐露眞相，大家就會捨棄我。連親爹都捨棄的孩子，別人不可能憐惜。」

所以我不敢說。那成了我的怪癖，我最害怕的事。

「我沒打算傷害別人。直到今天，我還是不懂自己爲何會那麼做。」

難以壓抑的混亂情感，在那一剎那，將松太郎變成一個殘酷的凶手。

「小姐對我那麼好，我卻……」

夠了，別再說了。阿近緊緊握住他的手，代替千言萬語。

他們來到曼珠沙華的花叢前。在鮮紅花朵包圍下，阿彩與市太郎美麗的面容浮現陶醉的神情。不光是他倆，大夥都被跟在阿近背後的東西所吸引。

「小姐。」

藤兵衛突然停步，輕拉阿近的袖口。

「您到這裡就行了，請走到阿貴身邊。」

阿近順著藤兵衛的目光望向前方。只見阿貴環抱枝頭掛著華麗長袖和服的松樹，孤伶伶地站在樹下。

九

少女阿貴漆黑的眼眨也不眨，靜靜注視著曼珠沙華花叢間的人們。因爲那裡有她的父母、兄弟姊妹，和清六爺爺。

「阿近小姐。」

藤兵衛沉穩地叫喚愣在原地的阿近。

「與阿貴比肩前，您絕不能回頭。來，直接走過去吧。」

很簡單，您只要看著阿貴，走到她身邊就行了。

阿近和阿貴所在的松樹距離約十步，看得見阿貴垂落前額的凌亂劉海，及她那以纖細手臂緊緊抱住樹幹，像要將自己綁在樹上的模樣。阿近腳尖顫抖著邁出步伐。

阿近與阿貴已踏不進那鮮紅的花叢，既無法回頭，也不能與眾人同行。

才沒那回事。

那並非耳朵所能聽見的聲音，而是直抵內心的意念。一隻冰冷卻強而有力的手，毫無躊躇地揪住阿近的心。

妳也來吧。

阿近一個踉蹌，停下腳步。

轉過頭，看我這邊。

那冰冷卻強而有力的手抓住阿近雙肩，強行要她轉頭。

阿近全身緊繃，握緊拳頭欲加以抵抗，雙腳使勁踩著地面。

「大姊姊。」少女阿貴畏怯變調的呼喚聲傳來。阿貴的視線越過阿近肩膀，望著空中的一點。

「那是什麼？」

起初只是輕聲低語，但阿貴不斷重複地問，音調愈來愈高亢，最後成了尖叫。那是什麼、那是什麼？

阿貴的哀鳴撕裂束縛阿近的東西，將其吹散四處。阿近疾奔向前，幾乎是飛撲般地衝向阿貴，一把抱起她。接著，爲了看清阿貴所見之物，阿近旋即轉身。

亡靈撥開曼珠沙華花叢緩緩走著，漸行漸遠。

一行人排成寬闊的隊伍，石倉屋的阿吉與宗助走在前頭。忠心的夥計宗助攙扶著阿吉，逐漸融入包圍宅邸和庭院的迷霧，不久便消失無蹤。

隊伍中央是辰二郎夫婦與清六，孩子們手牽手走在兩人之間。三個孩子裡，只有天眞的春吉邊走邊回頭，有時還差點停下腳步，清六則不斷在背後催促著。

春吉張著小嘴似乎說了些什麼，也許是在叫喚「阿貴姊」，但聽不清楚。

石倉屋眾人跟在後頭。阿彩的背影很美，她走在父母中間，微微低頭的後頸白皙如雪。曼珠沙華的紅花中，彷彿只有那兒微微發光。

與雙親和姊姊保持一小段距離，市太郎獨自行走。不曉得他有沒有注意到身後之物，或許就算察覺了也不會在意。他的側臉無比安詳，靜靜望著走在前方的姊姊婀娜的背影。

走在市太郎身後之物……

阿近不知道用「走」來形容是否恰當。說是飄浮，似乎又不太對。它只是存在於那裡，和亡靈一起行經盛開的曼珠沙華花叢，朝遠方的濃霧前進。

那東西發出淡淡金光，身形遠比人高大，且有頭、肩膀、雙手、雙腳，具有人形。在阿近看得瞠目結舌之際，它變換形體，化爲極小的黑影紛紛散落，藏匿在鮮紅花間。

阿近定睛凝視，下個瞬間，那東西化爲翻飛的白衣騰空揚起，掩蔽走在前方的眾人。阿近眨眨眼，它又變回淡淡的人影。

人影中陸續映照出張張臉孔，快得令人眼花繚亂。原以爲是女子，卻是小孩；以爲是小孩，卻是老太婆；以爲是巨大的骷髏，卻是女子飄揚的黑髮。

那不是一個人，而是塵封的思想集合物。沒有形體，只有意念。

妳也來吧。

阿近深吸口氣，重新摟緊懷中的阿貴，接著將呼氣化爲聲音，做出回答。

「我不去。」

這時，淡薄人影散亂得失去形體，慢慢膨脹變大，恢復原本的模樣，發出一聲輕笑。

不，那是哭聲也說不定。

藤兵衛與松太郎並肩而立，望向阿近。藤兵衛一見阿近，旋即露出笑臉。松太郎就像隨風飄蕩般，身體緩緩搖動。

藤兵衛低頭致意，松太郎也弓身行禮，接著便轉身邁步離去，不再多看阿近一眼。兩人跟在那圓圓鼓起、四處流動，忽而扭曲忽而恢復形體的稀薄人影後頭。或許該說，他們催促著它往前。就此走出宅邸——

曼珠沙華花田自眼前開始褪色，彷彿緊追在藤兵衛與松太郎身後，他倆走過之處花葉紛紛枯萎。不，是逐漸消失。而後，在形影漸淡的纖細花莖間，阿近看見聽過的故事中，最後一名人物的臉。

那不是藤兵衛的大哥嗎？他正隨著紅花消逝。

「啊，哥。」

藤兵衛腳步未歇，柔聲叫喚。

「我還以爲你跑哪兒去了。」

那是最後的話聲，花田裡的人們及走出倉庫的宅邸主人，都隨曼珠沙華花田消失無蹤。

阿近耳邊傳來少女的啜泣聲。阿貴下巴抵在阿近肩上，環抱著她嚶嚶哭泣。

「那是什麼？」

阿貴抽抽噎噎地反覆說著，「它把大家都帶走了，我又一個人被留在這裡。只留我孤零零一個人。」

「才不是呢。」阿近溫柔地輕撫她的黑髮說道，「不是它將大家帶走，是大家帶走它。」

「它是誰？」

「這座宅邸的主人。」

阿近放下阿貴後，拿出懷紙擦拭她哭溼的臉。阿貴泉湧而出的溫熱淚水，濡溼阿近的手指。

「雖然是主人，但待在這裡已無事可做，只好離開。可是它沒辦法自己離開，大家便與它同行。」

「爲什麼我不能去？」

阿貴顫抖著發問，不等阿近回答，便哽咽地繼續道，「爹不准我過去、不能跟他們走，還說只有我可以留下來。爲何爹要這麼說？」

阿近頓感眼眶發熱，「因爲這樣才對啊。」

阿貴搖搖晃晃地轉身面向曼珠沙華的花田。

「我很喜歡它。」

它很美。

「爹娘、哥哥、姊姊，還有春吉，當初大家都這麼覺得，不過它和我感情最好，我最喜歡它了。」

在那裡，阿貴指著倉庫，「不知何時起，爹老做些奇怪的舉動，甚至在庭院挖洞，娘則不時哭泣。哥哥姊姊會突然大叫大鬧，討爹娘的罵。我搞不清楚是怎麼回事，這裡原本一直很安靜，我們也過得很快樂，而它總是那麼漂亮。」

可是剛才不一樣。

「阿貴，之前和妳見面時，它都穿著外出服，剛剛卻是一身便服，所以看起來不大相同。」

不過身穿便服的才是眞正的它喔。

「來，我們也回去吧。」

「回哪？」

「家裡。」阿近朝阿貴伸手，「有人等著妳和我回去呢。」

阿近朗聲說道，嫣然一笑，但環視四周後，突然感到一陣寒意襲來。

宅邸和庭院內一片死寂，沒有任何動靜，一切是如此空虛。不僅平靜無風，裝飾在樹枝上的奢華和服及衣帶，亦盡數褪色，暗淡無光。

出口在什麼地方？

「我們到庭院另一頭看看吧。」

阿近朝阿貴微微一笑，就要邁開腳步時，前方數步之遙突然出現一名男子。不知他從哪冒出的，之前是躲在樹後，還是蹲在草木間？不，不對，到處都感覺不到他的氣息。像是點不著的燈火忽地燃起，照亮男子的身影，擋住兩人的去路。

此人年紀與藤兵衛相仿，裝扮也十分相似。樸素的條紋和服罩上短外褂，頭頂著漂亮的月代，遠看差點誤認爲藤兵衛。

只是他打著赤腳，沒穿白布襪或鞋子。

阿近倒抽一口冷氣。

男子似乎已發現阿近察覺此事，嘴角泛起淺笑。

「要回去了嗎？」

這話彷彿也是直抵心中，而非透過耳朵。不是源自男子所在之處，而是由不知名的方向，直接傳至阿近耳畔。

「這裡又會變得空蕩蕩。」

他是這座宅邸的管家。以一百兩引誘辰二郎，留阿貴在此看家的那名男子。

「你是誰？」阿近問，同時迅速向前跨一步，擋在阿貴前面。

男子笑道，「妳大可不必這麼提防，我已用不著那孩子。」

阿貴從背後緊抓著阿近，阿近牢牢握住她的手。

「你是什麼人？」

這個嘛……男子的視線在空中游移。他輕輕挪動雙腳，只見骨瘦嶙峋、模樣怪異的蒼白腳趾，滑行在庭院的黃土上。

「我有各種名字，這樣比較方便。」

不管是對我，或稱呼我的人——男子說：

「不過我就告訴妳一件事吧。」

男子緊盯著阿近，好似要一口咬下她的雙眼般，陡然趨身向前。

「我是個商人，賣東西給想買的顧客，而誰擁有我想賣的物品，我就向他採購。沒錯，這就是商人。」

阿近毫不畏懼地回望男子。詭異的是，當她定睛一看，男子卻突然消失，恍若眼前瞬間空無一人。但一眨眼男子便又出現，下次眨眼則再度消失。

「和妳叔叔一樣。」男子接著說，「如同三島屋老闆在連接越川與丸角兩家名店的路上找客人，我也在連接兩地的路上招呼客人。」

「哪兩地？」

彼岸和現地，男子回答，「也可說是那個世界和這個世界。」

到處都需要我這種商人，且到處也都有客人。

「你爲什麼知道三島屋的事？」

男子一臉意外，「這是當然的啊，小姐的一切我全知道。會到這兒來的人，我不可能不曉得他們的事。做生意就得弄清楚自己的商品，這點很重要。」

他明確地說出「商品」二字。

阿近明明站在原地沒動，卻覺得遭男子逼得節節倒退。

「請讓開，我們要回去。」

「妳認得路嗎？一個不留神，可是會迷失方向的。」

迷路就糟了。男子以喉音說道，再度呵呵笑。他眼睛凝定不動，兩頰依舊平坦，只微動嘴巴，不露齒。

「我原本很仰賴小姐，但還是失算，妳比想像中無情。」

無情？阿近沒發怒，反倒困惑地皺起眉，像被人施以莫名其妙的咒語。

「你剛才說我什麼？」

「實際上就是這樣啊，妳總站在壞人那邊。無辜殞命的石倉屋阿吉和宗助，妳完全沒瞧在眼裡，對藤兵衛的大哥也是。妳眞正關心的都是殺人犯，或造成別人不幸的壞傢伙。妳袒護他們，認爲他們都有不得已的苦衷。」

沒這回事，阿近從未以這種偏頗的心態聆聽那些故事。

「因爲妳和他們是同路人。」

阿近雙膝顫抖。男子說的不對，儘管如此，阿近內心卻有個聲音低語著，他的話也沒錯。

「藤兵衛、阿彩、市太郎、鐵五郎、阿金，全部都是。甚至連辰二郎，也是個殺害老婆孩子，將他們埋屍此地的男人。」

「那是你教唆他的吧！」

阿近不禁脫口吶喊，那也是充滿恐懼的吶喊。這名男子在說些什麼？

「我可是什麼也沒做。」

男子的口吻依舊，彷彿愉快得要哼起歌般，視線在空中打轉。他深愛這座宅邸和庭院，深愛這裡的景致。

「我不過是爲那些想來這座美麗宅邸的人帶路罷了。」

大姊姊，阿貴輕聲叫喚阿近，「我討厭這個人，我們快走。」

阿近摟著阿貴的肩膀轉身離開，男子的話聲旋即尾隨而來。

「良助先生的事，妳一點都不在乎嗎？」

阿近一個踉蹌，停下腳步。阿貴拚命拉著她的手，「走啦，我們快走！」

「良助先生遭人活活打死，眞是不值。妳只想著要原諒松太郎，把良助先生的怨恨和悲戚擺在一旁。妳難道不覺得心痛嗎？」

想必是不覺得，男子繼續道：

「不原諒松太郎，便無法原諒自己。妳只爲自己著想。」

對不起。不，夠了！

——我究竟心歸何方？

「妳便是這麼活著，今後也會如此活下去吧。嗯，沒關係，多虧有妳這種人，我的生意才做得成。」

什麼生意？阿近咬緊牙，強忍著顫抖問。

男子沒答話。隔了一會兒，他那討好般的溫柔語調在阿近耳畔響起。

「阿近小姐，看來我們還有機會相見。沒錯，應該會時常見面。妳的故事尚未完結，我和妳的生意今後可有得談呢。」

我非常期待，衷心期待。

「那麼得先讓妳離開這裡才行，眞的不需要帶路嗎？」

聽到這副戲謔的口吻，阿近差點不顧後果地轉身，掄拳打向那名男子。此時，一個柔軟的小東西滾落腳邊。

那是一顆橘子。

「是橘子。」阿貴也驚訝地瞪大雙眼。

一顆橘子落地後，下顆橘子隨即滾過來，停在離第一顆橘子稍遠的地方。緊接著滾來第三顆，在更遠處停住。

阿近拾起腳旁的橘子，感到一股微溫，像是剛剛有人握在手中。

她想起阿彩與市太郎參加風箱祭時，那顆橘子的故事。兩人雖違背倫常，但一起溫熱手中橘子時的情感，卻是眞實無僞的。那份溫熱無罪。

這顆橘子是回憶的結晶，而這股溫熱，是內心的溫熱。

阿近朝第二顆橘子走去時，又滾來許多橘子，一顆顆陸續停住，往前排成一列。可愛的圓形小點連在一起，形成一道指標。

爲我擔心、不斷呼喚著我的人們，滾來這些橘子。

「我們走吧！」

阿近對阿貴微微一笑，牢握她的手向前奔去。沿著橘子形成的道路，跟著橘子跑。兩人跨過的橘子，快樂地彈跳而起。

「保重。」

由逐漸遠離的宅邸傳來那名管家沒有高低起伏的話聲，雖然沙啞輕細，幾乎快聽不見，卻一直緊追在後。爲了甩開它，阿近放聲叫喚。

「哥！清太郎先生！」

形同姊妹的阿近與阿貴，手牽著手不停奔跑。兩人身後的安藤坂宅邸幻象，隨著一聲嗚響，從底座崩壞。梁柱斷裂、牆壁倒塌，自崩坍處一一化爲塵土。無數和服及腰帶從庭院樹叢間飛向空中，原以爲會灑出一片繽紛色彩，最後卻是灰飛煙滅。

寬廣的庭院在寧靜中緩緩傾斜，帶著那座始終保持原形的倉庫，滑入吞沒整座宅邸的虛空之中，消失得無影無蹤。

原處已不見掌櫃的身影。

阿近與阿貴都沒回頭確認。不久，前方炫目的光芒中傳來呼喚兩人的聲音。

神田三島町的三島屋座落於名店越川與丸角之間，是近年頗受好評的提袋店。這陣子，三島屋做起草鞋鞋帶的生意。此爲與堀江町的草鞋店越後屋合作推出的一項嘗試，其新穎的設計馬上蔚爲話題，對流行及希奇珍品趨之若鶩的江戶雅士，每天都上門光顧，店頭總是熱鬧非凡。

另外，三島屋的熟人間還流傳著，店主伊兵衛會四處收集百物語。特別的是，每次僅邀請一人，沒有點蠟燭、吹蠟燭（註）這種老舊的安排，說故事的人白天來訪，講完就離開。

而這奇異百物語的聆聽者，則是店主的漂亮姪女。

聽說越後屋的少爺希望能娶她入門，但眞假不明。

以前一度傳聞，越後屋的某人也是百物語敘述者之一，至今眞相仍無從得知。不過越後屋有個名叫阿貴的女子，多年纏身的怪病最近突然不藥而癒，且與三島屋店主的姪女情同姊妹，這倒是千眞萬確。

此事似乎與三島屋的百物語有關。

三島屋暗中收集百物語，究竟有何用意？

知道箇中原委的，只有心底藏著故事的三島屋訪客。

註：以前在說百物語時，會點燃一百根蠟燭，每說完一個恐怖的故事，就吹熄一根蠟燭。

解說 陳栢青

故事在說我

※本文涉及重要情節，未讀正文者請愼入。

幫故事找活路

小說原名《おそろし——三島屋変調百物語事始》。「百物語」其來有自。江戶時代已有相關記載，人們聚於暗室，或點燭或燃燈，輪流講述怪談，講完一則怪談後吹滅一盞燭光，直至九十九根蠟燭盡滅。隨著傳說演變，則有「當第一百根蠟燭也熄滅的時候」之恐怖鬼話出現。或云有鬼會現身，或傳乃妖物「青行燈」誘人講述怪談以勾魂魄之說。「百物語」特殊之處在於，它原本是具「空」的身體，徒有形式（若勉強要給它一個譬喻，或者就是小說中的「提袋」，空空的，能納盡一切故事），本身是一個遊戲。但當出現「如果你說了第一百個故事」這樣的轉折，原本單純的「把故事丟出來」的生產流水線因此有了「魂魄」，它添了情節，就成一則故事，由談怪而成怪談，變爲它自己一直在述說的。

宮部美幸曾在讀賣新聞連載此系列的續篇時，於訪問中提到創作的初衷，她表示，「我非常喜歡恐怖的故事呢。一直想著想寫那種一話完結，就吹熄一根蠟燭的百物語，那是此系列開始的契機。」

回首審視宮部美幸的創作歷程，小說家不乏這類怪談創作，但無論著力勾畫魑魅魍魎，或託鬼怪而言人間諸般情事，小說家多藉一中心主題，如《江戶幻色曆》的「時間」，或者人物，如《本所深川不可思議草紙》或《最初物語》中的「茂七」，來統籌收攬這些怪談異事。結集成書，小說本體成一發散式的結構，緣核心一點向旁枝蔓，就算將它拆開來，單篇觀之也無不可。但在《三島屋奇異百物語之始》中，小說家賦予文本一個更緊實的形式，看似散篇，實則有其主幹，宮部美幸在小說的長短與布局上，進行新的嘗試。

進一步論之，《三島屋奇異百物語之始》首先可視爲百物語結構的翻新。他提供一個框架，提袋店三島屋阿近願意在黑白之間聆聽大家的怪談。阿近在榻榻米上一彎身，身型如勾，言語若釣魚線那般勾串出多少鮮蹦蹦活跳的怪談來。但「阿近聆聽故事」本身不是「空」的，阿近有自己的故事，則「黑白之間」中所傳述的故事都在某一個碎面上見證或逗引出阿近的故事，最終，大框架（阿近聽故事）與下頭所轄的小故事相銜接，怪談中人物彼此來往，情節相互糾纏，彼此解決的答案——亦即是故事的美好結局——必須要在對方的故事中找到，於是這無數個故事又合而爲一，成爲一個大故事。

這是小說的大術。眾多小說家念茲在茲，試圖超越故事的極限，在有限的文本空間裡通往無限。人們稱呼這類創造是「超小說」，是「中國盒子」、是「連環套」、是歧路花園、鏡像迷宮、是命運交織的城堡……

而宮部美幸在這一本小說中展示的技藝，我們或可用日式宅邸的格局加以形容。當拉門關上，空間被隔成兩個房間，故事有自身發展與迂迴的空間，他人的故事是「隔壁房間的故事」，而小說家的大術，就是讓讀者伴隨故事中的聆聽者慢慢拉開通往隔壁房間的滑門。初始，聆聽者透過一道縫窺看隔壁或對面房間，那帶來閱讀的驚奇，我們只想知道「後面有什麼」、「接下來會如何」，隨著故事進展，拉門咯啦咯啦擴寬，直到門盡，兩個空間合而為一個大空間，不存在裡外，聆聽者與述說者面面相覷，故事也便不分主從，無從區隔，原來對方的故事是自己的。這是一種結構美學上的突破，更進一步，讀者會發現，伴隨聆聽的過程，我們早就在故事之中。

聽故事的人

華特．班雅明在《說故事的人》一文中提到「說故事的人漸行漸遠，說故事的藝術已接近淪亡的地步」，當此之世，人們追求更快更直接的感官體驗，新的傳播媒介取代舊有的，且大量新聞報導篡奪故事存在的必要性，新聞中淺碟式的解釋又稀釋了故事，班雅明以為問題正在於「經驗的貶值」，「說故事」成為一門凋零的技藝。

《三島屋奇異百物語之始》是一本關於「說故事」的小說。同樣是寫「說故事的人」，宮部美幸做出另一番觀察。那就是，關於「聆聽」。這固然是「說故事的人」的故事，但同時也是一個「聽故事的人」的故事。

提袋店阿近在「黑白之間」裡「藉由聆聽別人不幸的遭遇，了解自己真正害怕的是什麼」，而怪談中的角色則透過被他人聆聽「得到解脫」。這樣看來，「說故事」彷彿是開啓自身黑暗的鑰匙，但也要有一個剛剛好的鎖孔，例如阿近的耳朵，好來盛放。「聆聽」不單連結了人際關係，也賦予故事拯救的可能。

拉遠來談，「聆聽」在日本文化中是重要的一環。它被標示在語言上，日語中有所謂的「相槌」（あいづち），是指彼此對話時，另一方於口語和動作上的適時承接。諸如在對方話語的段落插入「是的」、「原來如此」、「說得對呢」，乃至肢體上的點頭附和。這成爲一種禮節，可讓對方感覺到，我已確實接收到訊息。

此外，日本人往往不明確說「不」，其否定和拒絕往往透過迂迴婉轉的用語傳達，「聆聽」除了是一種禮貌，也是溝通上的必要。丟過來的球必須準確接到，日語在委婉的拋接過程中形成對話。「聆聽」表示的其實是「在說話者之外，必然存在另外一個人」。

「不只我一個」、「存在另一人」具體落實於日本人的群己關係中，便是外人對大和民族的第一印象：「多禮的」、「體貼的」、「高度節制的」、「爲他人設想的」。「聆聽」暗示日本社會中「群」的重要，不是只有「我」。那麼，什麼是「自己」？「個體」因何塑形？這牽涉與整個群體社會的互動。

宮部美幸關注的焦點也在此。訪問中，她提出自身的觀察：現代日本，很多人在意所謂「個性」，認爲大聲主張自己就是表現「個性」，但「所謂的個性並不是獨自創造的，而是在周遭眾人陪伴下一起製造出來的。人類是社會性的生物，我認爲傾聽對方說話相當重要」。

若循此「個性論」切入故事，就可看出宮部美幸的關懷所在。凶宅倉庫的箱子中裝的，是「虛無」。宮部美幸反寫百物語的傳統，不是「說完最後一個故事而出現鬼」，恰恰是「沒有故事」、「遭到遺忘」才成惡鬼。班雅明「經驗的貶值」在宮部美幸的小說中乃是「被遺忘的故事」，於是化鬼想吞噬他人，悲劇便由此產生。而拯救，或說除鬼除魅，則必須從「聆聽」開始。

在箱子裡

但三島屋的阿近究竟聽見了什麼？故事的核心悲劇，眞是源自看不見的「鬼」嗎？

我們依然必須回到日本的社會構成面來看。正因爲「所謂的個性並不是獨自創造的，而是由眾多的人在你身旁一起製造出來的」，因爲「必然存在另外一個人」，「群」在此被放大，社會是由無數參與者彼此畫分的界線所勾勒出的破碎空間。人與人的交會於焉開展，不跨界就相安無事，但若踩了線便會破壞平衡，再加上一干魔邪鬼妖從旁作亂，添火加油，地獄由此而現。所以有「邪戀」，愛你的人殺死另一個愛你的人。所以有「魔鏡」，你愛的人爲了自身的愛，可以傷害其他人。

這些肉眼看不見，卻確實操縱人類行爲的「線」，在宮部美幸的小說中就是所謂的「人情」。

我們都說，宮部美幸用家常語道瑣碎事，細密而有其情味。其最溫暖處在人情，而《三島屋奇異百物語之始》最恐怖之處，也在於人情。小說家寫人際網路裡的糾纏不清——是阿近的家人先用阿近可以嫁給松太郎來刺激良助，種下不和的因子，還是松太郎對阿近的愛驅使殺機？那是一筆糊塗帳，算也算不清。小說家寫人心裡的小退卻、小懦弱：松太郎遭良助責罵時，阿近爲何不幫忙說話？藤吉又何必懼怕他人目光而討厭親哥哥？此外，愛有錯嗎？弟弟爲什麼不能愛姊姊？若沒有錯，僅僅爲了愛便任情人占奪妻子的身體，又是對的嗎？

這就是「人情」的矛盾與曖昧。小說中阿近的母親教訓兒子「若有誰遭遇困難，絕不能見死不救」，「人情」做爲接合人與人之間的黏和劑穩固了社會，然而在同一章節中，阿近不免質疑起自家人對於出入旅館那些「飯盛女」的「人情」：「家父常說，做旅館生意人情絕不能少，但要是他眞的這麼重人情，對那些爲父母兄弟賣身的女人，豈會棄之不顧？」

「人情」怎樣估量才算合宜？我們又如何去判斷什麼是正常、什麼是異常？「黑白之間」黑白分明，可是人類社會何能這般清楚簡單。考慮到「人情」，人們的行動法則隨之改變，在思慮和拿捏之間，「社會性」由此養成。

傅柯曾借用邊沁的圓形監獄描述社會權力的運作，我們或可稍稍挪用之。圓形監獄爲一環型建築，中央設一高塔，獄卒可自高塔上三百六十度監看犯人，而犯人不知是否遭到監看，只得自律，受「正在被人監視」的想法制約，進行自我審查。

在《三島屋奇異百物語之始》中，小說家藉著寫「人情」，具體演示這種「制約」與「監看」。〈曼珠沙華〉裡，藤吉憂慮旁人目光而疏遠哥哥；〈魔鏡〉一篇，姊弟相戀乃爲大忌，踰越了社會規範；〈邪戀〉中，阿近的親人利用人情束縛松太郎，松太郎與良助的競爭關係也因「人情」而生。於是，有「怪」前來，「生靈脫體」提供藤吉謀殺兄長的機會，「魔鏡」則讓姊弟戀慾望成眞。「怪談」之「怪」，其超自然現象看似帶來解放，但這解放又是一種拘禁。每則怪談的最後，人們都被有形無形的「箱子」封印，〈凶宅〉中的宅邸本身就是個大箱子，藤吉終生有悔，姊弟戀則促使裁縫店滅亡，魔鏡困住人類靈魂。

而做爲小說最中心的悲劇，也是最大的「箱子」，〈邪戀〉中，松太郎殺死良助，不僅殺人的松之助自覺有錯、阿近自認難辭其咎，連阿近的哥哥也說「松太郎恨我，都怪我」。這是個怎生怪異的局面？何時已無法區別受害者或加害者？每個人都以爲自己跨過「人情」那條線，而俯首認罪，於是皆成爲罪人。

有一只無形的箱子裝著阿近。阿近不能確認有沒有人怪罪她，但推敲「人情」、自我檢視後，她有愧於心，便把自己關在罪的意識中。阿近就是自己的獄卒，也是自己的犯人。

怪談之最，我們同時是箱子，也是箱中物。

通往未來的故事

那麼，如何尋找「突圍」的可能？

莫非，只要換個方式想，突破自身心魔就行了？但阿近在聽完阿福的故事後，心裡分明有那麼點不舒服，她不喜歡「這種事全看妳心裡怎麼想」的說法。

一切沒有那麼簡單，還是必須回到小說的核心所在。關於「聆聽」。

「聽」與「說」其實是一體兩面的關係，「聆聽」與「傾吐」是解開一切的關鍵。活在一個處處布滿「界線」的社會中，「聆聽」開啓了對話的可能。有「聽故事的人」，「說故事的人」才能暢所欲言。回歸班雅明所謂的「經驗的貶值」，「聆聽」卻是一種讓經驗「升值」的方法，在「聆聽」與「傾吐」之間，錯誤被記取，美好被留下，傷害得到寬解，流下的眼淚有雙手願意爲你撫去。聆聽才能帶來溝通，溝通則是跨越一切的橋梁。

這也是阿近聆聽這麼多故事後的體悟。關於罪與罰，這麼多故事中，究竟誰對誰錯呢？小說尾聲，往來陰陽兩界「販售商品」的男子幽幽而臨，指責阿近「總是站在壞人那邊」、「和他們是同路人」，那似乎也是阿近最大的迷惑：我心歸何處？爲何在意松太郎多於良助？

透過聆聽，宮部美幸給了我們一個無關對錯，又超越對錯的答案。

一顆橘子。

〈魔鏡〉中，姊弟熱戀時握在手心的橘子，出現在阿近面前，爲她指引前路。人情的糾葛與節制中，那一瞬間的愛卻是眞誠的，是無罪的。

那是聆聽者阿近的感悟。她不是在別人的故事中得到安慰，而是藉此「聽見自己」。在那些相似或相通的片段裡，確認內心的聲音，尋找問題的焦點，明白癥結所在，更進一步找到化解的可能。這也是眞正的「個性」成形之一瞬。阿近在他人的故事中找到出口，也諭示在自己的故事中找到出口。接下來，阿近將變成一個更堅強的人吧。那是舊故事的終章，也是添寫新故事的第一筆。聽故事的人成爲說故事的人，我在說故事，故事也在說我，於是人生繼續，故事也繼續，怪談未完，百物語的遊戲持續進行，而對於尋找療傷撫慰的人也好，對於聽故事的人也好，我們或可從宮部美幸的小說中發現故事的通則——

眞正好的故事，必然是通向未來的。

本文作者簡介

陳栢青

現就讀臺灣大學臺灣文學研究所。曾獲全球華文青年文學獎、時報文學獎、臺灣文學獎等。以閱讀爲終生職，期待臺灣推理的黃金世代降臨。

宮部美幸

作品集 / 34
Miyabe Miyuki

怪談

國家圖書館出版品預行編目資料

怪談——三島屋奇異百物語之始 / 宮部美幸著；高詹燦譯. - 二版.- 臺北市：獨步文化，城邦文化初版：家庭傳媒城邦分公司發行, 民 106.11
面；　公分. --（宮部美幸作品集：34）
譯自：おそろし——三島屋変調百物語事始
ISBN 978-986-95270-6-4（平裝）

861.57　　10601082

原著書名 / おそろし——三島屋変調百物語事始・原出版者 / 角川書店・作者 / 宮部美幸・翻譯 / 高詹燦・責任編輯 / 陳盈竹（初版）張麗嫺（二版）・編輯總監 / 劉麗眞・行銷業務部 / 徐慧芬、李再星・事業群總經理 / 謝至平・榮譽社長 / 詹宏志・發行人 / 何飛鵬・出版 / 獨步文化 城邦文化事業股份有限公司 115 台北市南港區昆陽街16號4樓 電話 / (02) 2500-7696 傳眞 / (02) 2500-1951・發行 / 英屬蓋曼群島商家庭傳媒股份有限公司城邦分公司 115 台北市南港區昆陽街16號8樓・網址 / WWW.CITE.COM.TW・讀者服務專線 / (02) 2500-7718; 2500-7719・服務時間 / 週一至週五：09：30-12：00、13：30-17：00・24小時傳眞服務 / (02) 2500-1990; 2500-1991・讀者服務信箱 e-mail / service@readingclub.com.tw・劃撥帳號 / 19863813 戶名 / 書虫股份有限公司・香港發行所 / 城邦（香港）出版集團有限公司 香港九龍土瓜灣土瓜灣道86號順聯工業大廈6樓A室 / (852) 25086231 傳眞 / (852) 25789337 E-mail / hkcite@biznetvigator.com 馬新發行所 / 城邦（馬新）出版集團 Cite (M) Sdn. Bhd. 41, Jalan Radin Anum, Bandar Baru Seri Petaling,57000 Kuala Lumpur, Malaysia. 電話 / (603) 90563833 傳眞 / (603) 90576622・封面設計 / 高偉哲・封面繪圖 / 小泉英里砂・排版 / 陳瑜安・印刷 / 中原造像股份有限公司・2010 年8月初版・2024 年7月3日二版三刷・定價 / 380 元
Printed in Taiwan　ISBN 978-986-95270-6-4

宮部みゆき